W0301078

LE FILS DE L'OGRE

Du même auteur

AUX MÊMES ÉDITIONS

Le Grand Partir
roman, Grand Prix de l'humour noir, 1978

L'Arbre à soleils
1979
collection Points Roman, 1984

Le Trouveur de feu
roman, 1980

Bélibaste
roman, 1982
collection Points Roman, 1983

L'Inquisiteur
roman, 1984
collection Points Roman, 1985

CHEZ D'AUTRES ÉDITEURS

Départements et Territoires d'outre-mort
Bourse Goncourt de la nouvelle, 1977
Julliard

Démons et Merveilles de la science-fiction
Julliard

Souvenirs invivables
Ipomée

La Chanson de la croisade albigeoise
(traduction)
Berg International

HENRI GOUGAUD

LE FILS DE L'OGRE

roman

ÉDITIONS DU SEUIL
27, rue Jacob, Paris VIe

ISBN 2-02-009155-0

© AVRIL 1986, ÉDITIONS DU SEUIL.

La loi du 11 mars 1957 interdit les copies ou reproductions destinées à une utilisation collective. Toute représentation ou reproduction intégrale ou partielle faite par quelque procédé que ce soit, sans le consentement de l'auteur ou de ses ayants cause, est illicite et constitue une contrefaçon sanctionnée par les articles 425 et suivants du Code pénal.

pour J. L.

pour Yan, Philippe et Youval.

1

— Fils, dit le vieux Sylvestre dans un souffle de taureau.

Pierre Sinabre prit son père aux épaules, le contempla un bref instant, la bouche tremblante. Les deux hommes s'étreignirent violemment sur le seuil de la maison basse battue par de puissants déferlements de vent froid. Julia, derrière eux, entra, ôta son imperméable, inspecta d'un coup d'œil le désordre de la vaste cuisine, s'en fut droit à la vaisselle abandonnée sur le fourneau et la pierre de l'évier, dans la lumière mouvante que le feuillage foisonnant du figuier laissait à peine filtrer à travers la lucarne. Pierre, planté roide au bord de la longue table, la regarda bouche bée, tout à coup envahi par le chagrin scandalisé d'un enfant injustement délaissé. Il n'avait pas imaginé que sa jeune épouse l'abandonnerait ainsi, sans un mot, à la porte de la chambre où gisait le corps de sa mère morte. « Bon sang de Dieu, se dit-il impatiemment, le ménage ne peut-il attendre ? » Il redressa sa haute taille, son œil se fit flambant, mais il renonça à la méchanceté de coq qu'il s'apprêtait à dire, voyant sa compagne essuyer, d'un revers de doigt, quelques gouttes d'eau savonneuse sur sa chemise, prendre au clou le tablier de la vieille défunte, s'en vêtir, attacher, dans son dos, les cordons. Sa simplicité de paysanne le surprit : Julia, d'ordinaire, détestait ces sortes de travaux et de vêtements. Il se détourna, devinant que là-bas, dans la pénombre humide trouée de rares traits de soleil, se nouait à l'instant de vivante à trépassée une connivence sacrée à laquelle il n'avait point de part. Il imagina fugacement ces femmes aimées, l'une charnue l'autre fantôme, remuant ensemble assiettes et bassines et papotant à la dérobée, les fronts presque joints, pareilles à deux sorcières trop familières des sources et des mystères de la vie pour n'être pas indifférentes aux douleurs arrogantes des hommes. Il en eut au regard une lueur de rancune et de contentement secret, baissa la tête et pénétra dans la pièce empêtrée d'odeurs lourdes, circonspect comme s'il s'aventurait à la rencontre de possibles maléfices.

La porte derrière lui se referma sans bruit. Il crut que Sylvestre était entré aussi, mais non. Il le vit traverser, dehors, l'espace de lumière entre les volets à demi croisés. Son père s'en revenait bonnement fendre son bois. « Il n'est pas plus capable de compassion qu'un ogre », se dit Pierre avec une sorte de hargne admirative. Un sanglot lui vint, rire et pleurs mêlés. C'était ainsi depuis l'enfance : l'homme qui lui avait donné la vie le tiraillait sans cesse de honte énorme en jubilation, de rage impuissante en soulèvement de vigueur brute. Il s'approcha de la fenêtre ouverte, se pencha vers le jour, se sentit submergé par un furieux appel de bourrasque, d'amandiers échevelés, d'éclats de soleil entre deux roulis de nuages, de terre rouge, de rocs, de pins tordus, de mer houleuse, au loin, bondissante et si puissamment amoureuse qu'il en eut au ventre une bouffée de feu. Il se redressa, l'esprit envahi de musiques débridées, éblouissantes.

L'ombre silencieuse de la chambre le reprit, et l'accablement dans cette paix vide d'âme. Il vint s'asseoir près de la table de nuit, attentif à ne pas faire craquer le plancher, et regarda fixement sa mère jusqu'à voir embrumés les contours de sa face mate, maigre, finement ridée. Sur ce lit elle était morte la veille, un peu avant l'aube. Sur ce même lit elle l'avait mis au monde. Il tendit la main, effleura l'épaule de cette femme qui l'avait pétri, cœur et corps, et qu'il découvrait tout à coup souverainement indifférente, pour la première fois depuis le fond des temps, à la présence de son fils. Il désira confusément prier, chercha en lui quelqu'un à qui confier son amertume de ne point comprendre pour quelle œuvre, ou par quel hasard les êtres enfuis étaient un jour tombés dans les déroutantes fureurs de la vie, mais il ne trouva personne dans la tourmente noire qui l'habitait. Il s'obstina, ne fit qu'aviver sa révolte. Sa mère désormais n'avait pas plus de sens en ce monde que les figures surgies parfois des jeux de l'ombre et du soleil sur les aspérités et les contours incertains des rochers. Il lui dit adieu en grelottant. Il entendit alors cogner la masse sur les coins de fer, craquer les troncs, dans l'appentis voisin où besognait Sylvestre. Il se leva. Tandis qu'il marchait vers la porte, il sentit dans son dos un regard si pénétrant qu'il en eut un bref accès de terreur. Il se raidit et ne se retourna pas.

Dans la cuisine, Julia balayait quelques débris de sarments devant la cheminée où crépitait un feu tout neuf. Elle avait quitté le tablier de la vieille mère. Elle regarda Pierre, l'air anxieux, lui sourit et reprit son ouvrage. Il s'assit sur une chaise basse, s'accouda sur ses genoux. Il dit, les yeux perdus dans la haute flambée :

— C'est difficile.

Elle fit « oui » de la tête. Son visage disparut un instant dans sa chevelure bouclée. Elle s'en alla pousser dehors, d'un coup de balai vif, brindilles et poussières, puis vint derrière son grand corps voûté, mit ses bras en écharpe autour de ses épaules et contempla le feu, comme il le faisait. Il gronda :

— La mort est inacceptable.

Elle répondit, s'efforçant à la juste mesure :

— L'absence est douloureuse.

Il secoua la tête comme un cheval rétif et s'obstina, la voix soudain frémissante, vaguement sarcastique :

— La mort est la plus épouvantable méchanceté qui soit. Elle est le signe que Dieu nous hait.

Julia le sentit pris d'une rogne de damné. Elle s'en effraya, défit son étreinte. Il se leva, lui fit face, et comme elle prenait son souffle pour parler, il gronda, la gueule haute, retenant à grand-peine son emballement :

— Ne réplique pas, je le sais. Ma chair le sait.

Elle ne recula pas et leva vers lui le visage. Son regard était si fièrement brillant, si tendre et si sûr qu'il la sentit capable d'affronter les pires crachats du diable. Pourtant, elle tremblait.

— Des paroles, des présences s'éteignent, dit-elle. On enterre des corps. C'est là tout ce que tu sais. La mort n'est pas où tu crois. Elle n'est pas sur la figure de ta mère, de l'autre côté de cette porte, non. Elle est là, dans ta tête, là, dans ton cœur, si furieusement vivante qu'elle te dévore les sens et l'entendement. A l'instant, devant moi, elle te dévore. Ose dire que je me trompe.

— Elle me torture, m'engloutira, m'effacera du monde, et ma vie, mes chagrins, mes bonheurs n'auront pas eu le moindre grain de raison d'être, dit-il.

Il s'en alla jeter une bûche au feu, l'entendit répondre :

— Ta souffrance parle, pas toi.

Elle était debout au milieu de la cuisine, frêle et forte, le regard illuminé par une soudaine rage de printemps. Il planta les poings dans ses poches, haussa les épaules. « Elle n'a pas de pitié, pensa-t-il. Elle est aussi indifférente à mes fardeaux que le cadavre de ma mère. »

— Je suis, moi, vivante, dit-elle.

Il grogna, agacé par son agilité à débusquer ses jérémiades à peine nées dans son esprit. Elle vint à lui, enlaça sa taille, le tint ainsi prisonnier, la joue appuyée contre son cœur. Il enfouit les mains dans sa chevelure, lui caressa la nuque, de mauvais gré. Elle murmura :

— Ferme les yeux, il le faut pour voir les seuls secrets qui vaillent.

Sa voix lui résonna profond dans la poitrine. Les battements de son sang en furent adoucis. Elle se blottit plus étroitement encore et dit avec une chaleur nouvelle, grave, pressante :

— Tu nourris dans ton être un terrible dragon. Tes douleurs et tes épouvantes sont ses crocs et ses griffes. Ton obscurité est son corps. Il est un ennemi féroce et si envahissant que tu te perds parfois en lui, que tu le crois seul vrai, que tu te crois sans âme. Quand la vie te paraît irrémédiablement vouée au néant, qui pense ? Toi ? Non : le dragon. Toi, tu es fort, haut, large, charnu, et je sais ce que ton rire, tes yeux, ta voix, ta lumière peuvent éveiller de merveilles. Tu embellis le monde chaque fois que le monstre, en toi, s'endort. Cerne-le, livre-lui bataille, sépare-toi de lui, il est temps.

Ils restèrent étreints un moment sans paroles, les mots et les objets autour d'eux effacés, puis il prit aux tempes son visage, l'écarta doucement de lui, le contempla, ainsi tenu dans ses vastes mains. Elle semblait inquiète, cherchant, un peu perdue, une approbation dans ses yeux.

— Ton cœur bat fort, dit-elle à petite voix.

Il lui offrit une misère de sourire. Elle s'éclaira. Il se vit alors tant aimé, avec une confiance si limpide, une exigence si profondément ancrée, qu'il en fut accablé et se demanda quel insupportable bonheur elle lui voulait, à le regarder ainsi. Il dit :

— Je ne peux pas combattre, je suis trop fatigué, trop faible, sans armes.

Il sentit en elle frémir un rire frais. Elle poussa soudain son ventre en avant, le frotta lentement contre le sexe de son homme. Elle en eut, un instant, un regard inconnu, pur comme jamais, infiniment accueillant aux envies les mieux enfouies, aux impudeurs les plus secrètes, aux absolus dépouillements. Elle dit, du feu doux dans la gorge :

— Désire-moi. La vie est ton arme.

Elle le saisit aux cheveux, joignit aux siennes ses lèvres, fouilla sa bouche comme une mourante de soif. Il protesta sourdement, se défendit. Elle s'agrippa, corps et jambes véhéments. Alors, pris de rage paillarde il la serra sur lui. Et comme il abandonnait son sang aux beaux diables qui l'envahissaient, il lui sembla soudain, dans le brouillard de fureur et de honte où son esprit se débattait encore, que s'allumait une lampe fringante. Il flaira cette présence, tout à coup à l'affût d'une libération inespérée, pressentit une brèche, au loin, un signe de sacrement assez puissant pour hisser au ciel toute chair, tout bonheur, toute famine de bête autant que toute espérance d'âme. Éperdument il voulut appeler sur lui ce miracle, mais il n'en eut pas le temps. La porte de la cuisine s'ouvrit, comme poussée par un coup de bourrasque. Julia aussitôt s'écarta de lui et le regarda, les joues pourpres, triomphante, tandis que Sylvestre, à pas lourds, entrait.

Le vieil homme s'avança vers la cheminée, jeta son vieux chapeau sur une chaise et s'assit dessus, point par inadvertance : par rituel coutumier. Il faisait ainsi chaque fois qu'il rentrait chez lui depuis le soir de lointain hiver où Angèle, sa femme, et Pierre, alors en enfance, le voyant se poser sans y prendre garde sur son feutre détrempé par une averse de neige, avaient osé en rire, une main devant la bouche, à petits gloussements étouffés. Il s'était à peine soulevé, les sourcils froncés, pour palper d'un geste furtif l'objet où il n'aurait pas dû être, et l'avait laissé ostensiblement en place en demandant, imperturbable, si oui ou non il était encore libre, dans cette maison, d'installer son cul où bon lui semblait. Femme ni fils ne s'étaient risqués à lui répondre, mais sans doute Sylvestre avait-il perçu dans leurs yeux quelques pétillements de malice trop insolents à son gré car il avait soudain redressé son échine massive en affirmant qu'il n'avait pas l'intention de se laisser imposer une quelconque conduite, et qu'à dater de ce jour, par décision libertaire, il faisait de ce chapeau son inaliénable coussin. Trente ans étaient passés sans qu'il manque jamais à sa parole.

Pierre avait longtemps considéré cette habitude incongrue avec un agacement honteux et violent qui s'était, certes, tempéré, le temps aidant, mais point tout à fait éteint. Or, Sylvestre lui parut soudain si solitaire, ainsi pauvrement rencogné, auprès du feu, à décrotter ses bottes d'un bout de branche tordue, qu'il se sentit d'un coup défait de ses vergognes puritaines et poussé vers le vieil ogre par une tendresse neuve, mélancolique, presque sereine. Il retint un instant son élan, craignant que l'autre ne le rabroue, s'assit pourtant près de lui, le cœur frileux, se pencha de côté jusqu'à joindre son épaule.

— Tu devrais offrir ton chapeau à notre Angèle, lui dit-il.

— Elle ne le mérite pas, répondit Sylvestre à voix grognonne, sans plus bouger qu'un roc. La garce m'avait promis de ne pas mourir avant moi. Elle m'a trompé.

Et brandissant son bâton par-dessus l'épaule :

— Elle a laissé un message pour toi.

Pierre se retourna et vit sur le buffet, à demi dissimulé derrière de vieilles boîtes de médicaments, le magnétophone à cassettes qu'il avait offert à sa mère, un jour de misère d'âme où elle s'était plainte de ne plus entendre la voix de son fils, et de ne savoir lui écrire les mots d'amour, discours, prodiges et nouvelles qu'elle lui contait dans son esprit, au fil de ses ménages. Il se leva, le cœur tonnant, alla prendre l'objet, le tourna et retourna dans ses mains, regarda Julia, incrédule, ému comme s'il venait de recevoir un imprévisible cadeau. Elle s'approcha, le lui prit, le manipula elle aussi avec un respect maladroit puis le lui rendit. Il fourra son bien dans sa large poche et sortit à grandes enjambées.

A l'angle de la maison, le vent l'assaillit en pleine face, ouvrit à deux battants sa veste, l'emplit de jappements, de rudes parfums, de folles salutations de feuillages, de lumière trop vive. Il se laissa délicieusement envahir, les yeux mi-clos, s'efforçant, toutes pensées dispersées, de n'être qu'une étrave lente et sûre dans ces rafales d'embrassements effrénés, et sentit bientôt monter en lui une vigueur nouvelle, une sombre jubilation de pèlerin héroïque accueilli par les mille allégresses du monde, au retour du pays des morts. Passé la vieille carcasse de tracteur à demi enfouie dans les hautes herbes, à la lisière de la vigne, il gravit le sentier de la colline, appuyant fermement chaque pas et répétant, derrière son front, aux murets de pierre, aux ronciers secoués d'élans teigneux, aux pins hirsutes, aux cascades fugitives de soleil entre les branches, aux rochers plantés de-ci de-là, seuls taciturnes : « Salut, mes vieux et mes vieilles, salut mes voyous, me voici revenu. Je dis partout que je ne vous aime guère, que les visages humains rencontrés au hasard de mes routes m'importent plus que vous, mais ce ne sont là que paroles de voyageur. Vous êtes, vous, mes nourrices, mes chiens à la mémoire infaillible, le meilleur de moi, le plus sûr de ma vie. » Et cheminant ainsi le dos courbé contre la pente, des sanglots exaltés lui venaient chaque fois que des cailloux dévalaient sous sa semelle, et qu'il serrait à pleine main, contre sa hanche, l'objet noir où était la voix de sa mère.

Parvenu à la cime, il s'assit devant la grotte dont il avait fait, autrefois, le plus secret et le plus émouvant de ses refuges. Il s'était, dans l'ombre de ce roc, repu de jeux troubles, enivré des journées entières de livres oubliés. Il avait là écrit ses testaments d'enfance, fait l'amour pour la première fois, debout contre la paroi du seuil, avec la fille d'un pêcheur qui n'avait cessé, le regard ébloui, de contempler la barque où était son père, au loin, sur les vagues, tandis qu'il caressait, le feu aux tempes, ses hanches nues parcourues de tremblements. Il n'y était pas revenu depuis qu'il s'en était allé mener la vie peu sûre des bateleurs lettrés. Le temps de reprendre haleine, il laissa errer sur ses yeux, le long du versant cabossé qui descendait vers la mer, la vigne et le toit de tuiles rousses de la maison, à mi-hauteur, sur un rebond de terre et de rare verdure, puis posa le magnétophone sur ses genoux.

— Va, dit-il à voix basse, en appuyant sur la touche de lecture.

Une maigre dégringolade de froissements secs, de remuements fiévreux envahit l'air, puis un bruit de paroles plus lentement dites qu'à l'ordinaire, traversées de brefs halètements, mais sonnantes à bouleverser cœur et sens dans les cavalcades feuillues alentour du rocher qui l'abritait et la lumière sans bornes, grise et bleue, où se perdait son regard.

— *Pierre, mon fils, c'est Angèle Sinabre qui te parle. Angèle Sinabre née Castel, ta mère. Ceci n'est pas mon testament, je n'ai rien à te donner. C'est seulement un grand baiser.*

Le silence, un instant, ronronna. Pierre baissa la tête, la gorge bouillonnante. Il aperçut à ses pieds une touffe de chiendent immobile parmi les mottes de terre. Il lui sembla que quelqu'un, en elle, impalpable et complice, écoutait aussi. Un contentement très humble et simple lui vint aux yeux. Il entendit gémir Angèle, comme une enfant. Il tendit le cou, à nouveau à l'affût.

— *Sylvestre, dis-moi qu'il m'entend, je ne vois pas la bobine tourner.*

— *Elle tourne. Il t'entendra.*

Elle grogna, tranquille, rassurée :

— *C'est bien. Va-t'en maintenant. Tu m'agaces.*

— *Moi ?* aboya l'ogre.

— *Oui,* répondit un couinement d'oiseau.

Des jurons accablés retentirent, des geigneries de chaises remuées, des pas sonores sur le plancher comme des coups de masse en cuve, un claquement de porte enfin. Angèle était seule. Elle eut un rire menu.

— *C'est la première fois qu'il file doux, le bougre.*

Vint un long chuintement : elle lissait, sur son corps, le rabat du drap.

— *Pierre, pour te parler comme il faut, je me suis habillée. Sylvestre ne voulait pas, mais il m'a aidée. Que je te dise, avant de l'oublier : ce fou s'est mis en tête de traverser le pont de Perpignan en vélo sur le parapet. Empêche-le. Casse-lui une jambe ou crève-lui un œil s'il ne veut pas t'écouter, mais fais en sorte qu'il se tienne tranquille, sinon, comme je le connais, il est capable de venir m'arracher au paradis avant que j'aie eu le temps de me reposer.*

Elle se tut un long moment puis sa voix revint, plus lasse, plus lointaine.

— *Je vais mourir, petit. Moi qui me suis toujours inquiétée pour les autres, je n'ai pas peur. Je suis couchée, là, comme dans une grande main. J'aimerais y rester toujours. Je n'ai pas envie que l'on m'en sorte pour me conduire au cimetière dans une automobile. Je n'ai jamais supporté l'automobile, elle me trouble le cœur, et je crains le froid. Mais il faut bien que j'aille, moi aussi, où tout le monde va. C'est la loi, et je sais obéir, mon Dieu.*

« J'ai vécu, Pierre, mais je n'ai rien été. J'ai servi mon père, j'ai servi Sylvestre, je t'ai servi, mon enfant, mon tout beau. Angèle a toujours fait selon votre volonté, mes braves hommes. Tu me veux bonne fille, je le suis, sois content. Tu me veux bonne femme, voilà, mon époux, aime-moi. Tu me veux bonne mère, dors, petit, dors. Tu me veux bonne vieille, va donc au diable, fils, je resterai à te rêver. L'obéissance a tout usé, peu à peu, le temps, la révolte, le chagrin. Et sais-tu ? Je sens qu'elle est devenue comme une arme, dans mon cœur.

« Quand je me suis réveillée à demi morte, la porte était ouverte, aucune douleur ne retenait mon corps. J'ai dit à Dieu : " S'il faut que je me change en une poignée de terre et d'eau, je vais le faire, ne t'inquiète pas, je sais obéir, on ne m'a rien appris d'autre en trois quarts de siècle. " Et moi qui n'étais qu'une servante, je me suis retrouvée plus forte que les forts.

« Certains diront : " Elle est venue pour rien sur cette terre. " Mon Dieu, qu'il ne soit pas dit que je suis venue pour rien. Je m'en remets à toi, Pierre. Fais de moi la mère d'un homme mis au monde pour accomplir une tâche confiée. Sois un bon veilleur, fils, chante comme tu sais le faire. Il faut qu'un jour, devant tes chansons et tes livres, tu puisses t'asseoir et dire tranquillement : " Le temps que j'avais à vivre, je n'ai pas laissé s'éteindre le feu que l'on m'avait donné à nourrir. " Sois toujours celui qui entretient un signal, une preuve qu'au monde le froid ne règne pas seul. Mon Dieu, que cette tâche soit celle de mon fils.

« Je suis fatiguée mais je vais bien maintenant. Peut-être pourrai-je bientôt t'accompagner partout où tu iras, qui sait ? Je sens comme une brise de liberté. Ne te crois pas forcé de venir à mon enterrement, laisse cette corvée à Sylvestre, toi tu as mieux à faire. Va, et justifie ma vie. Je t'embrasse, fils. Angèle, Angèle Sinabre. »

Elle haleta longtemps encore, à petits coups rauques. Pierre l'écouta, le magnétophone contre la joue, fermé à toute autre rumeur. Il lui sembla qu'elle s'endormait, et ronflait. Alors, les larmes débordant de ses paupières closes, il s'efforça désespérément de respirer au même rythme qu'elle, mais son souffle impatient trébucha sur des hoquets, et buvant l'air vif à longues goulées comme un rescapé de noyade, il laissa sa mère s'en aller seule vers la dernière porte de sa vie.

Le silence, en fin de bande, le ramena au vent. Il ouvrit les yeux, essuya ses pleurs d'un revers de manche et sentit son chagrin se défaire dans le beau désordre des nuages, des buissons, des arbres retrouvés. Il se leva, s'enfonça dans la grotte à demi circulaire, peu vaste, sans mystère, flaira l'odeur d'humus au fond de l'ombre, mais ne retrouvant rien de ses sentiments d'enfance, il sortit. Il grimpa sur le rocher, s'appuya contre un pin et regarda un moment les traits de barques sur la lumière de la mer, appelant à lui, de mauvais cœur, cette brise de liberté qui avait rafraîchi Angèle sur son lit de mourante. Il n'espérait guère sa venue. Elle surgit pourtant d'où il ne l'attendait pas : des fonds obscurs de l'esprit où se trament les divorces. « Je n'ai plus de mère, un fardeau de moins à porter », pensa-t-il dans un rude accès de rancune douloureuse. Il moucha craintivement cette flamme de chandelle inconvenante qui venait de s'allumer, sans qu'il le veuille, dans sa tête, aperçut Julia, en bas, au coin de la maison, qui s'affairait au potager. Il prit le chemin du retour.

Il trouva son père au bord de la vigne, où le vieil homme s'en venait arracher les mauvaises herbes. Il le suivit parmi les feuillages bas, encore tendres, lui demanda s'il était vrai qu'il avait l'intention de traverser le pont de Perpignan en vélo sur le parapet. L'autre lui répondit que oui, et se mit au travail.

— Angèle veut que je t'en empêche, dit Pierre.

Sylvestre s'appuya sur le manche de son outil, examina un instant son fils en clignant les yeux, se lissa la moustache en deux coups de doigt et répondit :

— Qu'elle vienne donc me l'interdire elle-même.

Un brusque coup de bourrasque lui ôta le chapeau du crâne et le jeta vers la friche rocheuse, au bout de la rangée de ceps. Il se retourna comme un combattant assailli en traître, cracha mille diables et bordels, courut après l'envolé, battant sa vigne, de droite et de gauche. Il le ramassa dans une touffe de chardons où il était pris, l'épousseta d'un grand claquement de fouet contre sa cuisse, le replanta sur sa tête, et le poing tendu au ciel prévint les nuées qu'elles avaient à prendre garde. Pierre, la mine consternée, le regarda revenir. L'autre, à deux pas de lui, se planta sur ses fortes jambes et dit paisiblement, majestueux comme un Zeus :

— Si le bon Dieu de ta mère a voulu faire de moi un saint, il s'y est mal pris. Tant pis pour lui. Maintenant, qu'il me supporte.

Pierre fit une moue excédée, secoua la tête, grogna, dans un soupir, une méchante insulte. Il eut froid soudain et voulut partir, mais avant qu'il ne se détourne, Sylvestre vint à lui, le prit par la nuque, le secoua, batailleur et pourtant remué par une furieuse envie d'embrassade.

— Tu n'as guère d'affection pour ton père, toi, sacrédieu, dit-il.

— Tu es trop lourd. Tu m'accables.

L'autre eut un ronronnement de fauve, ouvrit les bras, et d'un air d'évidence moqueuse :

— Je me sens pourtant aussi peu encombrant qu'un homme de rien.

Il postillonna dans ses mains, se remit à piocher en grondant à chaque arrachement de touffe d'herbe :

— Un simple, voilà ce que je suis. J'aime la viande, le vin pur, les rognes qui font flamber le sang, j'aime effrayer le curé de ta mère, me promener, la nuit, où personne ne va. J'aime gueuler mes contentements aux arbres, aux rochers, aux champs, et défier leur belle force.

Il se redressa, immensément jubilant.

— J'aime envoyer des lettres à des gens et des adresses que j'invente. On m'a répondu, un jour, de Tombouctou.

Il cogna l'air d'un vigoureux coup de front, approcha son mufle rieur, dit encore, en confidence :

— J'aimerais marcher sur la mer jusqu'au-devant des barques, au large, et debout parmi les vagues parler aux pêcheurs de choses banales.

Il se redressa, conclut enfin à voix presque basse mais provocante et rageuse, regardant droit son fils :

— Avant de mourir, j'aimerais aussi déshabiller une femme jeune.

— Ma mère est morte d'hier, rugit Pierre, la rogne aux dents. Où est-elle dans ton sac de foutaises ? Où sont tes larmes pour ta servante ?

— C'est mon secret, dit sèchement Sylvestre.

Il reprit son ouvrage avec une fureur nouvelle. Pierre, le visage en feu, eut un petit rire méchant.

— Tu nous as toujours traités comme chienne et son chiot, à grands braillements de matamore, et te voilà seul maintenant dans tes extravagances et la pitoyable misère de ta vie. Es-tu content ?

Le vieil homme lâcha son outil, fit vers son fils un pas de colosse, la tête haute, les mains enfoncées au fond des poches de son pantalon terreux. Dans ses yeux brillait une souffrance d'insoumis définitif.

— Essaie de me vaincre, petit, essaie, dit-il. Je suis ton homme, à une condition : promets, si tu me massacres, de manger mon cœur, mon foie, mes couilles, promets de me prendre tout ce que j'ai mené de mon lit de naissance jusqu'à soixante et quinze ans, pour toi.

Pierre voulut répondre à même hauteur, mais ne put. Il tendit pauvrement les mains, appelant peut-être une étreinte de son père. Il les laissa aussitôt retomber, balbutia :

— Pardonne-moi.

— Voilà bien la plus belle parole de pute qui soit jamais sortie de ta grande carcasse, répondit Sylvestre avec un mépris de vieux voyou.

Il sursauta, éberlué. Le vent venait encore d'emporter son chapeau. A nouveau, il se lança à la poursuite de son vol au-dessus des ceps, de sa dérive parmi les herbes, et tandis qu'il roulait lui bondit dessus comme sur une bête fuyarde. Il se releva, poussiéreux jusqu'au menton, le brandit. Il vit que Pierre le regardait, secoué par un rire tourmenté, mais irrépressible. Alors il partit d'un grand éclat, se recoiffa, se cogna du poing le crâne et vint à son fils, les bras ouverts. Il le serra rudement contre lui, puis s'écarta pour le mieux contempler.

— C'est vrai que je suis une pauvre bête, dit-il. C'est vrai que je suis seul, que personne au monde ne se soucie de moi, ni gens, ni ciel, ni cailloux. Mais quoi, la vie doit-elle se préoccuper de toi pour que tu en jouisses ? Dis, le pain doit-il t'aimer pour que tu le dévores, quand la faim te crie au ventre ?

Il eut un regard vivace, naïf. Pierre se détourna doucement de lui et répondit, les yeux errant au loin sur la mer :

— En vérité, j'aimerais être comme toi, amoureux du monde, et ne jamais souffrir.

— Que dis-tu là, gronda Sylvestre, sursautant. Je souffre, mais je ne courberai jamais l'échine devant le désespoir : je ne suis pas un esclave. Le mauvais sort ne m'accable pas, moi, il m'enrage, parce que je sais que Dieu me veut content, mille diables.

— Tu es un loup, je n'ai pas ta force.

— Tu l'as, mais tu l'ignores. Risque ta vie, tu sauras.

Il trancha le vent d'une main catégorique et resta ébahi : son chapeau s'envolait pour la troisième fois. Il le poursuivit jusqu'à la friche, la gorge ronflante de rogne, le rattrapa au pied d'un rocher, lui planta le talon dessus et se mit à gueuler, la tête au ciel, désignant l'écrasé :

— Tu le veux, ma vieille ? Tu le veux, foutue matrone ? Tu le veux ?

Il le ramassa par le rebord d'un élan si furieux qu'il en tomba contre le roc, se releva, le lança aux nuées d'un grand geste de semeur céleste et brailla, les bras ouverts :

— Prends-le !

Et tandis que la guenille s'éloignait dans le ciel, Pierre entendit le rire pointu d'Angèle dans des battements de porte, sentit son cœur s'ouvrir comme un arbre fendu et se vit, avec une joie furibonde, plus haute que son front, lui aussi donné au vent pour qu'il s'y perde, ou s'y trouve un chemin vers une étoile sûre.

Le lendemain matin, avec Julia et Sylvestre, il accueillit le voisinage et des gens de la famille aux visages presque oubliés, puis tous s'en furent conduire Angèle en terre. Julia décida de rester jusqu'au soir pour ranger la maison, et de revenir à Paris par le train de nuit. Après le repas de funérailles, Pierre se dépêtra prestement des conciliabules familiaux et se fit amener à la gare de Perpignan dans la camionnette du facteur. Il devait le soir même chanter à Toulouse, où l'attendaient ses musiciens. Il prit place dans un compartiment occupé par un long et maigre personnage qui lui parut être, bien qu'il ne fût pas en habit ecclésiastique, un moine, ou un prêtre. Il s'assit en face de lui. A peine installé, il se sentit désagréablement observé, et voulut sortir dans le couloir pour échapper à une probable conversation. A l'instant où il s'y décidait :

— Vous êtes en danger, lui dit l'homme.

2

Pierre sentit son sang l'envahir d'un coup jusqu'aux tempes. Il dressa la tête pour une sèche rebuffade mais il la retint, voyant l'inconnu s'accouder sur ses cuisses et l'examiner avec le contentement avide d'un chasseur devant sa proie cernée. Dans ses yeux à demi clos brillait une lumière de malice piquante, affûtée. Cet homme, à l'évidence, n'avait aucun souci des paroles blessantes prêtes à jaillir de la gueule offusquée qui lui faisait face. S'il les guettait, c'était en clinicien passionné, plus qu'en duelliste prêt à contenir un assaut. « C'est un joueur, pensa Sinabre. Il a parlé comme on lance les dés. » L'irritation aussitôt lui tomba de l'esprit. Il redressa la tête et sourit, l'air brave, puis se pencha en avant et dit, singeant les conspirateurs puérils :

— Suis-je poursuivi ?

— Vous l'êtes.

— Et par qui, dites-moi ?

— Le diable.

Un éclat de rire illumina le visage de Pierre. Il avait parfois, au sortir de traversées taciturnes, de ces rugissements d'innocence qui métamorphosaient soudain, autour de lui, les malveillances de l'air, et l'emportaient infailliblement en lumière de grâce. Ces brusques envols de bateleur délivré avaient émerveillé Julia, aux premiers temps de leur rencontre, la nourrissaient encore de mille allégresses et ranimaient sans cesse l'affection admirative de ses amis, qui le suivaient volontiers dans ses bourrasques d'énorme enfance. L'homme parut grandement déconcerté par la vigueur joyeuse qui lui déferlait dessus. Il eut un mouvement de recul, haussa les sourcils puis se mit à glousser, ravi, en remuant sa figure maigre au bout de son long cou, où béait un col de chemise, pauvrement cravaté.

— Je vois que le diable ne vous effraie pas, dit-il. Vous êtes un homme de cœur bien sonnant et d'enviable envergure. Savez-vous que les personnes de votre sorte sont rares ?

A nouveau il hocha la tête avec un air d'admiration ironique, puis se mit à contempler le paysage de vignes, de bosquets, de talus fuyants, à travers la fenêtre du compartiment. Un vague sourire arquait ses lèvres minces, comme s'il rêvait à des drôleries. Pierre s'agita, aiguillonné par l'envie de pousser plus avant sur ce chemin imprévu que le bonhomme venait d'ouvrir, mais il vit que l'autre, apparemment, ne désirait plus parler, et se sentit bientôt oublié comme une proie négligeable, après qu'on l'eut prestement appâté. Il s'en irrita. Il dit, s'efforçant maladroitement à la désinvolture :

— Jouez-vous souvent à piquer ainsi les gens ?

— Chaque fois que l'occasion m'est offerte, répondit l'inconnu, le regard à nouveau vif. J'aime fendre les masques, pour entrevoir les vrais visages. C'est ma passion.

Ce fut, cette fois, Pierre qui se détourna, songeur, déçu. Cet homme n'était pas le sorcier subtil qu'il avait un instant fougueusement imaginé. Il l'observa à la dérobée, l'estima en vérité plus sournois et railleur qu'intelligent et décida qu'il n'était pas un ecclésiastique, comme il l'avait d'abord pensé, mais sans doute un oisif solitaire posant à l'amateur averti de bizarreries ésotériques.

Il avait un instant espéré une de ces rencontres inattendues et décisives qui traversent parfois la vie, et qui attisent l'espoir déraisonnable de n'être pas abandonné sans secours aux vents du hasard. Il était, depuis quelque temps, obstinément affamé de signes, de miracles. Il en attendait du moindre regard de passante, de chacun de ses voyages, autant que de ses errances, certaines nuits solitaires, dans Paris. D'une bribe de conversation entendue sur un pas de porte il faisait parfois un oracle et d'une halte de merle sur son balcon un salut amical venu de quelque rassurant au-delà. « Quel fou je suis », se dit-il. Cette manie qu'il avait de regarder le monde en exigeant de lui de constantes réponses à ses inquiétudes, à ses prières les plus obscures, lui parut tout à coup presque honteuse. Il pensa avec mélancolie qu'il ne pouvait pourtant s'en défaire sans désespérer de la vie.

— Ainsi vous, dit l'inconnu avec un brusque sourire de professeur énonçant une évidence, malgré vos beaux éclats, vous avez le visage d'un homme harcelé par la mort.

Pierre le regarda, effaré. L'autre se tut un instant puis sembla soudain s'échauffer, prendre un vif plaisir de découverte, et poursuivit, la mine étonnée par ses propres paroles :

— Vous êtes réellement en danger. Quand je vous l'ai dit, tout à l'heure, je l'ignorais. Je ne voulais que vous ébranler. Vous me paraissiez si puissamment vivant, si large et paisible !

Il soupira, l'air contrit :

— Il est bien vrai que les vérités les plus graves viennent souvent au jour comme à l'étourdie.

— Vous divaguez trop grossièrement, monsieur, gronda Pierre.

Il se renfonça dans son coin, se sentit tout à coup un

besoin fébrile de rempart, pesta de n'avoir pas le moindre journal à se planter devant la figure et, la face rouge, l'air méchamment buté, se défendit à grands coups d'imprécations muettes contre les nuées de pensées confuses, peureuses, qui l'envahissaient. Comme il tentait de s'apaiser, lui vint à l'esprit que ce jean-foutre avait sans doute vu l'ombre de sa mère sur son visage. Il soupesa l'idée, elle lui parut solide et d'un acceptable confort. Il poussa un long soupir, dit :

— Pardonnez ma mauvaise humeur, je reviens d'un enterrement.

Il leva les yeux, guetta l'homme. L'autre le regarda avec une application austère, dénuée de toute compassion.

— Vous avez peur pour vous, dit-il. Quelqu'un en vous sonne l'alarme. Quelqu'un en vous sait que la mort est là, alentour, et vous flaire.

Le train ralentit brusquement. De l'autre côté de la vitre apparurent des jardins et des terrains vagues, des maisons propres à peine sorties de larges labours de bulldozers puis, passé l'ombre d'un pont, au-delà des voies multipliées et d'un haut mur piqué d'herbes rares, noirci par un siècle de suie, Pierre devina un foisonnement de rues, de voitures, de boutiques, de vie hors de portée et pourtant rassurante. Le wagon fit halte au bout d'un quai. Il ne se soucia pas de savoir dans quelle ville.

— Qui êtes-vous ? dit-il.

— Un fou, monsieur, répondit l'autre avec un sourire tranquille. N'est-ce pas ce que vous pensez ? Allons, ne vous perdez pas en questions inutiles. Cherchez plutôt qui vous êtes vous-même, il est grand temps. Trouvez, et vous n'aurez pas vécu pour rien.

Pierre à nouveau se renfrogna et décida de ne point suivre cet insaisissable bonhomme dans ses agaçants labyrinthes de mots. Il s'efforça de penser à ses amis qui l'attendaient à Toulouse, au récit qu'il leur ferait de cette rencontre, mais il ne put empêcher que mille questions lui viennent à l'esprit, en irritante bousculade. Il les jugea toutes naïves, sottes, et s'exaspéra tant à les chasser que l'envie jouissive lui bouillonna bientôt en tête de broyer entre ses poings cette longue figure qui le regardait avec son air perpétuel, vaguement fat, de savant indulgent. Il soupira, se sentit honteux d'espérer, de ce vieux flandrin, un profit où ne l'attendait à l'évidence qu'un bourbier de paroles. Pourtant, une sorte d'innocence venue du fin fond de ses mélodrames intimes le poussa à brider son coléreux orgueil. Il dit avec une brusquerie sourde :

— Que savez-vous ?

Une voyageuse rougeaude encombrée de sacs apparut au seuil du compartiment, fit mine d'entrer. Une voix, dans le couloir, l'appela au loin. Elle hésita, l'air inquiet, souffla fort, referma la porte à grand fracas et s'en fut avec son parfum de vent frais. Le train grinça, reprit sa route.

— Je sais qu'un accident vous menace, répondit l'homme. Je vous l'ai dit : la mort vous renifle comme un chien hargneux. Je me suis assez souvent risqué dans sa fréquentation pour la reconnaître sans faute, quand elle me vient devant.

Pierre se raidit, tenta de rameuter ses forces qui se vidaient de lui par d'obscures vannes grandes ouvertes. Il élargit sa carrure, parvint à sourire.

— Vous perdez votre temps, dit-il. Vous ne m'effrayez pas.

Et laissant aller sa voix en ricanement de mauvais bougre :

— Toutes les prédictions, heureuses ou sinistres, que l'on a pu me faire jusqu'à ce jour se sont révélées fausses.

— Votre résistance est d'un homme de belle force, dit

l'inconnu, saluant d'un bref coup de tête. Assurément vous me plaisez.

« Il insiste trop, pensa Pierre. C'est un pervers. » Il l'examina, ruminant une colère salubre, presque joyeuse. Il dit :

— Vous semblez prendre un étrange plaisir à me déconcerter. Ce n'est pas là une pratique de bon vivant. Êtes-vous sûr de n'être pas plus moribond que moi ?

— Peut-être le suis-je, en effet.

L'homme se pencha en avant, l'œil luisant, et ajouta, dressant l'index :

— Mais la différence est grande entre nous. Vous confondez la mort et la terreur que l'on éprouve, d'ordinaire, à l'idée de mourir. Pas moi. La peur ne m'est plus, depuis longtemps, un fardeau. En vérité elle n'est rien que la plus malfaisante et la plus douloureuse des illusions. Il faut simplement l'affronter, et la vaincre. On entre alors les yeux ouverts dans la simplicité des chemins, des cailloux, des étoiles.

L'autre eut un rire grelottant.

— On n'en meurt pas moins, dit-il.

— Vous avez beaucoup à comprendre, beaucoup à subir aussi sans doute avant que la mort ne devienne en vous ce qu'elle est : un éveil.

— Balivernes.

Pierre eut un éclat sec et haussa les épaules, l'air amusé. Ce jeu lui plaisait tout à coup. Il regarda l'homme comme l'on attend une réplique de saltimbanque. L'inconnu croisa ses longs doigts et répondit à voix patiente, avec une ironie gourmande :

— Vous préférez penser que votre présence en ce monde est absurde, n'est-ce pas ? C'est exactement ce que je pressentais. Le hasard seul vous a jeté sur terre et vous en ôtera. Vous ne pouvez, vous, que souffrir la peur des tempêtes et jouir aussi longtemps que possible des accalmies et des plaisirs rencontrés. Ai-je bien dit votre sentiment ?

— Peut-être connaissez-vous une autre manière de traverser la vie, dit Pierre. Pas moi. Je n'ai guère de goût pour les clinquailles mystiques.

— Moi non plus, répondit l'homme. Mais quelques expériences difficiles m'ont convaincu que le plus grand de nos ennemis se tient dans le rire même qui le nie, car il nourrit sa puissance du mépris qu'on lui porte. Il jouit en vous d'une grande liberté, monsieur, si j'en juge par la joie tonitruante qui tout à l'heure a accueilli son nom.

— Le diable ?

L'homme fit « oui », d'un coup de front.

— Je crains qu'à votre insu il ne vous tyrannise, dit-il. En ces temps méchamment intelligents que nous vivons, son travail le plus commun est de pousser le monde à se repaître de misérable absence de sens. Ne sentez-vous pas cela ? Le diable assurément est à l'œuvre dans le sentiment que rien ne vaut et que toute existence est, au fond, superflue. Il inspire vos détresses, vos accès de dérision et les insurmontables langueurs où votre âme s'englue, quand vous pensez à ce lit sans compagnie que vous appelez le néant.

Il soupira, sourit avec une timide bonté, dit encore :

— Dieu merci, il ne peut éteindre le souffle perpétuel qui sans cesse pétrit les êtres et les pousse à la recherche de leur nécessaire pâture : la lumière juste.

— Voilà qui devrait suffire à me rendre confiance, répondit Pierre.

Il rit encore, mais sans joie. Le sang lui cognait durement aux tempes.

— La vie est en vous d'une grande puissance, monsieur, lui répondit l'homme. Mais elle est prisonnière de vos désespoirs et de votre ignorance. Voulez-vous que je vous dise comment je vous devine ?

Le regard de Sinabre s'alluma vivement. L'inconnu gloussa, prit ses aises, puis :

— Imaginez un homme prisonnier d'une maison depuis si longtemps fermée sur lui que les champs, les arbres, les ruisseaux alentour, et les nuages, et le soleil ne sont, dans son esprit, que de très vagues songes. Or, voici qu'un jour, dehors, le vent s'enrage, fait trembler sa porte et vaciller la flamme de sa chandelle. Il grelotte dans son lit. « Pourquoi ai-je si froid, gémit-il, quel mauvais sort m'accable ? » Nul ne lui veut de mal, en vérité : c'est l'hiver, voilà tout. Passe le temps. Les poutres craquent, des éblouissements étranges traversent les fentes du toit, et des oiseaux nouveaux cognent du bec aux volets clos. Que fait notre frère humain, dites-moi ? Ouvre-t-il ses fenêtres ? Non : il interroge peureusement ses murs et ses plafonds, il inspecte leurs lézardes, une bougie au poing, sûr que sa pauvre lueur est la plus enviable des lumières. « Quels démons m'assaillent ? se dit-il. Vais-je pouvoir tenir ? » En vérité le printemps vient, rien d'autre. Puis la canicule tranquille oblige le malheureux à errer nu de chambres en cuisine en geignant : « Quel diable me cuit ? » Un jour enfin montent de ses caves des relents d'humus, et par la toiture pourrie l'averse tombe sur ses épaules. « Pourquoi me tourmente-t-on ainsi ? pense-t-il. Que me veut-on ? Qu'ai-je fait pour mériter cela ? » C'est l'automne, il l'ignore. Et il se dit que la vie est décidément insensée, alors qu'elle n'a cessé de l'appeler à ses festins. Quand la maison s'effondrera sur lui, à la fin du prochain hiver, « vous voyez bien, dira-t-il, que notre passage en ce monde n'est que souffrance incohérente entre deux obscurités, une mauvaise farce du hasard ». Mais peut-être qu'avant de mourir, couché sur ses décombres, il apercevra ne serait-ce qu'un feuillage d'arbre et un pan de ciel. Alors il comprendra sans le secours de personne que la puissance de la vie vient à bout de tous les obstacles, et que le diable n'était en lui que la peur féroce de sortir.

Pierre ronchonna, agita les mains devant sa figure.

— Je me méfie des paraboles, dit-il, l'œil moqueur. Elles ne sont trop souvent que des mirages.

— Voici Toulouse, murmura l'homme.

Le train roulait au ralenti dans un grondement feutré traversé de trébuchements d'aiguillages. Pierre se leva. Comme il empoignait son bagage, une sorte de mélancolie le retint. Il en éprouvait parfois de pareilles à quitter des gens un instant rencontrés, avec qui quelque bonheur aurait pu vivre. Le désir lui vint de ne pas laisser s'éteindre la chaleur malingre que l'homme venait d'allumer en lui, malgré les ruades de sa turbulente raison. Il dit :

— Allez-vous à Paris ?

— J'y habite.

— J'y serai demain, répondit Pierre avec un empressement qu'il tenta, trop tard, de maîtriser.

Il hésita, puis comme on lance un appât, sans grand espoir de prise :

— Voulez-vous mon adresse ?

Il l'inscrivit à la hâte sur son agenda, arracha la feuille et la lui tendit.

— J'aime les gens incompréhensibles, dit-il. Peut-être m'écrirez-vous.

— Vous n'êtes pas aussi sot que je l'imaginais, répondit joyeusement l'inconnu. Votre manière de vous abandonner aux caprices des voyages est d'un homme émouvant, quoique sans grand caractère.

Pierre le salua avec une courtoisie narquoise et s'en fut.

Au bout du quai, dans le soleil vivace, il lui sembla qu'il revenait miraculeusement au monde après un long engourdissement peuplé de rêves pesants et nauséeux. Les talons sonnants sur le ciment, ébloui de bruits neufs et de belle lumière, fouetté par l'air frais, il rejoignit à grands pas la cohue des voyageurs. Dans la foule traînarde qui descendait au souterrain il rencontra un regard de jeune femme pressée, comme il l'était. Il lui sourit. Elle baissa les yeux, jouant l'indifférence, mais il sentit qu'une porte avait bougé dans son cœur. Un flot de vie confiant et joyeux l'envahit aussitôt. « Moi, moribond ? pensa-t-il, rieur. Fadaises. » Il sortit de la gare, traversa le pont sur le canal du Midi. Le ciel, les arbres, les voitures même lui parurent accueillants, et le rythme de son pas éveilla en lui une musique contente. Il s'en fut comme un joueur agile parmi les passants paresseux et les embarras des carrefours. Les diableries de son éphémère compagnon lui semblaient déjà pâlies, lointaines, et décidément aussi négligeables que d'inconsistants brouillards, mais il ne regretta pas d'avoir laissé entre eux une chance de nouvelle rencontre. Il était sûr, contre toute raison, de recevoir un jour des nouvelles de ce bavard, et se dit avec une désinvolture de brigand que l'on pouvait toujours espérer d'un fou, à défaut de sagesse, quelques idées de chansons.

Il parvint à la nuit tombée devant le porche anonyme du théâtre du Taur qu'il franchit en familier de l'immeuble. Il avait fréquenté ce lieu au temps où il poursuivait d'indécises études à l'université de Toulouse, et s'essayait déjà au métier incongru de poète d'estrade. Traversant la cour pavée, il risqua un regard vers la loge du concierge. C'était autrefois la tanière d'un anarchiste boiteux qui l'avait souvent accablé de bourrades en lui promettant pour bientôt, d'un ton de prophète véhément, une notoriété de haute taille. Il aperçut, derrière la vitre, une femme inconnue que tiraillait un nourrisson. Elle était épaisse et semblait malveillante. Il en ressentit, loin dans ses soleils secrets, comme un effondrement de vieux mur.

Il entra sans bruit dans la salle de spectacle, et du fond obscur découvrit Baptiste, Thomas et Yacoub, sagement assis sur des tabourets au milieu de la scène, dans le cercle mélancolique d'un projecteur jaune. Ils jouaient pour eux seuls, environnés de boîtes d'instruments, de sacs de voyage, de plancher crépusculaire et de rideaux noirs sauvés d'une misère rédhibitoire par l'envahissante pénombre. Baptiste écoutait sa guitare, l'air sévère, le dos raide et le front penché de côté. Thomas, dans son vieux blouson de cuir, était penché sur la sienne, le visage comiquement mobile, tourmenté aux passages difficiles et jubilant aux éclaircies. Yacoub vêtu de blanc auprès de lui battait sa darbouka, la tête majestueuse sous sa chevelure de paille, et les yeux si bleus, si grands ouverts qu'ils semblaient éblouis par une lumière sans source venue d'au-delà de l'ombre. Pierre les regarda avec une affection paisible et sûre qui lui raviva le sang. Ils étaient avec Julia les seuls vivants ancrés à toute force dans son cœur. Il huma avec délices l'air moisi du pauvre théâtre. L'endroit était toujours aussi terne, poussiéreux, à l'abandon, irrémédiablement voué aux conférences de vieux couteaux révolutionnaires et aux déserts récréatifs. Sur cette scène, vers ses vingt ans, au sortir d'une adolescence peureuse et d'une longue traversée de livres et d'écrits solitaires, il avait braillé ses premiers et très rudes couplets, comme un soldat montant au feu, en compagnie de quelques Catalans passionnés et maladroits qui vivaient alors, comme lui, dans l'attente fébrile d'une imminente apocalypse libertaire. Il s'était souvent repu, en ce lieu, de naïvetés magnifiques.

Il voulut s'asseoir sur un fauteuil branlant pour écouter

la musique de ses trois compagnons et savourer un moment ses retrouvailles avec les fantômes fraternels qu'il sentait renaître alentour, mais il n'en eut pas le temps. Le siège bascula dans un grincement exténué. Thomas leva la tête et cessa de jouer, cherchant à deviner qui était là.

— C'est moi, dit Pierre.

Yacoub aussitôt se mit à battre un roulement de saltimbanque à la parade, Baptiste se leva, posa son instrument contre le tabouret avec les infinies précautions qu'il mettait à tout faire, et Thomas s'avança au bord de la scène, sa guitare au poing, une main en auvent sur le front, en disant dans un petit rire, avec une sorte de tendresse rassurée :

— On s'inquiétait.

Pierre monta parmi eux. Ils s'embrassèrent, parlèrent de la mère morte et de l'enterrement, à mots simples et calmes, se prenant par l'épaule et se réchauffant de regards désarmés. Baptiste, qui répugnait aux mièvreries, resta seul muet. Son affection pour Pierre avait toujours été ainsi : vigilante et discrète. Yacoub demanda des nouvelles de Sylvestre, qu'il admirait comme un oncle prodigieux. Enfin, après un silence découragé :

— Nous t'aimons, dit Thomas.

Baptiste se détourna. Ces mots étaient de ceux qu'il ne savait entendre. Il revint à sa guitare et se mit à jouer les premières mesures de la chanson d'ouverture, invitant les autres, d'un signe de tête, à prendre leur place.

Ils travaillèrent une heure ensemble, se dérouillant ardemment doigts et gorge, redécouvrant avec passion leurs chemins familiers, leurs grands larges, leurs tourbillons et leurs cascades, sans souci de cette misère de théâtre qui les environnait, jusqu'à ce que l'organisateur du concert, une sorte de remuant voyou à l'air sombre, vienne les interrompre. Dès les premiers mots échangés, il apparut que l'homme dissimulait sous son affairement une incompétence de mauvais augure. Pierre pourtant l'accueillit avec la chaleur confiante qu'il prodiguait toujours en ces occasions, et que Baptiste tempéra, comme à l'ordinaire, de questions techniques sévères auxquelles il exigea sur l'instant des réponses précises. L'autre ne sut les dire, se perdit en promesses vagues, puis se tournant vers Pierre chercha son salut dans quelques flatteries et bafouillements de patenôtres culturelles. Baptiste alors lui coupa sèchement la parole et lui demanda d'un ton glacial que lui-même et ses compagnons soient payés avant la représentation, ce que le mauvais drôle accepta avec une inquiétante mollesse, avant de retourner à ses affaires.

— C'est un pirate, dit-il quand la porte eut claqué, au fond de la salle. Je crains que nous ne soyons embarqués sur une galère trouée.

Yacoub se mit à caresser sa darbouka, entre ses genoux. De ses mains naquit un rythme de sable remué qu'il écouta distraitement, puis il sourit et dit :

— La vie est magnifique. Hier, j'étais au monde. Il faisait beau. J'écrivais dans ma chambre, près de la fenêtre, et quand je levais la tête je voyais la rue, les arbres, les immeubles en face, les gens que je connais, un coin de ciel, toutes choses simples et de bon aloi. J'étais le respectable Yacoub ben Elissar.

Il battit un bref galop puis soudain, de son tambour arabe, monta un bruit de cœur sourd.

— Et qui suis-je aujourd'hui ? dit-il, contemplant l'alentour. Un rat, dans un grand piège noir. Je gratte, je flaire. Autour de ce piège est une ville inconnue, et dans cette ville se cache le bandit qui nous a capturés. Tout à l'heure, pour acheter le droit d'être à nouveau des hommes, nous ferons les beaux dans la lumière jaune, devant des gens.

Demain, ma concierge me dira : avez-vous fait bon voyage, monsieur Ben Elissar ? Et je lui répondrai : excellent, madame Mlynarczyk, un vrai voyage d'artiste.

Thomas partit d'un rire doux, appuyé sur sa guitare comme un vieillard sur son bâton. Il répéta, la langue empêtrée dans une moue de bafouilleur :

— Madame Mlynarczyk,

et peu à peu, les épaules secouées, se prit de joie irrépressible. Yacoub, le voyant ainsi, s'étonna, puis son visage s'éclaira et il se mit à rire aussi. Aussitôt leur allégresse enfla et en un instant se débrida en si franches rafales que tous deux se levèrent, se désignant comme des pitres, s'essoufflant et ranimant sans cesse leurs éclats. Baptiste, l'air indulgent, les regarda un moment s'égosiller, puis s'occupa calmement à ranger les instruments dans leurs boîtes. Après quoi il noua sa longue écharpe, rameuta d'un grand geste la troupe brève et dit :

— Ce soir, messieurs, je paie la pitance.

Pierre éteignit le projecteur. Ils descendirent dans les ténèbres de la salle, trébuchant les uns sur les autres et jouant les aveugles bouffons. Tandis qu'ils tâtonnaient, cherchant la sortie :

— Errants oubliés de tous, où sommes-nous ? gémit Thomas dans un bêlement de vieux comédien.

Il cogna du genou contre un fauteuil bancal, maudit à grand bruit Dieu et les nuits du monde.

— Au milieu de nos vies, dit calmement Baptiste.

Et Yacoub, à voix pleurarde :

— Qu'y a-t-il où la vie n'est pas ?

— Le mensonge, grogna Pierre.

Ils rirent encore. Baptiste, le premier, poussa la porte. Dehors, il pleuvait.

Ils dînèrent à la va-vite dans une brasserie aux vitres embuées, parlant comme à leur habitude de leurs familles, de leurs passions buissonnières et de leurs découvertes hors des chemins ordinaires du monde. Baptiste creusait depuis des lustres des manuels d'alchimie qu'il avait un jour dénichés par hasard dans une librairie de ruelle, et qu'il aggravait sans cesse de commentaires et de lectures annexes. Ces œuvres confuses éveillaient en lui un émerveillement placide et l'entraînaient parfois dans un maquis de sagesse déraisonnable et de propos incongrus où ses amis le suivaient volontiers avec leurs propres livres et trouvailles, sans s'étonner de rien. Thomas étudiait la Kabbale, Yacoub la musique mystique des derviches persans et Pierre, en questionneur affamé, le sens insondable des légendes. A chacune de leurs rencontres ils se nourrissaient les uns les autres avec délectation, mêlant à leurs spéculations effrénées sur le mystère des êtres de soudains enthousiasmes sportifs, de puériles plaisanteries, et quand la verve leur venait, d'insolites jugements politiques qui déroutaient fort les témoins par hasard aventurés dans leurs conversations. Ce soir-là, ils attendirent longtemps de détestables omelettes, ce qui contraria leurs palabres. Yacoub eut à peine le temps, avant qu'ils ne retournent à leur travail, de conter quelques bribes de la vie d'un poète turkmène à demi mythique qu'il venait de découvrir. Comme ils couraient au théâtre sous l'averse, il s'obstina bravement à vanter les mérites de son homme :

— Il a dit : ce n'est pas le mal qui tue, c'est l'amour. Il a dit : on ne meurt jamais que d'amour.

Mais les autres, trop occupés à éviter les flaques et les gouttières, ne l'écoutèrent pas.

Ils s'en furent droit, par une sorte de couloir de sépulcre, aux coulisses misérables où ils avaient laissé leurs instruments. Il était l'heure d'entrer en scène. Ils écoutèrent la rumeur de la salle. Elle sonnait le creux. Tandis que Thomas, Yacoub et Pierre accordaient les guitares, Baptiste s'en fut à la recherche de l'organisateur. Il tarda longtemps et revint avec de mauvaises nouvelles. Le voyou s'était enfui avec l'argent de la recette.

— Il va peut-être revenir, dit Pierre.

Nul ne lui répondit. Ils semblaient tous fatigués, tout à coup. Baptiste s'assit dans un coin et se mit à faire des gammes, avec son application coutumière.

— Il faut commencer, dit Thomas, sinon les gens vont partir aussi.

Yacoub s'en alla éteindre la salle. Pierre alluma les projecteurs et ouvrit le rideau.

— Ce soir, dit Baptiste, il est important que nous soyons impeccables. Ayons du cœur, mes bougres, et payons-nous de bonne musique, puisque nous ne le serons pas d'argent.

Ils furent accueillis par des applaudissements chaleureux, quoique grêles. Devant la vague assemblée dispersée jusqu'au fond du noir, Pierre eut quelque peine à s'installer en ferveur convaincante, mais ses compagnons l'entraînèrent dans leurs beautés sans fautes avec tant d'application qu'ils se trouvèrent bientôt accordés au contentement de l'obscure assistance. A la fin du spectacle, ils s'avancèrent satisfaits au-devant de la scène, puis s'en furent à la hâte se revêtir. Comme ils traversaient le hall, chargés de leurs bagages et de leurs instruments, des gens qui les avaient attendus les arrêtèrent pour leur dire que leurs chansons étaient belles, avec des regards émouvants. Ils s'attardèrent à peine en leur compagnie, et les quittèrent comme des voleurs plaisants, pressés de se retrouver seuls dans la vaste fraîcheur de la nuit.

Sur le chemin de la gare, des voyous ivres soudain surgis d'une obscure venelle leur vinrent chercher noise. Nul n'errait alentour, sauf quelques prostituées, de loin en loin, le long des murs. Le premier de ces mauvais braillards s'agrippa, l'air égaré, aux épaules de Baptiste, qui le bouscula rudement. Le malandrin s'en fut buter contre une encoignure de porte cochère d'où il bondit aussitôt, menaçant. Un long couteau s'ouvrit au creux de sa main, dans un claquement sec. Ses compères de bordée, l'aiguillonnant d'obscénités bravaches, le poussèrent alors à la franche bataille. Le drôle s'avança, le pas peu sûr et le dos voûté dans son blouson luisant. Il était jeune et fluet. Pierre vit qu'il tremblait. Il voulut s'interposer, pensant que quelques mots apaisants suffiraient à éteindre son misérable courage. L'autre, croyant à quelque provocation, tourna vers lui sa tête rase, et les yeux envahis de mauvais feu assura son arme en pogne. Ses complices, à brusques coups de griffes et de gueule, retinrent à l'écart Baptiste, Thomas et Yacoub tout à coup affairés, en bousculade maladroite, au secours de leur compagnon. Pierre n'eut que le temps de lever son sac devant son ventre. La lame se planta dedans. Il lança le poing, dans un brouillard d'effroi furibond, vit le pâle voyou tomber à la renverse.

Une sirène de police retentit au loin. Les pègreleux se dispersèrent comme une volée d'oiseaux noirs, abandonnant au milieu de la rue les trois frères d'estrade qui se mirent à courir vers la gare, effrénés, épouvantés, empêtrés dans leurs bagages bringuebalants, tandis que le jeune larron se relevait à grand-peine et s'éloignait, s'appuyant aux murs, titubant aux portes. Alors Pierre demeuré seul, haletant dans l'air désert et froid, ramassa le couteau, et tout à coup lui revint en mémoire le bavard inconnu rencontré dans le train. Cet homme avait deviné qu'un effrayant danger le menaçait. Une soif soudaine le prit de l'interroger encore, d'apprendre en hâte de cet étrange savant quels nouveaux pièges diable et mort avaient sans doute sournoisement posés sur le chemin de ses prochains jours. Tournant alentour la tête dans la nuit vide, tout tremblant et hébété, il n'espéra bientôt son salut que de lui, et comme il rejoignait ses compagnons qui l'attendaient sur le pont du canal, il se prit à penser avec une terreur glaciale qu'il ignorait son nom et ne savait où le joindre.

3

Ils franchirent le seuil de la gare et s'avancèrent dans la lumière de la salle des pas perdus comme des vagabonds harassés, cheminant chacun pour soi et traînant la semelle. Baptiste allait devant. Au milieu du hall il fit halte et attendit que les autres le rejoignent. Ils se regardèrent sans rien dire, plantés sur le dallage, pâles sous les néons, encore effrayés, semblables à des rescapés étonnés d'être parvenus dans ce vaste espace rassurant et propre, au sortir de l'absurde bataille qu'ils venaient de traverser. Puis à nouveau étroitement ensemble ils entrèrent sur le quai et s'en furent chercher refuge dans une salle d'attente au plafond trop haut qui puait le sommeil et la vieille orange. Le lieu n'était occupé que par un clochard endormi sur une lointaine banquette. Ils s'installèrent dans des sièges de faux cuir à la tiédeur suspecte, contre un mur éraflé orné d'affiches ferroviaires. Thomas allongea les jambes sur les bagages en tas et dit, l'air sombre :

— Nos philosophies ne valent rien. Il n'en est pas une qui tienne contre une bourrade d'ivrogne.

— Je n'ai pensé qu'à fuir, sans aucun souci de vous, dit Yacoub, l'air stupéfait. Auriez-vous été en danger, je ne vous aurais pas porté secours.

Baptiste, à demi couché dans son fauteuil, le menton sur la poitrine, répondit à voix presque basse, comme pour lui seul :

— Les failles des gens ordinaires sont moins visibles et brutales que celles des voyous, mais aussi profondes, aussi graves. Nous sommes de misérables gens ordinaires.

— Ce fou a voulu me tuer, gronda Pierre.

Il grelottait, les yeux fixes. Baptiste tourna vers lui la tête.

— Ce n'était pas ton heure, dit-il sèchement. Réjouis-toi.

Il était d'humeur massacrante. Il se redressa, croisa les bras sur la poitrine et regarda droit devant lui en soufflant fort du nez. Alors Pierre cessa de trembler. Un grain de moquerie lui vint aux yeux, tandis que Thomas poussait Yacoub du coude. Baptiste renaissait, après la peur. Et quand il se plantait roidement ainsi, c'était signe d'un prochain déferlement de sentences et de rudes vérités. Il ricana d'abord et dit, austère comme un bonze :

— Nous nous croyons solides parce que nous avons de vastes greniers pleins de belles phrases, mais que la nuit remue à peine et nous voilà aussi peureux que les plus morveux des jean-foutre. Vous trouvez sinistres les voyous qui nous ont frotté les côtes tout à l'heure. Ils sont nos pareils. Ils singent les aventuriers bardés de ferrailles, ils se paient de roulements d'épaules et de bravades imbéciles. Nous jouons les penseurs et les saints ermites encombrés de doutes intelligents. Le sommes-nous vraiment ? Pas plus qu'ils ne sont des guerriers héroïques. Ignorants de la pauvreté de nos âmes, maquilleurs de détresse, hâbleurs quand la paix règne et vérolés de lâcheté dès que le vent souffle un peu fort, voilà ce que nous sommes. Nous vivons comme des enfants dans la terreur de nous perdre, affamés du seul désir d'être aimés, reconnus, réchauffés dans le giron de la bande et prêts à tous les mensonges pour n'être pas abandonnés à cette solitude effrayante qui nous forcerait à devenir des hommes. Qu'avons-nous découvert, en vingt ans de lectures, d'écrits, de musiques, de passions ? Même pas le mot capable de clouer le bec d'un malfrat. Nous jouons aux billes avec des idées, et nous nous croyons promis, pauvres naïfs, aux triomphes secrets des sages omniscients. Je me tais, j'ai envie de rire. Parlez maintenant, petits frères. Vous pouvez à nouveau travestir vos misères en beaux arguments.

Un silence embarrassé pesa un court moment puis Yacoub, tout soudain, lança un « bravo » sonnant et se mit à applaudir avec une ferveur de mélomane comblé. Thomas et Pierre hochèrent ensemble la tête, en connaisseurs convaincus, et firent de même. Le bruit cahotant mais vigoureux de trois paires de mains battantes emplit l'air morne. Le clochard couché sur sa banquette, au bout de la salle, se réveilla, se haussa à grand-peine sur un coude avec un grognement de chien poussif. Sa face hirsute, sanguine, boursouflée semblait sortir d'un fond de cuve. Il contempla, l'air hébété, les trois drôles qui menaient ce tapage enthousiaste, se leva, boutonna son haillon de manteau sur sa bedaine malsaine, salua profondément, les talons joints et la main sur le cœur, et s'en alla en gueulant des incohérences joyeuses. Baptiste, toujours assis raide, le regarda sortir en riant sans bruit. Thomas s'en alla fermer la porte que le bonhomme avait laissée grande ouverte, et revenant vers ses compagnons s'arrêta à mi-chemin, l'air songeur.

— Nous aurions tort de désespérer de nous-mêmes, dit-il. Les voyous ignorent qu'ils ne sont pas des hommes véritables, alors que nous n'avons guère d'illusions sur notre état d'enfance. Signe que nous commençons à grandir. L'étude n'est pas inutile.

— J'ai besoin d'aide, dit Pierre. Il me faut apprendre à mourir.

Baptiste le regarda en haussant les sourcils, Yacoub se

pencha, bouche bée, Thomas s'accroupit en face de lui, tendit la main vers son genou et la posa timidement, des questions inquiètes dans les yeux. Alors il se mit à conter sa rencontre avec l'étrange devin qui avait accompagné son voyage vers Toulouse et qui n'avait pas quitté son esprit depuis l'empoignade nocturne. Il le fit sans ornements, comme l'on avoue une mauvaise passe, s'efforçant pauvrement de tourner ses effrois en dérision. Quand il eut fini, Yacoub estima qu'il devait se tenir sur ses gardes.

— Je crois à ces présages, dit-il. Un soldat de Jérusalem, un jour, m'a raconté une aventure semblable. Un fou avait prévenu l'un de ses frères, comme tu l'as été, que sa fin était proche. Il n'est pas mort, mais il a subi de dures épreuves, et s'est retiré au désert.

Un fracas soudain de haut-parleurs et de ferraillements fit trembler les vitres. L'express entrait en gare. Ils se dressèrent en grand désordre, comme réveillés en sursaut, sortirent sur le quai, vestes et blousons ouverts, écharpes nouées à la hâte. Le vent froid de la nuit les saisit, leur courba le dos, leur fit un instant, sous les lumières blafardes, des regards de pauvres hères. Ils grimpèrent dans le premier wagon venu, et traînant leurs bagages hétéroclites le long des couloirs, partirent à la recherche de leurs couchettes. Quand ils y parvinrent, le train roulait à son allure de campagne et les dernières lueurs habitées s'enfonçaient dans les ténèbres. Ils s'installèrent sans un mot. Ils étaient éreintés. Thomas éteignit la lampe, se coucha le dernier. Après un long moment de bercement, Baptiste dit à voix nette, dans le noir :

— Tu as quelque chose à comprendre, Pierre, je ne sais quoi. Quelque chose à affronter, je ne sais comment. Quelque chose à vivre seul.

Pierre ne répondit pas. Il dormait. Thomas et Yacoub aussi.

Des rires, des piétinements, des appels matinaux les réveillèrent. Perclus, frileux, ébouriffés, renfrognés, ils se vêtirent et s'en furent dans le couloir, somnolant encore, les yeux vagues. Le train traversait au ralenti des champs de voies et de pylônes cernés de brume infinie. Yacoub, la tempe appuyée contre la vitre embuée, fit mine de sommeiller debout, Thomas boutonna son blouson jusqu'au menton, Baptiste et Pierre se perdirent en frissonnant dans la contemplation des entrepôts, des immeubles de banlieue, des premiers pans de rues pavées et de bistrots misérables entrevus au-delà des longs murs aveugles qui conduisaient aux grisailles sévères de la gare. Ils détestaient ces retours au petit jour. Ils s'y sentaient mal vivants, l'esprit nu et le cœur vulnérable, impatients de rejoindre leur tanière et hargneux de devoir encore affronter, avant de retrouver enfin les chaleurs familières, des cohues malveillantes et des froidures aigres.

Julia au bout du quai les vit venir de loin, encombrés de sacs mariniers et d'étuis de guitares, pareils à des aventuriers ambigus, trop tendres pour les errances cosmopolites. Elle s'appliqua à ne point les perdre du regard dans la foule des voyageurs et se plut à les trouver beaux malgré leur fatigue et leur débraillement. « Ils sont plus vivants que le commun des hommes », se dit-elle fièrement. Elle leur sourit avant qu'ils ne l'aperçoivent, leur fit un grand signe, vit leurs visages s'éclairer, se tourner les uns vers les autres, se parler. Pierre allongea le pas, elle accourut vers lui. Il posa son bagage, sans souci du monde qui l'environnait, et la serra dans ses bras en s'étonnant, d'une voix frêle et contente, qu'elle soit venue l'attendre. Elle haussa les épaules, rieuse, désarmée comme une enfant qui ne sait dire, puis embrassa bonnement ses compagnons.

Les quatre hommes, bousculés par le flot des gens et

des valises, s'étreignirent furtivement en se saluant de paroles hâtives, de rires, de gestes d'au revoir, et se dispersèrent parmi la foule hésitante, les klaxons véhéments des chariots et les lueurs de matin pâle tombées par d'invisibles brèches dans le bruyant affairement du quai. Pierre et Julia, demeurés seuls, sortirent lentement de la gare. Ils cheminèrent enlacés, chacun s'éveillant à la présence de l'autre par brefs regards et menus gestes amoureux, et pour ne point troubler leur volupté discrète d'être à nouveau ensemble parlèrent à peine, jusqu'à leur voiture, des heures séparées qu'ils venaient de vivre.

Pierre, dès le seuil de leur appartement, flaira les lumières et les pénombres avec une sorte de bonheur meurtri qu'il n'avait encore jamais ressenti, et entra à pas lents chez lui comme un guerrier de retour après cent ans de batailles. Trois jours à peine étaient passés depuis l'appel de son père au chevet d'Angèle agonisante. Il s'en était allé précipitamment, dans une tempête d'âme si bouleversante qu'il avait cru les temps calmes à jamais effacés de sa vie. Sa maison, pourtant, était restée en paix. L'air sentait bon Julia, les livres, l'ordre propre. Il laissa son sac dans le vestibule et s'en fut jeter sa veste sur une chaise de la chambre. Le lit était ouvert. Un rayon de soleil, entre les rideaux tirés, tranchait obliquement la vieille armoire peinte et un pan de parquet. Il se tint un moment immobile dans l'ombre tiède, eut un salut de cœur pour son silence accueillant et doux. La saveur des matins d'autrefois aussitôt se réveilla en lui, par éclats tendres et fragiles. Il voulut rassurer ce bonheur renaissant, l'empêcher de s'éteindre. L'esprit allègre, il vint à la cuisine où était Julia. Il appuya son grand corps contre l'encadrement de la porte et la regarda vivre, devant la fenêtre aux carreaux embués, dans sa simplicité de ménagère et ses gestes d'avant le voyage. Comme il ne bougeait pas, elle lui jeta un coup d'œil étonné et suspendit son travail, le temps que s'allume dans ses yeux un air timidement canaille. Il se dit : « elle pense que j'ai envie d'elle et que je veux l'attirer dans la chambre ». Une belle chaleur envahit sa poitrine. Il vint contre son dos, enlaça sa taille, posa la bouche dans ses cheveux. Elle tourna à demi la tête, eut un sourire d'abandon, les yeux clos. Il la caressa furtivement. Elle le repoussa avec un geignement d'aise. Il goûta en un éclair un plaisir violent mais insaisissable comme un miracle à peine humé, déjà défait. Il s'éloigna. A nouveau elle s'affaira, contente ravivée.

— Sylvestre a décidé de voyager, dit-elle. Il m'a promis de venir nous porter les premières cerises de sa récolte.

Pierre soupira, comme épuisé d'avance. Il s'en fut dans la petite pièce dont il avait fait sa bibliothèque, se laissa tomber sur le canapé. Son regard erra le long des murs de livres qui l'environnaient, sur la table encombrée de feuilles, de cahiers, de stylos, de courrier répandu alentour de la lampe, et peu à peu lui revinrent les maussaderies pesantes de ces dernières journées. Il essaya de secouer ce regain de fatigue, de ranimer le parfum de bonheur matinal qu'il venait à peine de goûter. Il ne put. Faute d'heureuse paix il voulut se fouetter de vaillance, et tenta de s'accorder, avant de se remettre au travail, à la tranquillité imperturbable de cet antre où il avait vécu si longtemps à l'abri des tempêtes, mais l'air alentour lui parut hostile, tout à coup, et la peur le prit d'avoir laissé derrière lui un autre cadavre que celui de sa mère. L'homme qui avait quitté ces lieux, trois jours auparavant, n'était pas revenu. Celui-là avait l'innocence, l'arrogance intelligente et la profondeur aisée des artistes sans blessures. Il s'accouda sur ses genoux, posa les mains ouvertes sur son front. Il ne percevait plus, là, dans son crâne, qu'une âme méfiante, effarouchée, semblable à une bête traquée s'épuisant sans espoir à repousser au large d'inimaginables ténèbres.

Il alla s'asseoir à son bureau, remua les pages bavardes couvertes de balbutiements de chansons, de graffiti et de paragraphes hâtifs qui lui étaient venus ces temps derniers. Il les relut, les trouva fort éloignés des soucis de son cœur, puérils, pâles, de faible sens. Il en fut découragé, s'impatienta, s'efforça de réfléchir posément aux épreuves qu'il venait de traverser. « Ma mère est morte sans souffrances, d'un simple baiser de Dieu, se dit-il. J'en éprouve un chagrin banal. Qui n'est pas appelé à subir, un jour ou l'autre, pareil déchirement ? Qui n'y a pas survécu ? Il n'est rien là qui me puisse perdre. J'ai rencontré un homme de méchante envergure. Il m'a empuanti l'esprit. Suis-je si fragile que je ne puisse me laver de ces nuées de suie, sacrédieu ? J'ai failli mourir d'une lame dans le ventre. L'aventure est ordinaire. Les nuits du monde sont peuplées de voyous et de couteaux, et je n'ai même pas senti l'haleine de l'ivrogne. Suffit. La vérité est que je me sens d'une santé tonitruante, que mes pieds sont solidement plantés dans la belle existence, et que ma peur n'est pas un signe de danger, mais un verrou qui m'enferme. Il me faut le briser, oublier les foutreries où je m'empêtre et me remettre à la charrue, tracer des phrases, chanter, vivre, c'est mon lot. » Mais l'ombre turbulente qui cernait son esprit ne voulut pas céder, et l'idée lui vint, insistante, insidieuse, que c'en était fini des fables, qu'il était maintenant son propre livre, et que les réponses à ses espoirs, à ses peines, à ses effrois, à ses questions, s'inscriraient désormais dans sa chair, sans ornements, sans éloquence et sans pitié.

Il vit, par la porte vitrée, Julia entrer dans la salle à manger voisine avec un plateau chargé de croissants, de confitures et de bols fumants qu'elle posa sur la longue table à tréteaux en poussant du coude, pour se faire place, les quelques dossiers et livres qui l'encombraient. Il s'avisa qu'il avait faim, la rejoignit et s'assit en face d'elle, avec un soupir de satisfaction, dans la lumière de printemps qui baignait maintenant la pièce.

— Nous avons un invité, aujourd'hui, dit-elle.

— Un petit fou ?

Elle fit « oui » de la tête, accoudée au bord de la table, avant d'effleurer des lèvres son café brûlant. Pierre en fut content. Voilà qui allait l'obliger à sortir de ses mauvais ruminements. Il sentit monter en lui un désir de bonté utile, une force d'éveilleur mêlée de vanité comédienne et remuante : il savait sa parole conteuse subtile, presque souveraine. Plusieurs fois déjà son art avait ouvert des brèches dans les esprits opaques des petits patients de Julia. Il en était plus fier que de ses chansons majeures.

— C'est le fils d'un grand militaire, dit-elle. Tu ne le connais pas, il est au « Centre » depuis deux mois. Tout ce que nous disons semble tomber en lui comme dans un puits sans fond.

Il sourit, l'air goguenard. Elle pencha la tête de côté, le regarda, du soleil dans les yeux, dit encore :

— Ne te moque pas, bandit.

Il éprouvait, pour le métier de sa femme, une passion très vigilante et jalouse. Il avait toujours résisté à le lui dire, par sotte vergogne d'homme et sans doute aussi par désir tyrannique de ne point la distraire de lui-même et de ses propres œuvres. Il jouait donc, chaque fois que l'occasion lui était donnée, à exagérer son aversion pour le parc mesquin, les couloirs surchauffés et les compassions glaciales de ce désespérant paradis hospitalier qu'elle appelait le « Centre », et qui dévorait une part de sa vie, mais pour autant ne manquait jamais de la provoquer à raconter les aventures saugrenues ou bouleversantes qui survenaient souvent en ce lieu. Elle y travaillait, en compagnie de quelques psychologues et médecins, à ramener vers la lumière des enfants perdus dans des jungles mentales dont on ne savait presque rien. En vérité, il s'étonnait surtout de la familiarité de ses paroles et de la tranquillité de son regard quand elle parlait de ces terribles innocents qu'elle côtoyait tous les jours. Leurs gouffres, apparemment, ne l'effrayaient pas. Elle semblait pourtant tout à fait dépourvue de cette foi missionnaire que l'on suppose, d'ordinaire, aux gens qui fréquentent sans peur les pires lèpres. Chaque fois que Pierre l'interrogeait (avec parfois une hargne suspecte) sur les raisons de son dévouement à ces faux vivants, elle répondait en haussant les épaules d'un air d'évidence qu'elle avait choisi ce métier par intérêt pour les mystères de l'esprit, et qu'elle n'en connaissait pas d'autre à sa convenance. Et s'il la poussait, pour tempérer ses propres inquiétudes, à avouer une secrète dévotion à la cause de Dieu, et son souci de salut, puisque ces catastrophiques enfants ne la payaient guère de satisfactions, elle le regardait avec une indulgence amusée, répondait quelque plaisanterie hors de propos, et de guerre lasse le provoquait impudemment à l'amour. C'était là sa médecine aux dérives métaphysiques. Pierre alors se taisait, résistait à peine et succombait infailliblement au désir allumé avec des grognements de fauve dévorant.

Il aidait pourtant volontiers à son travail. Ceux des psychologues du « Centre » qui s'étaient mis en tête d'explorer les possibles vertus de la parole avaient peu à peu découvert que seules les plus méchantes et douloureuses des légendes éveillaient des lueurs dans les esprits de leurs patients.

Julia, depuis quelque temps, s'appliquait donc à leur conter de ces sombres histoires dans l'espoir de forcer des portes et de débusquer les monstres qui tenaient prisonniers leurs cerveaux. Parfois, après qu'elle eût parlé, certains parmi ceux qui l'avaient écoutée parvenaient à décrire quelques bribes des images qui les hantaient. Leurs balbutiements étaient ses victoires. Pierre lui était d'un grand secours : il palabrait mieux qu'elle, captivait avec une rouerie qu'elle n'avait pas, et son sac de contes était inépuisable. Il lui donnait ardemment de son savoir, certains soirs, et quand elle ramenait avec elle, pour une journée de dépaysement hors les murs du « Centre », l'un de ses pitoyables pensionnaires, l'instant venait toujours où elle le confiait à ses imaginatives magies. Elle ne faisait alors que veiller, tous sens à l'affût, aux éventuelles réactions de l'enfant.

— Il s'appelle Mathieu, dit-elle. Quand je raconte, il se pétrifie et me regarde avec une sorte d'avidité qui me fait peur. Quand je pars, il hurle. Il faut trouver l'histoire qui le débondera.

Ils s'attardaient à table après le déjeuner quand Mathieu arriva, amené par une aide-soignante fort inquiète de se débarrasser au plus vite de l'imprévisible marmot. Julia eut à peine le temps de l'accueillir sur le seuil de l'appartement. La jeune fille poussa le petit être vers la porte, comme l'on se défait d'un fardeau maléfique, et ne voulut pas entrer, prétextant, déjà dans l'escalier, quelques occupations pressantes. Pierre la vit, par la fenêtre, sortir en courant de l'immeuble, entrer dans une guimbarde poussiéreuse où l'attendait un homme et s'ébouriffer à deux mains les cheveux, l'air content. Il envia l'impitoyable innocence de ces gens capables de tenir à distance les misères d'autrui et d'aller à leur plaisir sans perdre le moindre grain de cœur en tendresses douloureuses. Avec une soudaine mélancolie il s'attarda à suivre des yeux la voiture jusqu'à ce qu'elle ait disparu sous les arbres du boulevard, puis se retourna vers Mathieu, qui venait d'entrer.

Il était debout dans la tranquillité de la pièce, au creux de Julia, la nuque appuyée contre son ventre, regardant alentour, avec une sorte d'épouvante muette, les meubles, les images aux murs, les reliefs ensoleillés du repas sur la table. Elle le tenait aux épaules comme une mère confiante présentant au père son fils. Il était très maigre et pâle. Ses doigts décharnés se nouaient sans cesse en geste de prière, se défaisaient par brusques arrachements et à nouveau se cherchaient, se tordaient contre son corps. L'enfant leva la tête vers le haut visage de l'homme et le contempla avec une insistante sévérité. De grosses veines bleues traversaient ses tempes. Pierre s'accroupit à sa hauteur. Il lui sembla voir, dans les ténèbres luisantes de ses yeux, une froideur de vieillard revenu brisé de toutes les vanités. « Il ne parlera jamais », se dit-il. Lentement, il tendit la main et la posa sur les poings torturés. Le petit fou eut un recul haletant, comme si le feu l'avait touché, se tourna vivement sur Julia, enfouit la figure dans sa jupe et se mit à pousser de petits cris effrayés. Elle l'enveloppa dans ses bras, le berça un moment en lui caressant la tête et dit à Pierre :

— Laisse-nous.

Il s'en fut parmi ses livres et elle s'affaira au ménage. Mathieu la suivit partout, de vaisselle en rangement de chambre, obstinément agrippé à sa manche. Elle le supporta avec l'apparente indifférence d'une femelle traînaillant son nourrisson dans les recoins de sa tanière, et comme font ces mères sauvages, elle ne se préoccupa de lui, par gestes brefs, rudes et sûrs, que pour le détourner des faux pas. Ils vinrent plusieurs fois rôder aux abords de la bibliothèque où Pierre, penché sur ses carnets et ses pages éparses, tentait de ravauder quelques couplets de chansons. A chacun de leurs passages l'enfant ne suivit Julia qu'à contrecœur, tiré par son empoignement, sa tête menue tournée vers l'homme aperçu par l'entrebâillement. Ils disparurent un instant. Pierre entendit des chuchotements dans le vestibule, puis la porte bougea.

La femme et l'enfant franchirent le seuil, en se tenant par la main. Ils s'avancèrent comme dans un temple, lents et solennels, et firent halte en face de la table. Mathieu parut soudain fasciné par le large et bienveillant personnage paisiblement immobile devant lui. Il l'examina longtemps, avec son air de souffrance froide, en respirant fort. Puis il abandonna sans y prendre garde la main de Julia et ses doigts pâles s'agitèrent à nouveau contre sa poitrine, douloureusement, comme s'ils voulaient s'arracher d'un piège. Alors la jeune femme le prit par l'épaule et dit, désignant l'homme assis :

— Pierre Sinabre.

Pierre s'accouda sur ses feuilles et sourit à ce visage qui semblait inspecter sans pitié les plus graves obscurités de son âme. Elle dit encore, serrant l'enfant au creux de sa hanche :

— Mathieu.

Le regard du petit fou prit une fixité nouvelle. Ses doigts enchevêtrés firent effort pour se dénouer. Ils eurent quelques convulsions d'animaux aveugles mais restèrent en boule serrée contre son corps, et se tinrent ainsi sans plus bouger. Julia ôta doucement le bras de son épaule. Mathieu ne broncha pas. Il paraissait définitivement captivé par la figure de l'homme dont le nom était semblable à celui de cette femme indispensable et familière, chaudement accolée à son flanc, mais qu'il oubliait déjà. Elle s'éloigna d'un pas, attendit, aux aguets, puis, à mouvements lents, comme si elle craignait d'effaroucher l'air, elle recula vers la porte, et Pierre, pour distraire l'enfant de cet éloignement, se mit à lui parler, à mi-voix affectueuse.

Il fit d'abord confiance à la musique des paroles, improvisant effrontément de vagues extravagances, préoccupé de rien d'autre que d'amadouer les ombres profondes de ces yeux où semblaient s'exaspérer des lueurs de vie prisonnière. Puis, le voyant solidement tenu, il haussa le ton et lui dit à voix bougonne, comme un bavard inconséquent, la difficulté qu'il éprouvait à trouver sur l'instant une histoire utile à son état. Il fit quelques allusions complaisantes à son travail, décrivit Yacoub, qui lui avait la veille conté une sorte de légende mélancolique dont il ne parvenait pas à se souvenir, et pensa tout à coup que ce pauvre vivant sans esprit ne pouvait rien comprendre à ses phrases : elles sortaient sans apprêt de sa bouche, encombrées de mots adultes dont il ne se souciait pas d'amenuiser au plus juste le sens, comme l'on fait d'ordinaire devant l'étroite porte d'un cerveau puéril. Pourtant Mathieu l'écoutait, tant ensorcelé qu'il en oubliait, bouche ouverte, de respirer, et avalait l'air par goulées brèves à chaque tombée de silence. Pierre en fut intrigué jusqu'à l'agacement. L'envie lui vint de mettre à l'épreuve cette attentive passion que rien, apparemment, ne pouvait décourager. Il abandonna soudain tout ornement séducteur et se mit à raconter, sans rien déguiser de la véhémence effrayée revenue d'un coup à son esprit, sa rencontre de la veille avec le voyageur de mauvais aloi qu'il baptisa tout de go, dans le flot de paroles, « monsieur Train-de-Toulouse ». Il se décrivit lui-même en héros enfantin persécuté par les ténébreuses manigances de l'homme hâtivement habillé d'oripeaux fantomatiques, environna son faux conte de hululements nocturnes, de forêt brumeuse et de loups assassins, mais dit aussi exactement qu'il put le dialogue échangé avec l'inconnu, et l'ébranlement qu'il en avait subi.

Mathieu parut pétrifié par ce récit. Il le suivit avec, dans les yeux, une lumière d'ange justicier si imperturbable et terrible que Pierre, quand il lui fallut avouer ses frayeurs, se détourna de lui pour ne point se sentir trop misérable. Sa présence, au fil des mots, lui fut un fardeau de plus en plus accablant. Il eut bientôt grande hâte de se taire, de se débarrasser de ce bouleversant avorton et d'aller marcher par les rues, pour ne plus avoir à supporter son regard trop pénétrant. Il lui fallait une fin. Il la bâcla, sans souci d'être suivi, mais ne la fit pas mortelle, par crainte superstitieuse. Il permit au héros de son histoire une fuite haletante qui le conduisit sur une lande déserte où l'assaillit une dernière fois son maigre et pâle ennemi armé d'un coutelas.

— Cet homme sauvage à la face de lune se jeta sur lui, sa longue lame brandie, dit-il stupidement. Mais il ne put le transpercer : le Beau-Vivant fit un pas de côté, et le malfaisant emporté par l'élan tomba dans un brouillard si lourd et si vaste qu'à jamais il s'y perdit.

Il laissa ainsi battante la porte de l'histoire. Mathieu ne bougea pas. Son front se froissa, ses yeux se firent infiniment inquiets : il attendait encore. Pierre poussa un long soupir, laissa s'écouler un instant de silence. Une ronronnante satisfaction lui vint d'avoir pris si solidement ce regard à ses pièges de conteur. Il sourit, se sentit à nouveau calme et compatissant. L'idée d'abandonner là ce malheureux lui parut honteuse. Il devait maintenant l'encourager à parler. Il prit un maintien de thérapeute attentif.

— Toi, raconte-moi, dit-il.

L'enfant bégaya quelques menus couinements de chiot, ouvrit la bouche, haleta. Ses doigts s'affolèrent contre sa chemise et ses yeux se firent suppliants, tant son effort était souffrant. Il lança soudain d'un trait :

— Il était une fois,
et s'arrêta là, semblable à un animal peureux qui vient d'entendre la voix d'un être invisible. Julia entra sans bruit. Elle s'assit derrière lui, sur l'extrême bord du canapé, se pencha, et comme l'on prie sans paroles, de toutes les forces de son esprit poussa le petit fou à s'arracher du corps quelques lambeaux de ses terreurs. Mathieu sentit sa présence. Il recula, tourna d'un à-coup la tête vers elle, puis du même mouvement saccadé regarda Pierre à nouveau. Alors ses lèvres se mirent à trembler, son corps aussi, raide et comme transi. Une sorte de courroux hautain envahit son visage, une brusque inspiration gonfla sa poitrine, et pareil à un nabot prophétique jetant à la face des humains l'invective d'un dieu, il dit, désignant celui qu'il venait d'entendre, l'index tendu :

— Il était une fois Pierre Sinabre, Pierre Sinabre, Pierre Sinabre.

Pierre se dressa si brutalement que sa chaise se renversa, et l'air égaré leva haut la main en fulminant contre l'enfant une bordée d'insultes balbutiantes. L'autre poussa un cri de rage peureuse et s'en fut chercher refuge dans les bras de Julia. Il s'enfouit en geignant dans son giron. Elle se mit à le bercer, à lui roucouler des tendresses, à lui caresser les cheveux, tandis que Pierre, le cœur tonnant, relevait son siège et se rasseyait, grognant encore. Quand Mathieu fut un peu apaisé, elle regarda son homme d'un air de reproche et lui demanda la raison de la mauvaise farce qu'il venait de faire. Il croisa les doigts sur la table pour contenir son impatience, puis à pauvres mots grognons lui dit son aventure de la veille et sa misérable idée de la déguiser en conte.

— Il a compris que je l'entraînais dans ma propre vie. J'ai cru qu'il m'écoutait. Non : il m'explorait, et il a vu, lui aussi, la mort dans mon esprit. Les fous sont des diables.

— Ils sont parfois des maîtres, répondit Julia.

Elle se tut un long moment, posant la joue sur le front de l'enfant chaque fois que de brusques soupirs sanglotants le secouaient, puis elle dit encore, à voix douce pour ne pas effaroucher le petit corps qu'elle tenait blotti :

— Les fous occupent des territoires de l'esprit auxquels nous n'avons pas accès. Leur malheur est d'être lucides où nous ne le sommes pas, et incohérents dans le monde où nous sommes. Il me semble parfois que s'ils parvenaient à s'ancrer solidement parmi nous sans cesser d'être familiers de ces lieux où ils vivent, ils seraient des sages parfaits. Tels qu'ils sont, ils ne peuvent que nous cracher de temps en temps à la figure, sans savoir ce qu'ils font, des vérités insupportables.

— Je vais mourir, murmura Pierre. Depuis hier trop de signes le disent.

Elle redressa fièrement la tête et répondit à mi-voix, avec une sécheresse de couteau :

— Je déteste les hommes peureux. Si tu tiens à ta femme, Sinabre, veille à ta dignité.

Il la regarda, ébahi. Le visage de Julia était pourpre. La belle colère qui lui flambait aux yeux s'adoucit, se tempéra de prière aimante. Elle était déjà contrite de l'avoir blessé. La sonnerie du téléphone grésilla dans la pièce voisine. Elle baissa le front sur Mathieu. Pierre, à grands pas, s'en fut répondre. Il entendit très loin, dans un champ de clignotements sonores :

— Jean Telque.

Puis, après un silence où il lui sembla deviner un petit rire cascadeur :

— L'homme du train.

4

Le petit fou se défit du bercement de Julia et s'en alla fureter parmi les livres. Elle le suivit, nommant les objets qu'il lui désignait à petits cris et gestes véhéments, et l'encourageant à dire après elle les mots qu'elle articulait avec une patience inaltérable. Elle s'appliqua à ce travail de mère enseignante jusqu'à ce qu'elle entende le tintement du téléphone raccroché dans la pièce voisine. Alors elle lança un coup d'œil vif à travers la porte vitrée et s'interrompit, l'air soudain anxieux, voyant Sinabre revenir vers la bibliothèque avec une lenteur de moine méditatif, la tête basse et le dos rond. Il fit halte au seuil de la pièce, si absorbé dans ses pensées qu'il parut en oublier de marcher. Mathieu courut se jeter contre son grand corps immobile, s'agrippa à sa ceinture et se haussa sur la pointe des pieds, mendiant un regard. Julia vint aussi au-devant de Pierre et repoussa l'envahissant marmot, qui courut s'enfoncer le visage dans le canapé, tandis qu'à deux mains elle empoignait doucement son homme par la tignasse. Elle le força à relever le front et chercha ses yeux. Il lui sourit d'un air de ruse sourde qui la rassura.

Il lui dit qu'il avait rendez-vous avec l'inconnu dont il venait de lui parler. Elle rit, incrédule, et revint en hâte à Mathieu qui menaçait de dévorer un coussin.

— C'est peut-être, dit-il, un marchand de brouillard,

peut-être un éveilleur, peut-être un malfaisant. Il me faut le creuser. Avant ce soir je saurai.

Il ne put tout à fait dissimuler, sous son affectation d'assurance grognonne, des lueurs joyeuses, fanfaronnes. Il ruminait une revanche sur les frayeurs qu'il avait subies. Il la tenait. Julia l'observa à la dérobée, dès qu'elle eut contenu la colère convulsive de l'enfant, et devina ce désir de combat.

— Il m'attend dans une heure à la brasserie des Saints-Innocents, dit-il.

Il avait envie de partir sans tarder mais ne voulait pas le montrer. Il se mit à bouger malaisément dans la pièce, s'efforçant à l'insouciance, ordonnant sans nécessité des feuillets de brouillons sur son bureau. Elle le regarda s'affairer, moqueuse, tendrement indulgente. « Comme il est impatient d'affronter cet homme, de le fouiller, de le combattre et de lui demander raison, pensa-t-elle. Il attend que je l'aiguillonne, que je le pousse à la bataille garçonnière où il veut aller. Il a grande envie que je sois sa complice à ce jeu. Mais sait-il qu'il joue ? Non. Il se croit décidé à partir en quête d'un savoir important, alors que sa rage de comprendre n'est qu'une effervescence d'adolescent vigoureux espérant cette merveille : vaincre. Cela se voit dans ses yeux. Comme j'aime qu'ils brillent ainsi, et comme j'aime aussi qu'il ne sache pas pourquoi ! Son ignorance est peut-être le plus secret et le plus doux de mes bonheurs. » Elle se mit à bercer à nouveau Mathieu contre elle. Son regard se fit rêveur, tandis qu'elle pensait encore : « Quand il me racontera sa récolte de fruits et de bosses, je m'enfoncerai douillettement au plus chaud de son corps, aussi enfant que lui, et je jouirai de l'imaginer valeureux. » Elle partit d'un rire clair, comme si lui venait une drôlerie. Pierre, embarrassé, haussa les sourcils.

— Va vite, lui dit-elle.

Il eut un éclat délivré, s'en fut à la chambre prendre sa veste, la jeta sur l'épaule. A l'instant de sortir, il éprouva quelque gêne de laisser Julia pour un rendez-vous qu'elle jugeait peut-être sans objet. Il lui proposa de venir le rejoindre, dès qu'elle le pourrait. Elle accepta joyeusement. Ils convinrent de se retrouver devant la fontaine des Innocents. Il s'en alla tranquille, et du palier lança un au revoir sonore à Mathieu, qu'il entendit courir dans le vestibule et cogner des poings et des pieds contre la porte fermée.

Tandis qu'il cheminait dans l'intarissable grondement de l'asphalte, le pas franc et le poitrail large, le nom de Telque lui claqua souvent en tête. Il se plut à l'écouter résonner sous son talon, à l'entendre dans de brusques sonnements de klaxons, aux traversées des carrefours, il goûta sa saveur sèche à le redire sur la musique qui lui envahissait l'esprit, quand sa marche vive le conduisait sans obstacle vers des échappées de ciel gris, au bout des rues. Il le laissa fuir aussi, le temps de savourer la secrète douceur de l'air, des arbres, des façades que les hâtes frénétiques ne parvenaient pas à troubler, le retrouva brusquement, imaginant vies et morts dans des halètements lointains d'ambulances, l'oublia enfin tout à fait, un long moment, pour examiner effrontément des femmes qu'il croisa. Quelques-unes d'humeur joyeuse s'attardèrent au passage à le regarder avec une insistance égale à la sienne. Il traversa leur fugitive présence remué par de soudaines envies de tendresse, et sans se retourner sur elles laissa chaque fois se défaire ces brèves épousailles, dans l'enchevêtrement des gens et des voitures, avec une mélancolie qui le fortifia. En vérité, le simple désir d'aventure n'avait guère de place dans cette quête de regards. Il éprouvait simplement la soif fréquente de ressentir au plus près de lui la jouissive existence des femmes. Surprendre un geste, une attitude non voulue, supputer leurs pensées ou leur capacité d'aimer un homme et s'emplir d'un plaisir de voleur à se dire qu'il aurait pu être celui-là suffisait à le détourner de la peur vaguement vertigineuse qui lui venait, parfois, quand il se sentait mal enraciné dans le monde. Il avait un jour avoué à Julia, emporté par une sorte d'émerveillement étourdi, ces élans passagers. Elle lui avait répondu quelques plaisanteries méprisantes qu'il n'avait pas comprises, et qui l'avaient blessé.

L'espérance impatiente, quoique sans objet raisonnable, qui le poussait au rendez-vous de Telque, ne cessa cependant d'occuper son esprit. Comme il s'engageait dans la familiarité boutiquière des ruelles du Marais, il lui parut qu'il était temps de réfléchir aux questions qu'il désirait poser à cet homme dont il n'avait déjà qu'un souvenir fantomatique. Il s'empêtra dans des pensées confuses, se laissa distraire par quelques échoppes de hardes et vitrines de vieilles librairies, et s'irrita enfin de ne pouvoir formuler clairement ce qu'il voulait. Une méchante envie le tenaillait : démasquer, en ce bougre qui l'occupait trop, un évident imposteur. Il pourrait alors revenir tranquille à Julia, à ses paresseux cheminements d'âme, à la poursuite de ses désirs. Mais s'il s'avérait que ce monsieur Telque avait décidément pignon sur l'au-delà, son espoir le plus franc était de l'entendre dire qu'aucune instance, dans le monde invisible où il sentait baigner sa vie, n'avait sérieusement décidé sa fin. Il aurait volontiers exigé de cet irritant personnage qu'il le rassure et le console, s'il avait écouté son cœur. Mais il ne pouvait : il n'était pas de ces gens impudiques qui confient à n'importe quel inconnu leurs misères, leurs effrois et leur besoin pauvrement enfantin d'être bercés de bonnes paroles. De plus, s'il goûtait volontiers aux mystères de l'ombre, c'était d'ordinaire en gourmet prudent, point en gobeur ébahi. Il s'ancra donc dans la résolution de ne chercher que la vérité, tout en craignant qu'elle le brûle. Il se dit, la mine renfrognée, tandis qu'il longeait les rues piétonnes traversées de coups de vent aigre, qu'il lui faudrait sans doute la démêler d'un fatras de suppositions, de sentences fumeuses et de renâclements, mais quoi, il se sentait de taille à manœuvrer juste. Il lancerait au bon moment quelque réflexion faussement anodine, jouerait les incrédules, agacerait l'adversaire pour le contraindre à se livrer plus qu'il ne l'aurait peut-être voulu. Et s'il s'égarait, au bout du compte, il ferait confiance à ce dieu intime qui l'avait toujours obscurément guidé et qu'il appelait, par pudeur ombrageuse, le hasard.

Telque, au téléphone, avait paru se rengorger en lui faisant remarquer la promptitude de son appel, comme ces gens qui s'enorgueillissent à tout propos d'être fidèles à leurs promesses. Or, ils s'étaient séparés, en gare de Toulouse, sans qu'ils aient fermement convenu de se revoir. Pierre, pressant le pas, tête basse contre une rafale de bourrasque, remâcha ces détails mal embouchés avec un mauvais plaisir policier, et se gonflant sournoisement d'assurance, se dit tout à coup que peut-être cet homme espérait expressément quelque bienfait de lui. Il arriva avant l'heure à la brasserie des Saints-Innocents. Il n'en fut pas mécontent : il pourrait ainsi choisir sa place et affûter sa stratégie. Mais dès le seuil, à travers l'enseigne qui ornait la vitre, il aperçut celui qu'il espérait attendre. Il hésita à pousser la porte. Telque, accoudé au comptoir de faux marbre, près du percolateur, contemplait l'entrée, l'air rêveur, et parut le voir.

Il entra. L'autre ne broncha pas. A peine leva-t-il sa chope de bière, en signe d'accueil, avec une lumière pointue dans l'œil et un sourire finaud au coin des lèvres minces. Pierre s'avança dans la salle, environné d'un parfum de vent frais, la main tendue, remuant l'air avec cette jovialité exagérée qui lui venait parfois quand il sentait désaccordées ses musiques intimes. Mais comme il s'approchait de cet homme qui l'avait tant effrayé, il le découvrit, parmi les rares buveurs, d'apparence si anodine, et si timidement voûté dans son complet trop vaste croisé sur presque pas de corps, qu'il sentit d'un coup se défaire toutes ses réticences. Il ne l'avait pas vu debout dans l'étroit compartiment où ils s'étaient rencontrés. Il l'avait imaginé diablement plus grand et inquiétant qu'il n'était. « C'est un fluet, se dit-il avec un contentement apitoyé. Il ne pèse rien. » Il le prit par l'épaule, comme l'on fait avec les humbles inoffensifs que l'on veut se fourrer en poche, et le conduisit vers une table, près de la lumière de la rue, en faisant mine de croire qu'il avait perdu l'heure et qu'il était en retard. Le bonhomme se laissa mener en riant pauvrement sous les tapes amicales. Sinabre le fit asseoir en face de lui. A peine étaient-ils installés :

— Je ne croyais pas vous revoir, dit-il, l'air affairé.

Il agita la main comme pour chasser une fumée, eut un éclat désinvolte.

— Pardonnez-moi, j'avais presque oublié que je vous avais donné mon adresse.

Telque croisa ses longs doigts pâles derrière sa chope, se mit à examiner son compagnon, le front bas, et peu à peu s'alluma sous ses sourcils levés une lueur de raillerie si aiguë que Pierre se sentit bientôt plus rougissant qu'un puceau pris en faute. Pour se débarrasser de ce regard d'inquisiteur malin qui ne le quittait pas et menaçait de le clouer, il commanda, à grands gestes et voix rude, un café noir. L'autre attendit qu'il ait cessé de remuer malaisément sur sa chaise, puis répondit :

— Je ne poursuis jamais mes victimes passagères, monsieur, et je ne vous aurais pas importuné si ce matin, à mon réveil, l'idée subite ne m'était venue que vous attendiez mon appel. Me suis-je trompé ?

Pierre baissa la tête, écrasa un cube de sucre dans sa tasse avec une brusquerie si maladroite qu'il éclaboussa copieusement l'alentour, grogna pour ne point avouer, mais le bonhomme, toujours à l'affût, paraissait décidé à se taire jusqu'à ce qu'il ait craché une réponse franche.

— J'espérais vaguement, dit-il enfin, à contrecœur.

Le visage de Telque s'éclaira. Il laissa aller un petit rire d'évidence, répondit, un air d'affection amusée dans l'œil :

— Cessez donc de jouer les étourdis.

Comme un orage massacrant envahissait soudain le regard de Sinabre, il se pencha en avant, tapota aimablement son bras et ajouta aussitôt, avec une bienveillance de médecin :

— Que s'est-il passé depuis notre rencontre ?

— Rien, dit Pierre.

Il s'obligea pourtant à raconter sa brève bataille contre les pègreleux qui l'avaient assailli, en renâclant comme si l'affaire était trop banale pour que l'on s'attarde à son récit.

Il vit alors changer le visage de Telque. Le vieux flandrin oublia ses mines railleuses autant que ses airs d'intelligence attentive et parut prendre, à l'écouter, un plaisir de commère savourant un ragot confié en secret. Il se mit à secouer la tête à tout bout de phrase, les yeux trop fixes et luisants, à flairer chaque mot en jouisseur fouinard. Pierre en fut remué par une sorte de pitié mêlée de hargne et de méchante volupté. Il s'appliqua à imager l'histoire, à l'orner de détails inventés, pour enfoncer malignement son homme dans ses vulgarités béates. Le voyant redoubler de hochements et de délectation, il se sentit bientôt pris de colère mal vivante. Le bougre était décidément infréquentable. Pourtant, d'émouvantes naïvetés brillaient, par brefs éclats, dans son regard. A peine avait-il fini de parler :

— Nous avons tous deux partie liée, monsieur Sinabre, lui répondit le maigriot en s'accoudant, la figure satisfaite.

Pierre se raidit avec une grimace fort distante, mais Telque ne s'en soucia pas. Il chassa de l'index une mouche invisible au bout de son nez pointu, croisa ses doigts sous le menton et poursuivit, l'œil à nouveau pénétrant :

— Je dois d'urgence vous léguer, pour des raisons dont je suis seul comptable, quelques lumières que je ne veux pas voir s'éteindre. Et vous avez grand besoin de découvrir quel vent vous pousse vers les ténèbres, si vous voulez avoir quelques chances de ne pas être emporté. Admettez-vous cela ?

Pierre ne retint, de ces phrases tranquillement dites, que l'annonce renouvelée de dangers prochains et peut-être mortels. Un bref emballement de cœur le secoua, mais considérant, les sourcils froncés, l'allure mesquine et la figure pâlotte du compère, une rogne décidée lui vint soudain en tête. « Si ce pipelet funèbre, usé, railleur autant que sec sait quelque chose qui puisse m'éclairer, pensa-t-il, il faut à l'instant, foutredieu, qu'il le crache. » Il repoussa tasse et soucoupe devant lui, élargit sa carrure, haussa puissamment sa gueule. Tandis que le fluet se tassait sur sa chaise et tendait le cou pour ne point perdre son regard il répondit, l'air sombre, dans un grondement d'ours de plus en plus sonore :

— Je suis un homme simple, monsieur, et je ne veux savoir, pour l'heure, que ceci : en moi, autour de moi, dans les astres ou vos songes, que voyez-vous qui vous permette de me prétendre moribond ? Dites-le clairement. Si je sens votre réponse juste, j'écouterai avec reconnaissance tout ce que vous voudrez me confier. Sinon, mille diables, je vous chasserai de ma vie aussi prestement que vous y êtes entré, sans même payer votre misérable chope de bière.

Telque baissa le nez, mais point par humilité de vaincu : pour tenter de retenir le rire envahissant qui plissait ses lèvres en cul-de-poule et secouait son dos voûté.

— Je n'ai jamais entendu d'ultimatum aussi inconséquent, dit-il en éventant un fantôme de larme au coin de son œil.

Il but une gorgée de bière, se pourlécha d'un coup de langue, recula malaisément sur sa chaise et se leva. L'autre le regarda faire, surpris, scandalisé, ouvrit les mains.

— Hé, dit-il, où allez-vous ?

— Je pars, répondit l'homme, tout frêle et rieur. Je crains trop d'affronter votre redoutable colère.

Pierre s'empressa, le prit aux épaules et lui dit d'un ton aussi impatient que pleurard, en le forçant, avec une rude douceur, à reprendre sa place :

— Asseyez-vous donc.

Ce pendard lui était infiniment plus précieux qu'il ne l'avait imaginé, il le découvrit tout à coup avec une émotion peureuse et un étonnement de fanfaron berné. Mais à peine le bonhomme à nouveau posé devant lui, il se trouva honteux d'avoir dû le prier ainsi. Il se rumina une bordée de jurons vengeurs et se promit une impitoyable revanche, quand il aurait appris ce qu'il espérait de lui.

— Je suis parfois un peu trop vif, dit-il en manière d'excuse. Vous apprendrez à me connaître.

Il s'efforça d'adoucir sa mine. Son humeur n'en parut que plus féroce. Telque, en face de lui, le dos raide et la mine noble, épousseta son veston à petits coups de doigts et répondit, se pourléchant de politesse benoîte :

— Je vous prie de ne jamais plus oublier, monsieur

Sinabre, le geste que vous venez de faire. Vous m'avez retenu, alors que, pour ma part, je ne voyais pas d'inconvénient majeur à rompre cet entretien. Sachez que depuis longtemps je ne crains plus rien du monde ni des gens qui le peuplent. Je fais ce que j'estime juste et bon quand cela m'est possible, et je suis prêt à tout instant, sans la moindre révolte, à me taire si je ne peux parler utilement. Je vous précise donc que désormais je désire gouverner notre conversation à ma seule convenance. De plus, je vous veux patient et respectueux de mes inoffensives manies. La raison de cette exigence est simple : ce que je sais vous importe plus que ne m'importe, à moi, ce que vous êtes. Il vous est évidemment loisible de considérer que je suis indigne de votre attention. En ce cas nous nous séparerons aimablement et je vous promets que nous ne nous reverrons plus.

Il se tut et attendit une réponse, un sourire acide aux lèvres. Pierre, jouant encore, à grand-peine, les braves, découvrit dans ses yeux un air de lassitude qu'il n'y avait jamais remarqué. Il en fut troublé. Le discours de Telque l'avait curieusement apaisé : il ne craignait plus de le perdre. « C'est un parfait extravagant, se dit-il. Je le mènerai finalement où je veux. Il me suffira de le conforter dans ses prétentions à la maîtrise et de jouer sagement au disciple, le temps de le sonder. » Mais il eut quelque peine à penser qu'il l'abandonnerait de bon cœur à ses étrangetés, quand il n'aurait plus besoin de lui. Ce compagnon de hasard semblait avoir usé bien des souffrances avant de parvenir à ce pâle contentement. Une bouffée de compassion l'envahit. Elle lui parut hors de propos.

— Je suis affamé de ce savoir qui éclaire la vie, et que vous semblez détenir, dit-il, retenant ferme le vent qui le poussait encore à l'insolence. Je serai donc, autant que vous voudrez m'instruire, bon élève. Puis-je cependant vous questionner sans encourir vos remontrances ?

L'autre, méfiant, l'encouragea d'un hochement.

— Comment avez-vous appris à voir si clair au fond des êtres ? Quel métier exercez-vous ? J'ignore tout de votre vie.

— Pourquoi donc posez-vous les questions qui vous indiffèrent le plus ? demanda vivement monsieur Telque.

Pierre parut tant ébahi que l'autre partit d'un petit rire, se reprit, et pointant l'index ajouta avec une sécheresse un peu méprisante :

— Vous êtes apparemment d'une duplicité peu commune, monsieur Sinabre. Il est en vous un terrible animal qui brûle du désir de m'étrangler, et un enfant qui croit encore que la vie est un jeu. Celui-là force la bête que vous êtes à se tenir sagement assise devant moi, et estime bon de faire l'hypocrite pour m'arracher ce qu'il a besoin d'apprendre. Mais ce loup et ce marmot, que vous nourrissez avec une complaisance coupable, ne sont en vous que des intrus. En vérité, vous êtes une sorte d'errant perdu en plein désert, et si assoiffé que vous me semblez prêt à payer de toutes les bassesses mon éventuel pouvoir de vous conduire à la source. Soyez honnête : vous vous souciez fort peu de savoir par quels détours je suis venu jusqu'à vous. Écoutez donc la voix de votre cœur. Ne l'entendez-vous pas rendre grâces à Dieu, tout bonnement, pour notre providentielle rencontre ? Étouffer cette parole secrète est la pire faute que vous puissiez commettre, car c'est celle du sage que vous devez vous efforcer de devenir, et que vous ne serez jamais, si vous vous perdez en questions inutiles.

Le bonhomme à nouveau sourit, l'air courtois. Pierre le regarda avec l'allègre surprise d'un badaud devant un tour de magicien. Tout ce qu'il venait d'entendre était vrai. Des êtres, des sentiments contradictoires vivaient indiscutablement en lui. Monsieur Telque, en un tournemain, avait su dénuder son cœur, l'ouvrir comme une cage, et il n'en éprouvait aucune douleur, aucune rancœur, au contraire, il se sentait content et allégé. Une confiance passionnée s'alluma en lui. Il la refréna, craignant quelque retour de bâton, mais comme l'homme semblait avoir abandonné tout désir de discussion, il s'enhardit et risqua :

— Croyez-vous vraiment que cette source dont vous parlez soit accessible ?

— J'en connais le chemin. Il est dangereux.

Pierre haussa les épaules, dubitatif, provocant.

— Il est peut-être illusoire. Je penche à penser que rien au monde ne peut étancher la sorte de soif que les fous de mon espèce endurent. Je crois qu'elle ne fut donnée aux hommes que pour les forcer à marcher.

— Eh bien, marchez.

— Si je dois bientôt mourir, à quoi bon ?

— Croyez-en mon expérience : la proximité de la mort est le meilleur aiguillon qui soit. Si vous n'aviez pas peur d'elle, seriez-vous ici à m'écouter, et fort tenté, comme je vous vois, de vous mettre en route ?

— Il n'est nulle part où aller, ni paradis, ni tribunal divin. Vous ne m'ôterez pas cela de l'esprit.

Telque sourit malicieusement.

— Connaissez-vous la parabole de l'arbre à pain ? dit-il.

Il leva sa chope encore à demi pleine, but à goulées gourmandes, soupira d'aise et se mit à conter lentement, en rafraîchissant ses mains au verre embué :

— Un jour, à l'ombre de l'arbre à pain, le Bouddha s'entendit ainsi questionné par ses disciples : « Est-il, dans l'Univers, un lieu de repos où déposer nos pesanteurs ? C'est tout ce qu'il nous importe de savoir. Parle, nous avons confiance en toi. Si tu nous dis que ce cœur du monde bat quelque part, nous marcherons volontiers vers sa lumière. Sinon autant nous résigner, sans chercher plus loin, à nos obscurités. » Le Bouddha ne répondit pas et jusqu'au soir resta silencieux, la tête basse. Quand le soleil s'enfonça derrière les montagnes il redressa enfin le front. Alors les hommes fragiles qui le vénéraient, et qui s'apprêtaient à se retirer pour la nuit, revinrent s'assembler en arc devant lui, et il leur conta cette parabole : « Il y a longtemps de cela, je rencontrai sur mon chemin une maison dont la charpente était en flammes. Je criai à ses habitants de sortir avant que le brasier ne leur tombe sur la tête. Mais ils se penchèrent négligemment aux fenêtres et vinrent à pas prudents sur le seuil en me demandant quel temps il faisait dehors, s'il ne pleuvait pas, et si je pouvais leur promettre, puisque je les invitais à quitter les lieux, un autre abri aussi confortable que cette bâtisse où ils avaient tant bien que mal vécu. Je m'éloignai sans un mot de plus, désespérant de sauver ces gens. Amis, à celui qui se soucie de ses sandales de rechange, de ses manteaux, de ses économies ou de l'ordonnance de sa chevelure dans la nuit où il est, et ne sent pas en vérité ses ténèbres assez étouffantes pour qu'il lui semble préférable de les quitter par n'importe quelle route plutôt que d'y demeurer un instant de plus, à celui-là, je n'ai rien à dire. » Ainsi parla le Bouddha.

Telque se tut, et aussitôt son sourire léger, presque bienveillant, lui revint aux yeux. Il dit encore, après avoir un moment contemplé Pierre qui savourait, méditatif, le regard fixe, les paroles envolées :

— Vous êtes tenté par la sagesse et le désir de découvrir en vous ce guide infaillible qui n'est qu'un grain de lumière au plus profond de votre âme, et qui pourtant est plus précieux que tous les êtres et tous les savoirs du monde. Cessez donc de vous laisser distraire par votre orgueil, vos effrois et vos envies subalternes. Mettez-vous résolument en route vers le meilleur de vous, et au-delà vers la liberté véritable. Je sais que vous pouvez parvenir jusqu'à elle.

— M'aiderez-vous ?

— Je l'ignore. Peut-être ne pourrai-je mieux faire que de vous pousser au premier pas. Je vous ai écrit une lettre qui vous parviendra bientôt.

Il se leva, tendit la main à son compagnon d'un geste tranchant, un peu théâtral, et reprenant soudain ses hochements et mines sarcastiques :

— D'autres occupations importantes m'attendent, salut à vous. Méditez, s'il vous plaît, mes bavardages. Ils sont assurément moins stériles que vos doutes.

Pierre se leva aussi, serra, avec sa chaleur coutumière, la poigne du bonhomme. Elle était froide et sèche. Il dit :

— J'espère vivre assez longtemps, malgré les diables qui me guettent, pour ne pas décevoir votre bonté.

— Au revoir donc, monsieur, ou adieu, si c'est la volonté de Celui qui nous gouverne, répondit l'autre avec une politesse très ironique.

Il s'en fut au comptoir et paya les consommations de pièces et billets froissés retirés en vrac de sa poche, en échangeant quelques plaisanteries familières avec le tenancier. Pierre remarqua que cet homme graisseux à la figure d'alcoolique tutoyait monsieur Telque avec une vulgarité bonasse de vieux camarade usé au même vin, et le nommait d'un sobriquet qu'il entendit mal. Il s'attarda au passage pour tenter de dérober quelques bribes de leur conversation, mais le fluet s'en aperçut, lui lança par-dessus l'épaule un coup d'œil réprobateur, se hissa sur un tabouret et, penché en avant, se mit à parler bas à son épais compère. Pierre se sentit suivi par le regard autant faraud que méprisant de ce maroufle, tandis qu'il sortait, faussement insouciant.

Dès le seuil franchi, le vent lui bondit dessus dans un puissant claquement de bannière, l'enveloppa, l'échevela, lui fit une fête de meute débridée, emportant les pans de sa veste comme une voile dématée. Il la boutonna frileusement jusqu'au col et s'en fut dans la tourmente à son grand pas rogneux, pestant contre la répugnante impudence des gargotiers, la scandaleuse absence de Dieu dans le monde et les fureurs imbéciles du temps, mais pensant à Telque avec un émerveillement craintif. Le square des Saints-Innocents était proche. Il savait qu'il y serait en avance au rendez-vous de Julia. Il y alla droit. Il s'y trouva presque seul sous le ciel pur et pâle, s'assit, à l'abri, sur la margelle de la fontaine, et grelottant se perdit dans la contemplation de la rue, des rares arbres hirsutes secoués de convulsions furibondes et des gens lointains, tous froissés, chacun dans sa bourrasque, luttant, courbés, à pas ralentis contre les rafales, poussés au train l'écharpe devant ou risquant des traversées hâtives vers des portes cochères, des escaliers souterrains, des fuites de ruelles. L'idée lui vint que ces silhouettes passagères emportées ou peinant, peureuses, rabougries, ou confiées à la tempête, mimaient ainsi sur ce théâtre du vent les cheminements de leurs âmes. Il les regarda un moment s'éloigner, disparaître derrière des angles de murs ou des vitres de boutiques, puis son existence même lui apparut semblable à cette agitation, à ces errances, à ces luttes dans le souffle joyeux et sauvage de la vie. Alors il imagina Dieu comme une force imperturbable roulant dans ses flots indifférents l'homme, l'oiseau, le cœur, le galet, le cadavre, l'être vivant, et se sentit remué par une rage sourde et rancunière. Comme il se laissait aller amèrement à sa méchante mélancolie, il aperçut Julia qui venait à lui.

Son cœur en fut submergé d'un coup par une sorte d'apaisement ébloui. Elle marchait magnifiquement droite, alerte, échevelée. La bourrasque ne la tourmentait pas mais l'animait, l'environnait de menues frénésies heureuses. Elle lui parut soudain aussi émouvante et précieuse que cette source de vie qu'il feignait de croire illusoire. Il oublia le puits sans fond qu'il se sentait dans l'âme, se dressa d'un bond, vint à sa rencontre et dans le vent retrouvé se demanda quelle espèce de vivant il serait s'il parvenait un jour à se délivrer tout à fait de lui-même, de ses colères, de ses effrois, de ses tyrannies.

— Quel temps, dit-elle comme si le monde l'accablait de bontés.

Il la prit par l'épaule, elle lui baisa la joue et tandis qu'ils s'en allaient vers la rue Saint-Denis, elle se mit à le questionner, avec une curiosité impatiente, sur ce nouveau venu dans leur vie qu'il venait de rencontrer. Il lui répondit évasivement, puis se prit au plaisir facile d'un compte rendu drolatique. Mais son insouciance parut à Julia trop laborieuse pour ne point cacher un jeu peu franc. Elle en fut agacée. Il s'en aperçut, s'empêtra dans son récit. Alors elle lui demanda, en regardant au loin avec un détachement feint, si Telque lui avait à nouveau prédit sa mort prochaine. Pierre haussa les épaules et se tut. Elle insista.

— Sais-tu au moins qui est cet homme ?

— Il n'a pas voulu me le dire. Mais le tenancier de la brasserie semble bien le connaître.

— Allons le voir, dit-elle dans un regain de vivacité allègre.

Pierre fit halte. Elle leva la tête vers son visage, ils eurent ensemble le même hochement brave, le même éclat joyeux, et il l'entraîna à si grandes enjambées qu'elle dut presque courir pour ne point le laisser aller seul. A peine parvenaient-ils en vue de la brasserie des Saints-Innocents que Telque en sortit et s'avança sans les voir vers eux dans l'encombrement des passants, serrant contre le vent sa veste sur son ventre. Pierre l'aperçut, poussa une porte cochère et attira Julia dans la pénombre d'un large couloir qui puait fort le détritus. Il lui dit à voix basse et gestes véhéments qui était là, dans la rue. Elle rouvrit, d'un mince trait de lumière, le battant qui avait claqué sur eux à grand bruit et se mit à guetter le bonhomme par l'entrebâillement, avec une excitation de joueur à l'affût. Ils le virent passer à portée de leurs mains. Quand il se fut un peu éloigné, Pierre fit mine de sortir, mais la jeune femme le retint avec, dans le regard, une prière de tendresse, et se nicha contre son corps tandis que la porte à nouveau se refermait seule, sèchement. Ils restèrent un moment étreints, écoutant, les yeux grands ouverts dans le calme ombreux de cette maison inconnue, les sifflements de la bourrasque. Puis Telque sembla tout soudain revenir à l'esprit de Julia. Prise d'inspiration subite, elle repoussa Pierre et lui dit :

— Suivons-le.

Elle fut la première dehors. L'homme, à moins de cent mètres devant, traversait un envol d'enfants piaillants, un peu voûté, à son allure tranquille.

5

Au carrefour de la porte Saint-Denis monsieur Telque hésita, leva la tête au ciel, parut flairer le vent, s'en alla un moment errer, le long du trottoir, devant les clinquailles scintillantes des vitrines, puis revint sur ses pas comme un passant perdu et se joignit aux gens qui attendaient, au bord de l'asphalte, l'accalmie des voitures. Pierre et Julia s'étaient attardés à l'angle de la rue pour ne point se trouver trop proches de leur homme à l'instant de traverser le boulevard. Quand ils virent, sur l'autre rive, sa silhouette grise s'enfoncer dans un escalier de métro, ils s'en furent louvoyer sans plus de prudence au travers des encombrements du crépuscule, se tiraillant en grande hâte, se poussant à courir et frôlant au plus juste les grondements hétéroclites de la circulation. Ils parvinrent essoufflés au bord des marches, se trouvèrent face à un essaim de gens qui montaient vers eux dans une brise tiède, âcre. Telque ne pouvait être loin, mais il avait disparu. Pierre en fut presque soulagé. Cette poursuite rusée encombrait son esprit d'un vague sentiment de trahison et l'irritait obscurément contre lui-même. De plus, il répugnait à faire entrer Julia dans les secrets fumeux et la peu glorieuse ébauche d'amitié qui le liait déjà à ce déconcertant bavard. Il savait qu'elle le traiterait en ennemi, s'il advenait qu'elle lui parle : elle avait toujours détesté les rares jongleurs d'idées qui étaient parvenus à le désarçonner, et les avait infailliblement affrontés, chaque fois qu'ils s'étaient risqués en sa présence, avec une intraitable rancune.

Elle offrit au vent, d'un mouvement vif de la tête, sa chevelure. Il la regarda, vit briller dans ses yeux une lumière de fébrilité vivace. Il en fut irrité, haussa les épaules, bougonna qu'il était las de cette chasse, renvoya d'un geste découragé l'ombre du bonhomme dans son trou, prit le bras de sa compagne et voulut mollement la ramener vers la cohue du boulevard. Elle se dégagea.

— Si tu ne veux pas me suivre, dit-elle, je vais seule.

Elle descendit sans l'attendre. Il poussa un soupir excédé, se trouva forcé de l'accompagner, renâcla, décida soudain qu'il fallait prouver à cette inconséquente que l'homme s'était bel et bien perdu dans la foule, la rejoignit, taciturne et résolu comme s'il marchait à quelque bataille indigne mais nécessaire. Au bas de l'escalier elle fit halte si brusquement qu'il faillit buter contre elle. Il l'écarta d'un revers de main avec un grognement d'offensé, pénétra dans le hall souterrain, lança, la tête haute, un coup d'œil sombre de gauche et de droite et aperçut monsieur Telque, le cou tendu devant le guichet, absorbé à glisser une à une, d'un index précis, de menues pièces de monnaie sous le couperet du comptoir. Il se sentit au même instant saisi par le bas de la veste et attiré dans le courant d'air du seuil. Julia, tout exaltée, lui murmura de se tenir là et de ne plus bouger, puis elle entra, jouant les voyageuses nonchalantes. Il risqua un œil au coin de la porte, la vit derrière Telque acheter deux tickets, et tandis que le fluet s'éloignait sous les néons d'un long tunnel de faïence, il sortit de son recoin, sans hâte. Elle l'appela d'un grand signe impatient.

Ils suivirent leur homme, se tenant par la main et

redoutant qu'il se retourne : les passants, entre eux, étaient trop clairsemés pour que la haute taille de Sinabre ne soit pas au moindre regard remarquée. Julia se pencha soudain vers son compagnon et lui dit à mi-voix, sans quitter des yeux le dos gris de celui qu'ils craignaient encore de perdre, qu'elle avait envie de le rejoindre. Elle était curieuse d'examiner son visage qu'elle avait à peine aperçu dans l'entrebâillement de la porte cochère. Il la retint, scandalisé par son effronterie, et du coup se sentit pris de sympathie mélancolique pour ce frêle vivant qui marchait tranquillement à quelques pas d'eux. Il semblait n'aller vers personne parmi les voyageurs pressés, les épaules à peine courbées par un fardeau de vie à son humble mesure. Il ne soupçonnait pas qu'il était suivi. Il en était émouvant. Son esprit errait sans doute sur des chemins trop subtils pour le monde, sans se préoccuper des mauvais songes, des espoirs, des fatigues qui l'environnaient. « Il porte en lui un savoir infiniment précieux, se dit Pierre, et de ces gens qui vont, le croisent, le dépassent dans ce couloir interminable, tous l'ignorent et nul ne s'en soucie. C'est moi qui dois aller à lui. Je ferai l'étonné, comme si la rencontre était fortuite, je le saluerai avec amitié, je ne lui présenterai pas cette bougresse qui m'accompagne, je lui dirai que j'attends impatiemment de le revoir et le mauvais fil qui nous tient à ses basques sera rompu. » Il lâcha la main de Julia, mais elle le reprit aussitôt par la manche.

Un chant d'accordéon résonna sous la voûte. Ils en furent doucement déchirés. La foule, tout à coup, se fit plus dense. Ils durent ralentir, ne virent un instant qu'un défilé de visages mortifiés par la lumière froide, laissèrent s'insinuer en eux, dans un poignement d'abandon, la mélodie plaintive jusqu'à ces bas-fonds de l'être où ne descendent pas les belles œuvres, trop hautes et riches pour daigner bercer l'irrémédiable chagrin de vivre qui gît là, vulgaire et nu. Telque passa sans un regard devant la clocharde guenilleuse qui dévidait sa fête triste, assise sur une caisse contre les carreaux luisants de la muraille. C'était une femme assez jeune et boulotte, elle jouait penchée sur les rutilances foraines de son instrument que voilaient ses longs cheveux mouvants, poissés de crasse. Au passage de Pierre elle leva la tête et le regarda fixement. Il vit alors qu'elle avait une effrayante tache noire dans l'œil gauche. Il en fut traversé par un violent malaise, et comme il se sentait durablement souillé, il se dit que cette mendiante n'était pas hasardeuse sur sa route. L'idée lui vint qu'elle avait été plantée là comme un avertissement secret, un signe qu'il ne devait pas franchir le pas au-delà de sa larme de nuit sous peine de pénétrer dans un de ces pays de ténèbres où ne s'aventurent que les maudits et les héros téméraires. Il fit halte, le cœur battant. Une cascade de notes goguenardes, derrière lui, emplit l'espace, rebondit en sonnements incohérents contre les murs. Il revint vers la femme, se pencha, déposa une pièce dans la soucoupe qu'elle avait à ses pieds, s'attarda à examiner son visage, comme s'il attendait qu'elle lui parle, mais elle resta prostrée. Une bouteille de vin presque vide était posée près d'elle. Il revint vers Julia qui l'attendait à quelques pas, se retournant encore.

Ils entrèrent sur le quai, cherchèrent monsieur Telque alentour, parmi les gens, mais ne l'y trouvèrent pas. Alors Julia se mit à fureter entre les épaules, à sautiller pour voir ce que les hautes têtes lui cachaient, jusqu'à ce qu'elle aperçoive, au loin, son gibier.

— Je le tiens, dit-elle, les yeux contents.

Il était seul au-delà de la foule, au seuil du tunnel, appuyé à la courbure du mur, et de cet extrême bord contemplait la gueule obscure balisée de lueurs. Pierre le trouva fort imprudent de se pencher ainsi, se demanda ce qu'il cherchait, et fut pris d'inquiétude confuse. Il se fraya hâtivement un chemin jusqu'à l'abri clairsemé des derniers voyageurs au bout de la station. Julia derrière lui s'assit avec une nonchalance sournoise de détective sous une immense réclame au sourire béat noirci de graffiti. Il s'éloigna d'elle et se mit à fixer le dos rond de Telque, espérant que son homme sentirait sa présence, tournerait la tête et s'arracherait enfin à sa fascination de l'ombre mais le vieux fluet, semblable à un funambule s'apprêtant, fasciné, à risquer le pied sur un fil illusoire entre lumière et nuit, lui parut soudain trop insouciant de la rumeur du monde pour percevoir son appel. Pierre en fut tout remué de peine impuissante, se martela l'esprit de jurons geignards, se rappela cet air de vieille souffrance qui avait un instant baigné le regard de son pâle compère, parmi les reflets métalliques de la brasserie des Saints-Innocents. Il s'effraya, se dit avec étonnement que monsieur Telque avait grand besoin de secours et se sentit brusquement bouleversé par un désordre d'alarme, voyant l'imprévisible bonhomme poser sa longue main maigre contre l'angle du tunnel, tâtonner, chercher un appui, aventurer un pas sur la première des quelques marches qui descendaient vers la voie, jeter un coup d'œil aux gens qui attendaient, indifférents, et renoncer comme s'il craignait d'être pris en faute. Cet homme cherchait la mort. Cela, tout à coup, apparut à Pierre dans un douloureux éblouissement de certitude. Alors il n'entendit plus qu'un bourdonnement de foule fantôme, ne vit plus, autour de lui, que lueurs vagues. Il cria :

— Monsieur Telque !

Il s'avança vers lui, éperdu d'effroi comme si ce pauvre hère qui lui tournait le dos menaçait de lui voler son âme et de l'emporter à jamais dans d'inaccessibles ténèbres.

Il entendit, lointaine, Julia qui hurlait son nom, tandis qu'à l'autre bout du quai la rame de métro débouchait dans un sifflement effaré. Monsieur Telque ploya les jambes, ouvrit les bras et sauta sur la voie avec une aérienne et tranquille simplicité de vieux singe. Pierre, dans le fracas soudain des ferrailles et l'éclatement des lumières, bondit derrière lui, agrippa par la veste entre les épaules courbes le pauvre corps qui se laissait aller à genoux, l'arracha du sol comme un sac pesant et le jeta vers l'ombre du tunnel en poussant un rugissement d'hercule forain. Emporté par l'élan il tomba de son long entre les rails, vit à peine Telque choir de cul, au loin, les pieds en l'air, se retourna vers les déchirants grondements qui lui venaient dessus, se redressa comme un animal prêt à l'assaut, aperçut derrière un haut pare-brise traversé de lumières vertigineuses deux gueules tordues par d'inaudibles imprécations. La motrice fit halte contre ses paumes tendues.

Alors son dos se voûta, une vague de tremblements irrépressibles l'envahit et le secoua si rudement que d'un moment il ne put bouger. Il s'entendit geindre sans trop savoir d'où lui venaient ces plaintes, puis chancelant comme un vieillard ivre se tourna vers Telque qu'il vit courbé, occupé à épousseter grotesquement son pantalon, à piètres envols de doigts souillés de cambouis. De l'ombre où il était l'homme tordit le cou pour regarder celui qui venait de le sauver. Un air de reproche étonné traversa ses yeux vides, puis il se remit à son misérable travail de ménage vestimentaire, aussi posément mesquin que s'il venait de subir un désagrément à peine malencontreux. Pierre en deux pas fut sur lui, bégayant des gémissements de plus en plus haletants. Il voulut lui parler, autant furieux que secourable, mais il grelottait trop et ne put articuler le moindre mot. Il abattit sa main sur l'épaule du maigrelet, d'un geste de lassitude lourde, et le tirant comme un enfant rétif, remonta avec lui sur le quai.

Julia, livide, les yeux fiévreux, tentait de tenir au large les deux hommes de la motrice acharnés à l'accabler d'anathèmes charretiers, et d'amadouer un petit contrôleur teigneux qui ponctuait chaque menace proférée d'un serrement d'avant-bras aux hanches et d'un haussement nerveux de pantalon. Ces furieux se turent pour regarder, avec une sorte de haine peureuse, Sinabre et son acolyte qui sortaient exténués des ténèbres par l'escalier taillé dans le ciment du quai. Pierre, d'une bourrade, assit monsieur Telque sur un bout de banc, se posa près de lui, et la tête basse, les poings entre les genoux, s'efforça de contenir les spasmes qui l'ébranlaient encore. Il découvrit alors que de sombres groupes de gens les contemplaient avidement, au seuil des wagons illuminés. Il éprouva une honte amère d'être ainsi offert à leur curiosité, eut envie de gueuler à ces figures une bordée d'insultes assez belles et généreuses pour remuer leur froideur ou les forcer à se détourner, mais le courage lui manqua.

Le contrôleur s'éloigna bientôt, l'air affairé, sa sacoche plate sous le bras, en criant aux curieux de brèves explications coléreuses. Les portières claquèrent. Julia vint lentement vers le banc où étaient les deux hommes, tandis que derrière elle défilaient à grande allure les lueurs violentes de la rame. Elle s'accroupit devant Sinabre, posa les mains sur ses poings, et les serrant jusqu'à trembler leva les yeux vers son visage. Le dernier wagon s'engouffra dans les ténèbres. Un vent de silence soudain envahit le quai. Dans l'ordinaire grisaille revenue, les traits de la jeune femme apparurent creusés comme si elle sortait de maladie. Elle respira un moment à courts sanglots puis s'apaisa, se rassasiant le regard de celui qu'elle avait épouvantablement redouté de perdre, se rassurant de le voir sauf, et peu à peu naquit dans son regard noir cette lumière de triomphe égaré qui éblouit parfois les êtres arrachés à l'emportement tumultueux de la mort, quand la paix du monde à nouveau les accueille. Il lui sourit. Monsieur Telque, à côté d'eux, remua petitement sur ses fesses osseuses.

— Sans doute attendez-vous que je vous remercie, dit-il.

Et lissant le devant de son veston mis à mal par sa chute dans les grasses obscurités de la voie, il ajouta :

— N'y comptez pas.

Julia ne parut pas l'entendre, ni même se soucier de sa présence, comme si cet homme qui venait de parler n'était plus dans sa vie retrouvée qu'un songe négligeable. Elle posa la tête sur les genoux de Pierre. Il se pencha, effleura doucement sa joue d'un doigt furtif et lui dit à voix basse :

— Il faut que je le raccompagne.

Il la prit aux poignets et l'aida à se relever. Ils restèrent un moment debout, face à face, à se caresser des yeux, puis elle l'agrippa aux tempes, à deux poings, pour plonger plus profond dans son esprit. Il sentit qu'elle n'avait pas envie de le laisser là. Elle devina qu'il désirait s'occuper seul de leur bonhomme retombé dans sa méditation. Elle capitula bravement.

— Aide-le mais ne l'écoute plus, dit-elle. Tu es sa vie. Il est ta mort.

Puis, se défaisant de son étreinte et lui baisant la joue :

— Garde-toi.

Elle quitta le quai sans le moindre regard pour Telque. Le fluet, tournant à peine la tête, la suivit du coin de l'œil, le menton sur la poitrine, jusqu'à ce qu'elle ait disparu à l'angle du couloir.

— Je suppose, dit-il, que c'est là votre femme.

Il poussa un long soupir, dit encore à voix rauque, l'air sournois :

— Il est manifeste qu'elle vous gouverne.

Pierre ne répondit pas et lui demanda avec une froide sollicitude s'il était en état de marcher. L'autre lui fit comprendre d'un geste qu'il désirait se reposer quelques instants encore, puis, contemplant fixement le sol devant lui :

— Vous m'avez suivi. Vous êtes d'une indiscrétion très coupable, savez-vous ? Qu'importe. Vous vouliez savoir quelle sorte d'extravagant je suis, vous voilà, je suppose, satisfait.

— Je vous imaginais sage et savant comme un saint ermite, dit Pierre, se rasseyant. Vous paraissiez vivre avec une simplicité que j'enviais.

L'œil de Telque eut un éclat amusé. Il gloussa mais ne bougea guère de son affalement. A peine leva-t-il une main, dans sa lassitude rêveuse, la laissa aussitôt retomber.

— Que savez-vous de la sagesse ? dit-il. Sans doute appelez-vous ainsi cette sorte d'idéale et bienveillante vertu dont les loups de votre espèce se font une couette moelleuse, les soirs de repentir. Pauvre Sinabre, je ne vous souhaite pas de rencontrer un jour un sage véritable. Vous vous épuiseriez à le haïr.

— Je vous déteste d'avoir voulu vous tuer.

— Aimez-moi plutôt, s'il vous plaît, d'avoir voulu léguer à un vivant ce que j'ai pu rassembler de lumière avant de mourir, répondit Telque.

Il se tourna vers Pierre avec intérêt, pour la première fois depuis qu'ils avaient ensemble quitté la voie, et des lueurs de moquerie lui revinrent aux yeux, tandis qu'il ajoutait, comme l'on confie un secret de peu d'importance :

— Je suis atteint d'une maladie incurable.

Il hocha la tête à petits coups, s'appliquant, l'air plaisant, à convaincre son compère de ce qu'il venait de dire.

Pierre resta un instant stupéfait, puis posa la main sur son épaule, accablé soudain de pitié pesante, et baissant le front s'enfonça dans le silence. Des gens qui peuplaient à nouveau le quai, il ne voulut suivre d'un moment que l'errance de leurs pas, pensant qu'il était décidément condamné à ne connaître rien d'autre de la vie que des bribes inexplicables, pareilles à ces cheminements irrésolus de souliers qui s'éloignaient et disparaissaient avant qu'il n'ait aperçu le haut des corps, les visages. Pourquoi avait-il rencontré cet homme ? Il imagina une méchante manigance du hasard mais n'y crut guère, et peu à peu l'idée confuse lui vint qu'il lui fallait peut-être accepter de pénétrer dans un de ces mystères d'âme que sa raison s'obstinait à juger scandaleusement inconsistants. Il renâcla un moment devant les pressentiments incongrus qui s'imposaient à son esprit, puis chassant fermement ses doutes il se planta ces mots en tête : « Telque n'est là, installé dans ma vie présente, que pour m'apprendre à flairer au plus près la mort, à l'amadouer, à l'apprivoiser, à la changer en suc de vie, mais quoi, je ne veux pas entendre cette vérité, peureux comme je suis. » Il soupira, se sentit tout à coup d'une faiblesse enfantine. « Aurais-je le courage nécessaire, et la certitude qu'il n'est pas stupide de chercher le soleil au royaume même de la nuit, je serais encore trop lourdaud, trop ignorant, trop encombré d'envies et de futilités pour mener à bien une aventure aussi austère et difficile. » Du fond brumeux et froid où il s'abandonnait, il se sentit pourtant puissamment soulevé par le désir de ne pas laisser dans sa dangereuse solitude ce pauvre homme aux godasses éculées sagement posées près des siennes, et dont le regard suivait maintenant avec une malice songeuse les figures des gens, alentour.

Pierre l'examina furtivement, chercha des mots de bon aloi, compatissants et justes, mais n'en trouva pas. L'obscurité de son cœur en fut à nouveau remuée de soubresauts d'âne bâté.

— Je ne peux rien pour vous, dit-il enfin, et j'en éprouve une grande peine.

— Vous ne m'avez fait aucun bien en me forçant à rester en vie, répondit Telque. La sottise du monde m'est pénible. J'espérais, moi, la grande liberté.

Il laissa fuser un filet de rire triste, dit encore :

— Vous êtes en vérité un de ces pataudś aux bontés ravageuses qui amusent les cinémas.

Le cœur de Sinabre remua durement dans sa poitrine. Il courba la nuque, et se renfonçant dans son amertume boudeuse :

— Votre désespoir me fait horreur.

— J'ai vécu ce que je devais vivre, appris ce que je désirais savoir, dit Telque. Je n'éprouve plus cette soif que vous appelez l'espoir, en effet, et j'en suis content.

« Il veut encore m'attirer dans ses foutus labyrinthes », pensa Pierre. Il rechigna, se trouva pourtant fort tenté de le suivre. Une question lui vint. Il la jugea si naïve et secrètement taraudante qu'il résista un moment à la formuler. Il la rumina, cherchant une tournure assez plaisante pour permettre une retraite prompte, en cas de rebuffade.

— Sans doute, pour être aussi tranquille, dit-il, savez-vous quel monde vous attend après vos funérailles ?

Le bonhomme haussa les épaules.

— Comment le pourrais-je, monsieur ? Je sais ce que je suis : un souffle. Un souffle peut-il avoir la moindre certitude ? Pas plus que l'infime embryon dans l'obscurité d'une matrice ne peut imaginer nos villes, nos montagnes, nos écoles, nos soldats, nos mendiants, nos cathédrales, je ne peux concevoir mon destin au-delà de l'état où je suis.

Pierre fut tendrement bouleversé par ces paroles. Il se laissa un moment emporter par le vent des infinis possibles, puis :

— Allons, vous n'avez pas perdu toute espérance.

— Je n'exprime qu'une attente, monsieur, une attente confiante d'éveil. Selon mon sentiment, un moribond est semblable à un enfant à naître, promis au monde.

Sinabre à peine bougea mais son épaule effleura celle de monsieur Telque. Ils restèrent ainsi joints, sans que l'un ni l'autre n'y prenne garde, les yeux fixes et brillants, contemplant le même songe parmi les formes obscures qui bougeaient devant eux.

— Pensez-vous vraiment que la mort ne soit pas la fin des êtres ? demanda Pierre à mi-voix incrédule, comme s'il se risquait dans une périlleuse merveille.

Il se tourna vers son compagnon et l'interrogea du regard. L'autre, sans revenir de sa lointaine rêverie, lui répondit en confidence ironique :

— Êtes-vous un homme en quête de vérité, ou un enfant craintif qui désire qu'on le rassure ? Si vous voulez vous engager sur le chemin de la sagesse, sachez d'abord qui parle, quand vous questionnez.

Pierre rit étourdiment.

— Vous m'avez dit que je n'étais qu'un loup, monsieur Telque. Je ne saurais donc me soucier de sagesse.

— Vous y serez bientôt forcé, à moins que vous ne préfériez vous accommoder de l'épouvante secrète et de l'ordinaire absurdité du monde. Voilà deux fois, depuis notre première rencontre, que vous échappez de fort peu à un danger mortel. Ai-je été stupide, dites-moi, d'avoir secoué votre drôlesse d'âme, qui dormait comme une ivrogne repue ? Allons, j'ajouterai quelques réflexions à la lettre que je vous ai écrite, puisque Dieu a décidé que je devais encore croupir dans ce mauvais corps.

Il se leva, grimaçant et s'aidant des mains aux genoux. Il paraissait à nouveau d'humeur farouche et mécontent de s'être abandonné à l'amicale chaleur de cet homme vigoureux qui lui souriait, confiant et tranquille. Il le regarda en sournois, avec une sorte de rancune bourrue.

— Laissez-moi aller maintenant, et ne me courez plus aux trousses, dit-il. Rien n'est changé à ce que nous avons convenu. Le bonsoir, monsieur Sinabre.

Il s'éloigna d'un pas lent de perclus, saluant d'un geste son compagnon, sans se retourner. Pierre hésita à le suivre. Il était fatigué. Il pensa à Julia, qui l'attendait sans doute impatiemment. Le désir doux lui vint de se coucher près d'elle, nu comme elle dans le silence de leur chambre, et de s'acagnarder chaudement contre son corps, mais il vit que le vieux chétif traînaillait, tout embarrassé de raideurs douloureuses. Il le rattrapa en quelques enjambées, chemina un moment à sa hauteur le long du couloir de sortie, attentif à son maintien fragile et scrutant de temps en temps son visage avec une compassion malaisée, mais l'autre paraissait si entêté et si hargneusement préoccupé de ses courbatures qu'il n'osa lui proposer son aide, sûr d'être aussitôt vertement rabroué.

— Savez-vous que vous m'exaspérez à jouer ainsi les saint-bernard ? dit enfin monsieur Telque, faisant halte au seuil de l'escalier roulant qui grimpait aux lumières froides de la nuit.

Deux beaux diables turbulents bardés de cuir clouté passèrent entre eux en courant et se hissèrent à grands bonds vers les néons célestes. Telque, bousculé, chancela, s'agrippa maladroitement à son compagnon et risqua un pas sur la première marche mobile. Il perdit aussitôt l'équilibre, botta l'air d'un pied tandis que l'autre le fuyait, poussa un petit couinement, ouvrit ses longues ailes maigres. Pierre le maintint debout d'une ferme empoignade et ne lâcha plus son bras jusqu'à ce qu'ils soient parvenus dans le vent revigorant qui tourmentait encore les gens et les arbres, sur le large trottoir du boulevard.

— Vous m'avez à nouveau sauvé, dit le chétif, secouant la tête et riant tout doux, comme un beau joueur qui s'avoue vaincu.

Ils fendirent par le travers la foule clairsemée. Telque paraissait maintenant décidé à rentrer chez lui au plus vite, sans se perdre en détours et réticences. Il s'en fut droit vers le renfoncement tout proche d'une large porte en ogive, entre deux boutiques ornées de vulgarités scintillantes.

— J'habite ici, dit-il, tenant son veston serré au col.

Il eut un air de défi pudique, comme s'il venait d'avouer un secret. Il ne semblait plus désireux d'être seul, tout à coup. Pierre devina, loin dans ses yeux, une misère de basse-fosse, inavouable, infiniment assoiffée d'amour. Il en éprouva une pitié douloureuse.

— Portez-vous bien, lui dit-il.

Il lui tendit la main. L'autre la saisit avec une vigueur soudaine et la tint serrée, tandis qu'il répondait, le regard luisant d'agressive malice :

— Il m'avait semblé que vous désiriez en savoir davantage.

« Voilà qu'il se décide à sortir de ses mystères maintenant que je n'ai plus envie de les forcer », se dit Pierre. Il attendit, troublé par un maigre regain de curiosité. Monsieur Telque lâcha comme à regret sa prise et dit encore, caressant avec une sorte de dévotion nostalgique un rectangle clair sur la pierre crasseuse de la muraille :

— Ici se trouvait autrefois une plaque de marbre noir sur laquelle étaient inscrits des mots, en lettres dorées : « Docteur Jean Telque, médecine générale, troisième étage. »

Il se tut pour jouir de la surprise de son compagnon, rit à sa manière saccadée, poursuivit :

— J'ai cessé toute activité professionnelle le jour où j'ai

su de quel mal je souffrais. J'avais quelques rentes, et point de famille. J'ai pu ainsi satisfaire mon inclination pour l'existence méditative que je souhaitais depuis longtemps, sans pouvoir la vivre. Dès mon jeune âge je me serais volontiers fait moine et point médecin, voyez-vous. Ma nature m'y incitait. Hélas, ma foi fut toujours trop sauvage et clocharde pour faire décemment son trou en religion convenable.

Il se mit à contempler alentour les lumières mouvantes de la nuit. Pierre baissa le front, pris de lassitude devant cet homme dont il ne savait plus que penser, et qui lui faisait trébucher le cœur. « Ce freluquet s'est perdu sans espoir dans ses puretés solitaires, pensa-t-il. Il est brûlé, racorni, bête d'allure, pointu comme un rat. Il est, en vérité, simplement haïssable, et je suis fou d'aggraver mon chagrin à le vouloir secrètement saint. » Il balança un moment entre l'envie de fuir au plus vite, sans autre parole, et le désir de laisser déborder la saine révolte qui montait en lui. Il soupira et dit soudain, avec une telle force que les larmes lui montèrent aux yeux :

— Pourquoi n'aimez-vous pas le bonheur ? Pourquoi n'avez-vous jamais lâché la bride à la simple sottise des sens, à la joie brute de bâfrer, baiser, courir, hurler, flairer les proies au vent ? Je vous le dis, malgré la crainte que j'ai de vous blesser : le moindre éclat de rire devant la drôlerie d'un enfant bien-aimé me paraît, à moi, plus exaltant, plus sacré, mieux accordé au souffle de la vie que la plus haute sentence philosophique, et je crains que la parole de Dieu donnée aux bêtes que nous sommes ne soit plus justement honorée par la franche raideur d'un sexe que par les discours prophétiques dont s'abreuvent les peureux et les fouineurs célestes. Ah, monsieur Telque, si nous avions été du même âge, je me serais plu à vous apprendre le contentement des bonnes gens, et vous seriez à cette heure plus stupide et vulgaire que vous ne l'êtes, mais assurément plus vivant.

Le fluet resta grelottant, les épaules étroites et la tête baissée.

— J'ai aimé une femme, autrefois, dit-il comme s'il parlait pour lui seul.

Puis il releva le front, et à nouveau malicieux, appuyant son index sur la poitrine de Pierre :

— Vous êtes un brave loup, monsieur Sinabre, et vous avez pour vous la séduisante innocence des animaux. Moi, je suis un homme perdu, et je n'ai rien d'aimable. Cependant, oubliez un instant vos incongruités généreuses et vos forfanteries de grande gueule pour réfléchir, s'il vous plaît, à ceci : j'ai le désir d'aider le loup que vous êtes à devenir un homme. Vous aimeriez faire un loup de l'homme que je suis. Où est le travail juste, où la mauvaise action ? Que vous est-il imposé, dites-moi, par le chemin de la Création et ce souffle de vie dont vous vantez si bien les jubilations ? De jouir, ou de comprendre ? Comme les oiseaux sont les bêtes du ciel, nous sommes les créatures de la vérité, monsieur. Elle est notre territoire, et nous devons l'explorer, quitte à débusquer des monstres accessoires et crever sottement d'épouvante. A ces terrassements de l'âme sachez que j'ai fait ma part de travail. J'ai découvert, au fond de mes trous de mine, quelques évidences essentielles mais inexprimables, et j'ai conçu le désir de ne point mourir avant d'avoir poussé un homme à poursuivre cette quête que j'ai moi-même menée, après d'autres. Vous êtes celui que j'ai choisi. Abandonnez donc vos jeux et préoccupez-vous désormais de grandir assez pour être un jour, s'il se peut, à peu près digne des plus modestes parmi ceux qui vous ont précédé.

Un coup de vent subit ébouriffa la chevelure de Pierre tandis qu'il demandait, l'air d'un pitre :

— M'avez-vous donc choisi pour fils ?

— J'ai froid, dit Telque. Bonsoir.

Il poussa la lourde porte et franchit le seuil. Sinabre s'en fut parmi les arbres échevelés sous le ciel noir et les visages passagers dans les clignotements multicolores.

Il se plut à marcher, respirant l'air nocturne à belles goulées, et content d'avoir à raconter la vie de Telque à Julia. Parvenu devant l'immeuble où il habitait il leva la tête, comme il le faisait toujours, et vit que les fenêtres de son appartement étaient obscures. Il gravit à la hâte l'escalier, entra comme un voleur, sentit un parfum tiède de sommeil dans la chambre voisine. Il s'y glissa. Julia alluma une lampe de chevet, ouvrit les bras hors du drap, en clignant les yeux. Elle était nue. Il se sentit tout à coup délivré du poids du monde, rit énormément et s'abattit sur elle.

6

Le lendemain, Pierre Sinabre s'en fut de grand matin à la gare Montparnasse où l'attendaient Baptiste, Yacoub et Thomas assemblés en groupe frileux au milieu du hall, hirsutes et vifs de gestes parmi les luisances de la vaste salle aux raideurs sans ombre. Dès qu'il les aperçut de loin lui vint un contentement assez tonique pour qu'il en oublie sa mauvaise humeur contre Julia qui avait renoncé à l'accompagner après qu'elle se fut prise à l'heure du lever d'une agaçante envie de solitude paresseuse. Ces trois frères de cœur, encombrés de leurs panoplies de saltimbanques, frissonnaient, épaule contre épaule, encore ensommeillés dans leurs écharpes trop longues et leurs défroques aux belles fatigues, mais parlaient déjà passionnément de femmes désirables et de chemins célestes. Ils embrassèrent leur compagnon avec une affection de vieux compères et lui demandèrent en grand désordre, à peine l'avaient-ils salué, son opinion franche sur les chercheurs mystiques qui s'imposaient obstinément, depuis le fond des âges, les plus rudes pénitences de bas-ventre dans l'espoir de s'affiner assez pour grimper vivants au Ciel. Pourquoi, selon l'apparence des livres et des coutumes, fallait-il que l'âme ne puisse établir son triomphe qu'en des corps au sexe ruiné ? Les cliquetis des tableaux d'horaires, les bruits sporadiques de pas, les adieux prsés qui les frôlaient ne pesaient guère plus que rumeur de vent dans leur esprit, auprès de cette grave question. Elle semblait fort préoccuper Thomas, scandaliser Yacoub et amuser Baptiste qui souriait finement, seul silencieux, appuyé à l'étui dressé de sa guitare. Les deux autres, parmi leurs sacs épars sur les miroitements du dallage, n'avaient de hâte que de brandir l'index et de hausser le verbe chaque fois qu'une idée leur venait. Thomas dit à Pierre, sans attendre qu'il ait donné son avis :

— La soif de jouissance est aveuglante et tyrannique, elle ne veut rien connaître qu'elle-même, elle emprisonne l'être aussi durement que le désir de puissance. Voilà pourquoi une bite d'âne lubrique ne peut pas mieux qu'un cousu d'or franchir le chas de l'aiguille divine, et pénétrer au royaume des Cieux.

Yacoub grimaça, jugeant l'argument puritain, et s'étonna de l'entendre proféré par un homme qu'il chérissait, dit-il, l'air benoît, pour ses éclats d'intelligence autant que pour ses accès de paillardise tourmentée. Thomas l'insulta plaisamment, tandis que l'autre lui opposait la ventripotence tranquille des Bouddhas et les baisements savants des couples de pierre harnachés de joyaux, sur les façades des temples hindous. Il s'exalta jusqu'à prétendre que tous les soulèvements et feux de ventre, même égarés dans les pires bas-fonds, étaient en vérité des chants sacrés, quoique obscurs, et des appels exaspérés au réveil nécessaire d'un dieu majeur lavé de toute honte, hurlant sa jouissance d'enfanter le monde.

— Car le Créateur est partout où la vie jouit d'être, clama-t-il avec une emphase de tribun.

Sa voix résonna avec tant de force dans la lumière imperturbable qui baignait le lieu que deux amoureux aux bouches jointes, contre un mur lointain orné d'éclatements abstraits, défirent brusquement leur étreinte pour le regarder. Il aperçut leur mine ébahie, baissa le nez en rougissant et rit petitement. Pierre dit alors que les ascètes, ermites, derviches et brûlés de Dieu étaient de tous temps et de tous lieux au monde. Il y avait donc là un mystère digne, pour le moins, d'être examiné et creusé, même si cette exploration devait contrarier leurs rêveries et l'émouvant plaisir qu'ils prenaient ensemble, certains soirs de beaux concerts, à allumer les regards de femmes inconnues.

— Nous allons manquer le train, dit posément Baptiste.

Ils ramassèrent leurs affaires et s'en furent à la hâte le long du quai. Il pleuvait dru sur la grisaille des voies et des immeubles alentour. Ils le remarquèrent à peine, se barbouillant encore de discours et suivant en presque aveugles turbulents leur compagnon qui marchait loin devant, seul à chercher le wagon où leurs places étaient réservées.

Le compartiment où ils entrèrent n'était occupé, contre la vitre du couloir, que par une femme d'âge mûr, fort convenable et désuète, éperdument plongée dans les éclatantes images d'un journal de mode. Le temps de s'installer ils cessèrent de palabrer, soucieux de tempérer l'excès de leur envahissement, puis Thomas et Yacoub faisant, à peine assis, assaut de soupirs, se mirent par jeu à dévider avec des mines de commères tristes des considérations extrêmement éculées sur la violente averse qui battait la fenêtre. Pierre, par égard pour leur impassible voisine, sentit bientôt l'urgence de couper court aux rires moqueurs qui frémissaient déjà sous leurs geignements.

— J'ai revu monsieur Telque, dit-il.

Questions et regards aussitôt s'allumèrent, et il s'empressa au récit de son aventure de la veille comme s'il s'engageait, précis et souriant avec une modestie comédienne, dans un rapport de nouvelles fraîches. Mais il ne put longtemps empêcher ses sentiments de sourdre. Sa voix se fit bientôt pesante, presque basse, et il se prit à conter avec tant de pitié la vie du vieux chétif que ses compagnons s'en émurent et restèrent un moment silencieux, après qu'il se fut tu.

— Cet homme a besoin de toi autant que tu as soif de ce qui l'éclaire, dit enfin Baptiste. Son savoir est comme un enfant qu'il a nourri, sa vie durant. Il répugne à s'en défaire mais plus encore, peut-être, à l'emporter avec lui dans la mort.

— C'est vrai, répondit Pierre, le cœur tout envahi de mélancolie affectueuse. Quand il me parle de ce ton sec et léger qu'il se plaît à m'infliger, et que je déteste, il me regarde parfois avec une sorte de détresse, entre deux phrases, comme s'il voulait me convaincre que les paroles qu'il me confie sont plus importantes que lui-même, et que ma propre vie. Il ne se soucie aucunement de gagner mon amitié. Je l'indiffère, je crois, autant que le monde. Il lui fallait creuser un trou dans une tête, avant de mourir, pour y planter son grain. Il a trouvé la mienne. Je suppose qu'elle ne lui convient guère, il doit la trouver rocheuse et revêche mais il s'en contente, faute de mieux.

Yacoub s'insurgea, se redressa, ouvrit grands les yeux et les bras, singeant les fous. Il dit, avec un air de scandale comique :

— Hé, oubliez-vous que ce péteux métaphysique a voulu mourir ? C'est là le plus nu des aveux : lui-même n'estime pas plus qu'une pomme pourrie les paroles qu'il crache. Qu'avez-vous donc à vous confire en questions bigotes devant elles ? Revenez à vous, mes tout bons !

Ils partirent en petits rires malsonnants. Chacun, tout songeur, s'enferma en lui-même, puis :

— Nous ne sommes pas de ces simples que le bon sens contente, murmura Baptiste. Nous parlons comme d'autres lancent les dés, avec un incessant désir de miracle, de surprise éblouissante et d'ordre tout à coup parfait. Tu troubles la partie, Yacoub.

Le train s'ébranla sans bruit, avec une douceur si lente et sûre que Pierre n'y prit garde, et regardant rêveusement au travers du carreau embué, il fut un bref instant étourdi par l'illusion que le dehors bougeait.

— Peut-être existe-t-il des vérités plus puissantes, plus importantes, plus vivantes même que les esprits des hommes qu'elles habitent, dit Thomas. Peut-être ces vérités font-elles en sorte qu'à notre insu nous leur obéissions. Peut-être exigent-elles d'être nourries et gardées jusqu'à ce qu'elles aient la force d'aller vers d'autres gens. Le corps de Telque est une masure qui menace ruine, mais je suppose que les oiseaux qui nichent en lui l'ont empêché de mourir quand il l'a voulu, et le lui interdiront tant qu'ils n'auront pu émigrer dans la tête de Pierre par hasard rencontré. Nous sommes tous des maisons où la vie demeure un moment, avec de mystérieux bagages. Et si nous n'ignorons plus grand-chose, en notre siècle, de nos façades, de nos couloirs, de nos lézardes et de nos cheminées, que savons-nous de l'habitant et de ce qu'il confie à nos murs ?

— Rien, soupira la vieille dame à côté d'eux.

Tous quatre tournèrent la tête vers elle. Elle ferma son magazine, ouvrit son sac à main sans se soucier des visages qui l'examinaient, sourcils haussés et bouches ouvertes, en sortit un briquet d'or et un étui à cigarettes, s'en planta une entre les lèvres, l'alluma, souffla au plafond un jet de fumée raide, dit à mi-voix songeuse :

— Je cherche, pourtant.

Et agitant une main environnée de volutes, toujours absorbée dans sa rêverie :

— Continuez, garçons.

Yacoub regarda ses compères, joyeusement stupéfait, puis se pencha vers leur voisine et dit, l'œil luisant, jouant au juif bonimenteur :

— Que cherchez-vous donc, madame ? Nous avons en boutique de la musique, des histoires de bon et mauvais sens, quelques appréciables métrages de sagesse, d'autres, en plus grande largeur, de belle sottise, des soucis ordinaires, des mensonges, des souvenirs de toutes sortes, lourds, salaces, joyeux, doux, grossiers. Choisissez en confiance, nous sommes d'honnêtes marchands.

Ses compagnons remuèrent plaisamment mais retinrent leurs rires, désireux d'accueillir sans heurt la nouvelle venue dans leur conversation. Elle eut un air d'amusement discret, reprit son journal de mode et répondit, feuilletant distraitement les pages foisonnantes de futilités multicolores :

— Cet homme dont je vous ai entendus parler m'intrigue fort et peut-être me plaît. Quelle est son apparence, dites-moi ? J'imagine un visage étroit, un regard pâle et un long nez tombant sur une bouche arquée.

— Il est parfois insolent et acerbe, parfois fragile, dit Pierre.

D'un moment elle rêva, faisant mine de lire. Baptiste, assis le dos droit comme à son habitude, se mit à regarder la campagne avec l'attention précise qu'il mettait à toute chose. Thomas, en face de lui, fit de même, mais se détourna bientôt des arbres ruisselants et des étangs passagers pour observer le fin profil poudré de la femme apparemment absorbée dans sa lecture, à l'angle opposé du compartiment. Puis il revint aux chemins lointains, aux fermes sous les nuages bas, plantées comme au hasard parmi les champs fuyants, à nouveau les délaissa pour lorgner, l'air perplexe, Yacoub et Pierre penchés l'un vers l'autre, occupés à échanger à mi-voix d'importants résultats sportifs, et leur voisine qui avait levé la tête, comme captivée par une trouvaille. Elle perçut le regard de Thomas, lui sourit vaguement, puis soudain déchira un bord de page sur ses genoux, piqua d'un stylo d'agenda sa chevelure blanche soigneusement coiffée et inscrivit quelques mots minuscules sur le lambeau de papier. Elle le tendit à Pierre, s'efforçant à l'aisance mondaine.

— J'aimerais, dit-elle, que vous remettiez ceci à votre monsieur Telque.

Et comme il restait à béer, l'air sot, son bout de feuille entre les doigts, elle ajouta, le front haut, avec une sorte de défi frémissant :

— Vous pouvez lire.

Il déchiffra d'un coup d'œil, tracés à traits ronds et fins, presque scolaires, un nom : Stella Faber, un numéro de téléphone et cette phrase : « Ayez enfin pitié de vous. » Il redressa la tête, à nouveau la regarda. Elle chercha secours dans son magazine, les joues rosées, et voyant que Pierre s'obstinait à la dévisager, elle enroula nerveusement son pied à la cheville au bout des jambes croisées, se raidit. Il sourit, devinant qu'elle tenait à grand-peine en bride, entre cœur et tempes battantes, un bel emballement de jubilation embrumée de honte légère. Il lui assura, d'un ton de moquerie pudique, qu'il ne manquerait pas de remettre en mains propres le message.

— Je suis une écervelée, peut-être parce que je vis seule depuis trop longtemps, dit-elle, les yeux baissés, dans un menu rire d'excuse.

Elle releva tout à coup le front, toisa les quatre compagnons avec cette bravoure qui vient parfois au bord des aveux difficiles, et dit encore :

— J'ai grand besoin de demander à quelqu'un qui sache m'entendre : « Quelle est cette ombre affamée qui bouge dans mon esprit ? » La vie, jusqu'à présent, ne m'a donné personne à qui parler ainsi. Ne pensez-vous pas que cet homme puisse enfin me répondre ?

« Comme les femmes sont émouvantes quand elles n'ont point souci de tenir tête ou de séduire », pensa Pierre, tendrement remué. Il répondit :

— Peut-être.

— Non, murmura Yacoub en secouant la tête, la mine butée.

— Allez à lui sans questions, puisque le vent vous pousse, dit Thomas, tout encombré d'exaltation timide. Dieu vous garde, vous êtes magnifique !

Elle eut un frémissement de rire, lui répondit, posant la main sur son bras, comme font les bavardes émoustillées pressées de reprendre bec :

— Et je peux, moi, lui offrir ce qui manque à son savoir.

— Que lui manque-t-il donc ? demanda Baptiste, sans bouger de sa rêverie.

Il n'avait pas cessé de contempler, le regard lointain, les sentiers déserts sous la pluie, les bosquets touffus, les labours. Ses compagnons se turent, captivés par le visage de Stella Faber et ses yeux tout à coup fixes, occupés à chercher un chemin de paroles dans d'informulables pensées. Elle eut un geste indécis. Un sourire lui vint.

— Je peux lui apprendre à poser sa tête sur l'épaule d'une femme. Je peux lui apprendre à oublier son destin, Dieu, le sens du monde, et à s'absorber dans cette sûre et pleine tranquillité d'être que les hommes ignorent mais que connaissent parfois les porteuses d'enfant. Je peux lui apprendre une sorte d'abandon si simple que l'intelligence juge insupportable, mais que l'âme, je crois, désire fort.

Thomas poussa un soupir débridé.

— Si je tenais moins à mes peines et mes jungles, dit-il, je tomberais à l'instant amoureux de vous.

Elle partit d'un éclat joyeux, faussement offusquée, la main devant la bouche, puis s'apaisant se tourna vers lui, hocha la tête avec une affection reconnaissante.

— A mon âge, dit-elle, entendre de pareilles sornettes, quel bonheur !

Le train ralentit le long de jardins, de maisons neuves, d'entrepôts, de rues vides perdues au large d'une ville. Stella Faber se leva, revêtit son imperméable, glissa son sac au creux du coude, ouvrit d'un geste sec la porte, fit volte-face dans l'encadrement du seuil et resta un moment à regarder ses compagnons de voyage avec un pétillement de bonheur volé à d'inconvenants souvenirs, comme si ces quatre hommes étaient des merveilles d'amants revenus vifs et palpables du fin fond de sa mémoire. Ils n'osèrent bouger et la saluèrent aussi du regard, Baptiste avec une amitié complice, Thomas jouant l'enfant que sa mère abandonne, le front plissé, les sourcils obliques, et Yacoub la main sur le cœur, comme un saltimbanque en scène. Pierre, soucieux de ne point la quitter sans espoir de retrouvailles, se leva pour l'accompagner, mais elle ne parut pas s'en apercevoir.

— Je n'oublierai pas, lui dit-il dans un souffle, pressant contre son flanc la poche où était le message qu'elle lui avait confié.

Elle fit semblant de ne pas l'entendre, eut un geste enfantin d'au revoir et s'en fut.

Le wagon s'arrêta au bord du quai, une cascade de soleil jaillit d'un pan de ciel bleu dans une déchirure de nuage et illumina les échines des voyageurs qui suivaient Stella parmi les flaques d'eau. Baptiste, Thomas, Yacoub et Pierre demeurés seuls s'affalèrent dans un confortable désordre, comme l'on fait hors des regards étrangers, et parlèrent de cette femme qui venait de les quitter, s'extasiant sur sa minceur vigoureuse, auréolant sa beauté fanée de toutes les vertus. Tandis que le train lourdement reparti traversait la pénombre de la gare, ils la cherchèrent, le front au carreau, espérant un dernier signe dans la cohue des gens qui se pressaient à la sortie. Ils ne la virent pas. Alors ils se laissèrent aller à la somnolence, sauf Baptiste le Juste qui répugnait autant à la paresse qu'aux débridements de palabres. Il veilla, droitement assis, tandis que les autres dodelinaient au gré de la course ronronnante et cotonneuse qui les emportait.

Quand il jugea suffisante leur sieste, il les en fit sortir. A voix posée, il leur confia son désir de connaître Telque, affirmant qu'il se sentait familier de cet homme, et sans doute lui ressemblait. Il s'obstina dans son pressentiment malgré les quolibets de Yacoub, le rire ensommeillé de Thomas et les protestations de Pierre qui refusa de croire son ami aussi sèchement intelligent et désespéré que son drôle de maître. Ils en vinrent à parler de leur vie. Aucun n'en était content, malgré le plaisir qu'ils prenaient à exercer leur métier et l'aisance enviable de leurs amours. La très jeune compagne de Baptiste lui avait donné un fils, il régnait sur sa famille en père irréprochable et paisible, mais ses frères d'estrade n'ignoraient pas qu'il dissimulait sous sa raisonnable droiture et ses impassibilités bouddhiques de discrètes désillusions et d'extravagants désirs d'aventures. Yacoub, lui, avait si fort envie d'un foyer peuplé d'enfants que l'émotion l'illuminait quand il en rêvait à voix haute. Il naviguait pourtant de femme en femme, redoutant sans cesse que l'alliance durable tant souhaitée ne l'entrave et ne l'emprisonne. En vérité, il était en guerre contre lui-même. Quant à Thomas, il parlait rarement et comme à contrecœur de son épouse, qui se trouvait souvent empêchée par de peu convaincantes fatigues d'assister à leurs fêtes, mais il était de tous le plus intarissable questionneur de sphynx et s'avançait toujours dans l'obscurité des mystères comme si les réponses qu'il frottait à son être, à peine dénichées, étaient de possibles philtres de vie, ou d'accablants poisons. Sa véritable compagne était l'inquiétude, et ses seuls témoins ces trois amis qu'il chérissait.

Pierre passait pour le plus heureusement marié : Julia était la seule femme à prendre sa part de feu dans les conversations des quatre hommes, qui l'aimaient avec assez de liberté pour fouiller sans permission dans sa cuisine, s'ils se trouvaient chez elle à l'heure du dîner. Ils la considéraient comme une sœur naturelle, et pour cela veillaient jalousement à la bonne tenue de son époux quand il s'égarait à jouer les chaleureux excessifs, comme ils le faisaient parfois eux-mêmes devant de passagères greluches. Pierre, cependant, n'était pas en paix plus sûre que ses amis. Il n'avait jamais su s'accommoder de la précarité des êtres, vivait hanté par sa propre fin, et sans cesse scandalisé par l'apparente absurdité des destinées. Une pudeur farouche l'avait toujours retenu d'exhiber cette douloureuse plaie de son âme. Sans doute redoutait-il confusément qu'elle n'effraie le monde, s'il la dévoilait, et n'aggrave son désespoir. Il préférait jouer de son inébranlable largeur d'épaules et de son allure bienveillante pour convaincre ses semblables qu'il était pétri de belle et bonne pâte humaine. Ainsi conforté par le regard des autres, il parvenait de temps en temps à se persuader de la force et de la beauté de sa vie. Mais il ne trompait guère Julia, qui se dressait avec une sorte de haine devant son indécrottable tourment, quand il lui arrivait de lui lâcher la bride en sa présence. Il s'estimait alors incompris d'elle, tandis qu'elle jugeait son homme faible et exigeait furieusement de lui qu'il se montre digne du haut amour qu'elle lui portait.

Avouant ainsi peu à peu à mi-voix leurs infirmités et

s'encourageant les uns les autres à de confiantes confessions, les quatre hommes en vinrent bientôt à rêver d'un soulèvement libertaire assez exaltant pour les défaire d'un coup de ces glues qui les empêtraient.

— Nous pressentons tous une allégresse possible, dit Thomas. Nous souffrons de son absence et de notre impuissance à l'atteindre, mais il n'empêche qu'elle est là, à portée d'homme.

Yacoub l'approuva vivement, et les yeux tout à coup brillants, l'index dressé, se pencha en avant et prit la parole. Il raconta qu'un de ses amis avait autrefois connu, à Jérusalem, un soldat d'Israël que des Syriens avaient pris, dans un village qu'ils se disputaient, et fusillé à la va-vite, contre un pan de ruine, avec trois compagnons. Aucune balle, par miracle, ne l'avait atteint. Il s'était relevé seul vivant de la poussière où ruisselait le sang des autres et avait alors regardé le monde d'un œil aussi neuf que celui d'un aveugle rendu au soleil du monde. Cet homme était maintenant archéologue et vivait depuis cette aventure constamment étonné par la bonté des jours, léger par tous les temps et content avec tant d'évidence que sa seule présence, à ce qu'on lui avait dit, délivrait ceux qui l'approchaient de leurs peines et de leurs fardeaux philosophiques. Pierre lui répondit en riant qu'il donnerait volontiers sa part du salaire qu'ils allaient gagner ce soir même à Lorient pour voir face à face monsieur Telque et ce personnage.

— Il s'appelle Julian Berg, dit Yacoub. A l'époque où mon ami l'a rencontré, il travaillait aux fouilles de Masada et occupait ses loisirs à dégager les vestiges d'un temple dans la cave de sa maison. Il habitait la vieille ville.

— Nous devrions quitter nos livres, nos habitudes, et nous frotter enfin à des hommes de cette sorte, dit Baptiste.

Ils traversèrent un moment de silence songeur, puis Thomas effaça la buée de la vitre et dit avec une désinvolture feinte, en contemplant une route dans la grisaille, la fuite à rebours de la plaine mouillée :

— Allons à Jérusalem.

Nul ne lui répondit. Il se tourna vers ses compagnons, les vit s'observant les uns les autres et soupesant, le regard brillant, cette belle envie allumée.

— Nous pouvons, dit Baptiste, si nous mettons en commun l'argent des trois prochains concerts.

— Nous n'achèterons pas à ce bas prix la paix qui nous manque, répondit Pierre.

Yacoub haussa une épaule et murmura avec une douce lassitude :

— Nous mesurerons au moins la distance qui nous sépare d'elle.

— Moi, dit Thomas, je veux lire le livre que la vie et la mort ont écrit dans les yeux de ce Julian Berg. Rien d'autre.

— Allons à Jérusalem, dit Pierre. Nous n'y trouverons pas ce que nous cherchons, mais sans doute autre chose que nous ne soupçonnons pas. Il en va toujours ainsi. Laissons-nous donc conduire par le hasard, ou le flair de l'esprit. Il sait mieux que notre raison les nourritures qu'il nous faut.

Baptiste appuya sa chevelure lisse contre le dossier de la banquette, et contemplant le plafond :

— Si tu désires assez fort Jérusalem, tu te mettras en chemin. Tu traverseras mille tourments et passes dangereuses avant d'apprendre à marcher librement sous le ciel, dépouillé de tout bien pour ne point tenter les voleurs. Alors, cheminant ainsi presque nu, tu découvriras que ta seule envie, quand tu t'es mis en route, n'était en vérité que cela : marcher librement sous le ciel. Et Jérusalem où tu ne rêveras plus d'entrer entrera enfin dans toi.

Il observa ses compagnons, leur vit un air de malice contente et ajouta, impassible :

— Si nous parlions ainsi à nos voisins, nos gens de rencontre, nos spectateurs, ils nous regarderaient comme des bavards déroutants et bizarres. Ils nous fuiraient, ou nous accableraient de sarcasmes.

— Beaucoup de gens cachent leur âme parce qu'ils la savent en lambeaux, usée par trop d'orages, incapable de se gonfler de bon vent, dit Yacoub.

— Cessez de geindre, grogna Pierre. Êtes-vous si chétifs que vous ayez besoin d'approbation et de reconnaissance pour vous tenir debout ?

Baptiste réfléchit un instant, enclos dans sa raideur méditative, puis sourit à peine et lui répondit :

— Il nous faut être parfois entendus par d'autres que nous-mêmes, ou nous convaincre au moins que nous ne parlons pas sans cesse dans des tempêtes sourdes, sinon nous n'aurons plus bientôt que des pensées désespérées, et nous succomberons à l'aigre tristesse de n'être rien. Je me demande déjà, tant les images, les bruits, les vociférations qui nous viennent du monde roulent à l'inverse de ce que nous sentons être la vie, si nos paroles ne sont pas aussi dérisoires et insensées que des couinements de mulots obstinés à remonter le cours d'un torrent de montagne.

— Tes jérémiades me déçoivent, dit Pierre, dressant la tête. Qui désire marcher librement ne se soucie pas de rameuter son village à sa suite, sacrédieu ! Nous avons été autrefois acharnés à changer le monde parce que nous avions honte de celui qui nous était donné. En vérité, nous n'avions rien à vaincre, et nous n'aspirions déjà, sans le savoir, qu'à nous sauver de ses horreurs, de ses ruses, de ses mirages. Quittons-le tout à fait maintenant, sans souci des parades et des braillements qui l'encombrent. Le mensonge du monde est de faire croire qu'il est la vie. Cessons d'être ses dupes, tournons le dos aux mendiants de regards qui se pressent sur ses théâtres, soyons enfin des absents militants, et ne gâtons plus la moindre miette de temps à répondre à des grimaces de masques, ni la moindre larme à pleurer sur les sarcasmes de qui nous prend pour des fous.

— J'aime pourtant parler, moi, convaincre, faire avec mes semblables des fêtes et des batailles de mots, dit Yacoub. Par malheur, il n'est guère aujourd'hui de débats, publics ou privés, qui ne soient des duels de sourds, ou des déchirements de charognards.

— Ils sont du monde, dit Pierre.

— Dans les écoles rabbiniques, expliqua Thomas en s'appuyant sur ses genoux, les combats étaient autrefois d'une autre sorte. S'il arrivait qu'un étudiant découvre une interprétation nouvelle à quelque sentence sacrée, un contradicteur se levait aussitôt et tentait de réfuter l'idée de son compère, point pour le rabaisser, mais au contraire pour le forcer à préciser et affiner sa trouvaille. Ainsi, de réponses en questions, d'entraves en percées de sens neuf, la pensée avançait, portée par deux voix contradictoires semblables à deux pieds en marche. Et quand l'un des deux hommes parvenait enfin, au bout de son chemin de paroles, à une vérité que son compagnon ne pouvait contrebattre, ils s'embrassaient, contents ensemble.

— Ils étaient dans la vie, dit Pierre. Comme nous.

Ils ne parlèrent plus guère, sauf par bribes, de l'ordonnance de leur concert et de l'argent qu'il leur fallait gagner pour payer le voyage à Jérusalem. Tous proposèrent à Baptiste d'être leur trésorier en cette affaire, ce qu'il accepta avec son ordinaire rigueur.

Ils parvinrent vers le milieu de l'après-midi en gare de Lorient, où les attendait le responsable du centre culturel qui les avait engagés. Ce jeune homme apparemment submergé de tracas les fit s'entasser sous leurs bagages et leurs instruments dans sa bringuebalante guimbarde, et tandis qu'il les conduisait, à travers ville, vers la salle de spectacle, leur confia intarissablement ses difficultés budgétaires et la peine quotidienne qu'il avait à éveiller le peuple aux prestiges de l'art. Il parut fort décontenancé par l'indifférence amusée de ses hôtes, dont il espérait sans doute quelque passion solidaire. Il les abandonna, le front soucieux, dans la pénombre de son petit théâtre pour partir à grands pas impatients à la recherche d'introuvables machinistes.

Ils ne le revirent qu'au terme du spectacle que Pierre et ses trois musiciens venaient de donner devant une centaine de bonnes gens. Ils s'y étaient dépensés avec assez de générosité pour se trouver attendus, à la buvette du hall où ils allèrent se restaurer, par quelques hommes et femmes enthousiastes qui estimèrent scandaleux que leur renommée soit si mince et, croyant les honorer, se laissèrent aller à protester hautement contre le peu de cas que l'on faisait aujourd'hui de la poésie. Baptiste se détourna bientôt de ces palabres culturelles pour demander avec une froide simplicité le salaire de leur soirée à l'animateur qui les avait accueillis. L'autre l'entraîna dans un étroit bureau où ils firent leurs comptes. Quand il en sortit, il ne vit au milieu du hall déserté que ses trois compagnons qui entouraient Julia, parfumée d'air nocturne, à peine arrivée de la gare. Il s'avança vers elle en souriant, les bras ouverts, l'embrassa, et comme il s'étonnait de la voir là, elle lui dit qu'elle avait finalement regretté de ne pas avoir accompagné son homme. Mais elle n'avait pas un air de bonne surprise, et Pierre, qui tournait et retournait entre ses doigts une enveloppe blanche, paraissait accablé. Alors Baptiste, flairant une mauvaise nouvelle, se tourna vers Thomas et du regard l'interrogea. Ce fut Yacoub qui dit :

— Monsieur Telque est mort. Il lui a écrit une lettre avant de se tuer.

7

A peine franchie la porte de pleine vitre ornée d'affiches de théâtre, Pierre Sinabre laissa tomber son sac sur le trottoir et sortit l'enveloppe de sa poche. Ses compagnons, frileux et anxieux de savoir, aussitôt s'assemblèrent autour de lui. Il déplia nerveusement les feuilles dans la lueur pâle d'un lampadaire et se mit à les contempler sans rien en lire, les tenant ferme pour que le vent aigre qui soufflait de la mer, au travers de la vaste place, ne les emporte pas. La lettre de monsieur Telque était de six hautes pages, écrite d'une encre violette aux reflets de scarabée, en lignes fines, serrées, et tracées avec un soin de vieil instituteur. Pierre secoua la tête, eut un air de tendresse désolée, se dit sottement qu'un tel souci de rectitude calligraphique ne pouvait être d'un pauvre fou au bord de la mort et s'agrippa soudain à l'espoir déraisonnable que le fluet était vivant et lui jouait une méchante farce, peut-être avec la complicité de Julia. Il la regarda. Elle se tenait à l'écart des hommes et de leurs bagages, les mains aux poches de son imperméable, le visage lisse et la chevelure mouvante dans la brise froide. Il fit mine de lui tendre sa poignée de papier, d'un air de révolte incrédule, comme pour la forcer à avouer sur preuves qu'elle lui avait porté une fausse nouvelle. Elle ne bougea pas mais dans ses yeux s'alluma une lueur fièrement intraitable. Il sut alors que sa rage plaintive, s'il la poussait, se fracasserait contre la simple beauté ombreuse de cette femme qui avait toujours refusé de le secourir dans ses débâcles et qu'il aimait pour cela même, malgré de passagers sursauts de détestation, plus que tout être au monde. Il replia la lettre, les doigts tremblants.

— Je l'ai lue, dit-elle. Tu la liras.

Elle sourit avec malice à Yacoub qui soudain l'examinait, le cou tendu, avide de savoir. Thomas pencha vers lui le front en gémissant :

— Elle ne nous dira rien. Elle dévorerait sa langue plutôt que de parler.

L'autre l'approuva d'un hochement de tête dépité. La figure fatiguée de Baptiste resta seule discrètement impassible, tandis que Pierre ramassait son sac et que Julia se détournait. Elle s'en alla d'un pas tranquille sous la rampe de pylônes qui cernait la place silencieuse et si vide que ses talons sonnèrent démesurément dans l'air noir. Ils la suivirent, alourdis par leurs instruments, espérant un bar où ils pourraient goûter quelque repos bavard avant de rejoindre leur hôtel, mais ils n'en trouvèrent pas.

Minuit, pourtant, venait à peine de passer. La ville, comme ils cheminaient, leur apparut déserte. Ils s'étonnèrent de n'y rencontrer aucun de ces gens qu'ils venaient de quitter, pas même un ivrogne, un chien perdu, et se prirent bientôt à rêver à voix haute qu'ils étaient des héros égarés parvenus dans une cité morte que ne mentionnait aucune carte, aucune relation de voyage terrestre. Sur l'asphalte d'un boulevard ouvert pour eux seuls jusqu'à ses pâles lointains, ils firent halte un instant pour tendre l'oreille aux maisons, aux espaces. Ils n'entendirent, dans une rumeur de démons venteux obstinés à flairer, parmi les architectures nocturnes, la trace d'habitants disparus, que le pas de Julia qui s'éloignait. Ils se hâtèrent pour ne point la perdre, en lui criant d'attendre. Ils la rattrapèrent le long d'une rue commerçante aux vitrines éteintes, où leur rêverie revint à la nuit ordinaire.

Ils se scandalisèrent alors de cette absence incongrue d'êtres qui les environnait. Leurs palabres se firent joyeusement ricanantes. Yacoub, titubant au milieu de la chaussée comme un mourant de soif dans le désert, se mit tout à coup à implorer d'imaginaires visages et à jeter au hasard, dans des sanglots comiques, des bordées de prénoms aux fenêtres. Aussitôt, ses compagnons se dispersèrent, jouant aussi les naufragés dérisoires. Ils cherchèrent des vies alentour des poubelles et des portes cochères, mendièrent d'obscures présences au ciel où ne brillait aucune étoile, s'attardèrent au bord des croisements pour scruter des venelles désespérément paisibles et prier leurs ténèbres, avec une éloquence débridée, de leur faire l'aumône d'une femme, d'un fantôme, d'un feulement de chat, d'un bruissement d'ailes, mais rien ne vint, que le silence. Alors ils s'en furent plus loin offrir aux façades muettes leur salaire de saltimbanques pour une insulte à leur adresse, ou si c'était trop demander, par pitié, au moins un gueulement, pourvu qu'il soit humain. Nul ne leur répondit. Tous en rirent et s'éloignèrent bientôt, traînaillant le talon, enfin vidés de leurs délires, sauf Sinabre qui resta seul à s'égosiller avec une amertume coléreuse, la tête tendue vers les sombres hauteurs des immeubles. Thomas, déjà loin, lui cria d'abandonner, mais il ne l'entendit pas. Alors Baptiste vint le prendre par le bras, et d'un ferme empoignement le fit taire.

— Ce n'est qu'un jeu, dit-il doucement.

Il lui sourit. Pierre soupira, se laissa entraîner, et comme ils allaient à pas lents le long du trottoir, proches à se frotter l'épaule, il grogna, le regard errant obstinément au sol :

— Derrière nos amusements, j'ai tout à coup senti une sorte de vide horrible.

— Je le connais, dit Baptiste. Nous ne jouons et parlons sans cesse que pour le tenir à distance, mais nous savons bien qu'il est là, pareil à un monstre patient.

Pierre d'un moment ne répondit pas, puis, d'une voix que la fatigue éraillait :

— Un jour, il nous dévorera.

Yacoub et Thomas divaguaient au loin, chargés de leurs bagages, dans la brume légère et lumineuse qui leur venait du bout des trottoirs ouverts sur l'esplanade de la gare. Ils paraissaient exténués mais plaisantaient et s'exclamaient, le front au ciel. A quelques pas devant eux se tenait Julia. Elle les attendait à l'angle du dernier mur avant l'espace gris apparemment infini où brillaient des halos de lampadaires.

— Regarde-les, dit Baptiste.

Pierre, distrait de sa rumination, leva la tête. Voyant ses deux amis pareils à des ombres lentes de colporteurs funambuliques et l'émouvante silhouette de sa femme à la proue de la rue, majestueuse comme une bergère de brouillards, il se sentit effleuré par cette sorte de bonheur émerveillé qui baigne parfois certains rêves aux images trop simples, fugaces et fragiles pour être mises en paroles. Il répondit dans un tremblement de rire :

— Ils sont beaux.

— Sur une face de notre vie est l'horreur, murmura Baptiste, et sur l'autre face une évidence de paix joyeuse à tout instant offerte. Entre elles est un battement, un fléau de balance, un souffle, presque rien. La porte de la maison de Dieu, peut-être.

Ils se retrouvèrent tous dans le hall calfeutré de l'hôtel où Julia vint vers Pierre, entré le dernier, et se tint à l'écart près de lui, tandis que leurs compagnons devant le comptoir pauvrement éclairé par une lampe au chapeau penché tentaient d'engager une difficile conversation avec un vieux tenancier bougon à l'insouciance ensommeillée. Ce patriarche décrépit dans ses guenilles lasses, occupé par l'exclusif souci de ne point trop se réveiller, ne daigna pas admettre que le responsable du centre culturel avait réservé des chambres à leur intention, mais pour autant n'en disconvint pas, et répondant d'un soupir accablé aux questions courtoises de Thomas, ouvrit un registre et se mit en épuisant devoir d'y inscrire les noms de ces gens qui lui venaient en pleine nuit. Il tourna d'abord sa figure butée vers Yacoub, et d'un coup de menton fort sec lui ordonna d'énoncer son identité. L'autre lui répondit :

— Ben Elissar,

mais voyant que l'endormi lui tendait l'oreille en grimaçant douloureusement, l'esprit tout à coup submergé par une inextricable jungle orthographique, il s'accouda devant sa tête hirsute et lui dit à voix forte :

— Platon.

L'homme, rassuré, inscrivit avec application, la langue entre les lèvres. Thomas, à son tour interrogé, tenta de bafouiller le « Yitzhak » que lui avait légué son défunt père, mais devant le regard éperdument persécuté qui le scrutait, renonça presque aussitôt, lança, avec un air de négociateur magnanime :

— Socrate,

et vainquit à l'instant toute réticence. Baptiste Serre prétendit s'appeler Diogène, ce qui n'étonna personne. Quant à Pierre et Julia ils optèrent, après une brève consultation réciproque, pour monsieur Abélard et son épouse Héloïse. Le vieil homme, penché sur son grand cahier, sourit vaguement en murmurant comme pour lui seul que c'était là le prénom de sa mère, puis il remit à chacun sa clé.

Ils se séparèrent dans un long et misérable couloir

d'étage, au seuil de leurs portes voisines où nul ne les avait accompagnés. Pierre, à peine enfermé avec Julia dans leur chambre tapissée de géométries violemment colorées, s'assit au bord du lit sous la lumière fade du plafonnier et se mit goulûment à lire la lettre de Telque. Julia aussitôt se glissa derrière lui, s'allongea sans bruit et se tint à l'affût très attentif de son profil immobile penché sur les feuillets. Elle resta ainsi vigilante, la tête posée sur les oreillers haussés, retenant son souffle aux crispations et tremblements du visage captivé par les fins chemins d'encre, et cherchant passionnément à deviner quelles empreintes laissaient dans l'esprit de son homme les paroles du mort, jusqu'à ce qu'il replie lentement les pages lues. Il les regarda un long moment au bout de ses doigts, puis murmura, sans bouger de sa méditation :

— Il a peut-être finalement renoncé à se tuer.

— Il s'est empoisonné au cyanure, répondit Julia, s'asseyant auprès de lui. On l'a trouvé dans son fauteuil, torse nu devant une fenêtre grande ouverte, le corps ruisselant de pluie. Il avait la clé de son appartement sous le paillasson, et sur la porte une liste d'instructions précises à l'intention de sa concierge. C'est elle qui m'a porté la lettre. Elle croyait que tu étais de ses parents.

Pierre sans regarder sa compagne lui tendit les feuillets, courba encore l'échine, posa les mains à plat sur ses yeux et resta ainsi enfermé dans une douleur suppliante d'où déborda bientôt, sourdement, un torrent de terribles et gémissantes insultes contre ce péteux, ce chafouin, ce traître qui venait de l'abandonner sans vergogne au seuil de ses labyrinthes intimes. « Rien ni personne, même pas vous, mon ami, ne saurait me forcer plus longtemps à différer mon départ pour de nouvelles découvertes », avait écrit cet acrobate macabre en lignes appliquées et coquetteries de plumitif désuet. « Je ne veux plus entendre parler de lui », se dit Pierre au bord des larmes, bouleversé par la rage de se sentir aussi froidement délaissé, et plus encore par l'impitoyable affection que lui avait témoignée cet homme au bord de la mort. Car Telque ne s'était guère attardé à justifier sa désertion du monde. Il avait en vérité occupé ses dernières heures à instruire, avec un constant souci d'extrême précision sans cesse rafraîchi de tournures légères et ironiquement compassées, celui qu'il n'avait pu s'empêcher de nommer, au fond de sa dernière feuille, son cher fils.

Il s'était d'abord appliqué, en une page tranquillement cruelle, à démasquer les faiblesses, les faux prestiges et les mensonges secrets de son éphémère disciple, avec tant de verve et de diabolique exactitude que Sinabre s'en retrouvait stupéfait et honteux, autant que fumant de colère impuissante. Il regarda sournoisement Julia, fort décontenancé d'apparaître aussi nu qu'un enfant nouveau-né devant elle, qui avait lu ce qu'elle aurait dû ignorer. Elle laissa choir la lettre sur le linoléum de leur turne, lui sourit, vint poser la joue sur son épaule. Il s'irrita de sa sollicitude mais n'osa pas la repousser, et se renfonça dans sa rumination. Les paroles de Telque lui revinrent alors en tête, aussi ravageuses qu'une foule de brigands en bataille. Il les affronta avec une brusque fermeté. « Il est vrai, se dit-il, que je quémande l'aide de Dieu au moindre assaut d'adversité, que j'enrage de ne point l'obtenir, que je vis assoiffé de présences, d'approbations, de bénédictions rassurantes. Il est vrai que je me scandalise effrontément de ne point tout savoir, et de ne pas vivre en paradis, fou que je suis, servi par des mères soumises et des femmes heureuses de mes bonheurs. Il est vrai que je suis un marmot impatient et morveux, transi de peur devant la plus fugitive bouffée de mystère ou la moindre pensée de mort, que je me sens perdu dans la vie comme au fond d'une steppe vide et froide, que mon âme est glacée, que je succombe sans cesse aux plus grossières illusions, pourvu qu'elles soient flatteuses, que je suis incapable de saisir sans méfiance d'écorché la main secourable d'un vrai compagnon. Et il est sûr, mille diables, que je suis en grand danger de mourir si je ne parviens pas à briser ces effrois, ces froideurs, ces gangues qui m'étouffent et m'aveuglent. »

« Le monde, pauvre enfant, ne vous appartient pas, avait écrit monsieur Telque. Nul ne vous y doit obéissance. Le fauve dont vous craignez la dent est autant que vous l'enfant de Dieu. Admettez une fois pour toutes que vous n'avez rien à attendre de personne, car il n'est partout que mendiants espérants. Demande-t-on l'aumône à qui vous tend lui-même une sébile ? Allez patiemment à l'évidence que toute existence est précaire, y compris la vôtre, et que toute révolte contre l'obscurité des jours futurs n'est que perte de temps et vaine geignerie. Fortifiez-vous jusqu'à vous convaincre qu'il est puéril et stupide de prendre vos impasses pour preuve qu'il n'est nulle part de vrai chemin. Bridez vos fougues : les hommes de votre sorte, impatients et robustes, sont fort exposés au plus stérile des trépas. Ils fraient la voie de leur destin à coups de front dans les murailles. Leur sottise les égare, leur force même les fracasse. Apprenez donc, face aux vents contraires, à vous conduire en bon marin. Entraînez-vous sans cesse au patient affût de la lumière autant qu'au juste combat. Armez-vous enfin de courage et affrontez votre peur. Elle est votre pire entrave. Acharnez-vous contre elle. Vous ne serez pas un homme libre tant qu'elle ne sera pas brisée. Le sens de votre vie ne vous apparaîtra qu'au tréfonds de votre nudité. Je sais que vous n'ignorez rien de cela, misérable ami. Il n'est pas un être qui ne sache, au plus secret de sa chair, tout ce que je vous dis. Mais rares sont ceux qui désirent atteindre leur vérité, que murmure sans cesse la voix de l'âme, car pour l'entendre, il faut se rendre sourd à l'ambition de régner sur les autres, à toute envie de plaire, à tout effroi, aux bruits du monde. Le ferez-vous ? Celui que vous avez d'abord interrogé, mon cher fils, vous pose maintenant cette question. Il le fait comme l'on demande à la pousse d'arbre plantée : " grandiras-tu ? ", en sachant que la réponse est au désir de vivre autant qu'aux nuages, aux pluies, aux vents, aux neiges, au soleil, à Dieu. Qu'Il vous garde. »

« Il veut me faire moine, pensa Pierre. L'idiot ! Me croit-il assez niais pour m'acagnarder en béatitudes confites, en sourires souffreteux, en alléluias au bord des détresses du monde ? Je suis pétri, moi, de viande chaude, de désirs, point de ce pâle esprit dont sont faits les ascètes. Je ne peux vivre sans fêtes de ventre et de cœur, sans baignades de regards, jeux de paroles, soulèvements d'indignation, beaux gueulements. Ces grands et menus plaisirs du monde me sont aussi chers, foutredieu, aussi nécessaires que l'air du dehors et le sang du dedans. Certes, je sais qu'il est une source de vérité au fond de l'âme, je la sens, je l'entends murmurer parfois dans mes broussailles. Sans elle il est vrai que je meurs de soif, mais l'atteindre m'est impossible. Je suis un animal, moi, monsieur Telque, je ne saurais avoir d'autre ambition que de contenter ma carcasse. » Il secoua la tête.

— Une bête misérable, rien d'autre, dit-il dans un sanglot.

Julia lui répondit, s'efforçant à la douceur :

— J'aime un homme. Ni un ours, ni un marmot. Un homme.

Il gémit :

— Je ne vaux rien.

Elle s'agenouilla, posa les mains sur ses joues, releva

fermement sa tête et lui dit, contemplant ses yeux mouillés avec une étincelante vigueur :

— Ne te laisse pas tuer par ce mort. Tu es fort, tu es bon, tu es une belle et solide maison de mots, de rires, d'orages, d'amour. Ta vie fait plaisir au monde. Tu portes une étoile en toi, je le sais, tu l'ignores. Cette lumière qui t'habite m'importe plus que tout. Prends garde, Sinabre, contre toi-même ; s'il le faut je veillerai sur elle.

Il la repoussa d'un brusque mouvement d'encolure.

— J'ai singé jusqu'à présent le bon bougre, le sage heureux, le saltimbanque débordant de savoir, pour me plaire et te garder à moi, mais je ne suis rien de tout cela, dit-il, la voix et le regard pris de mauvais feu. Avoue que tu n'as jamais été tout à fait dupe de ces mensonges, avoue que tu as voulu les croire parce qu'ils te comblaient d'aise. Tu les chéris encore, pauvre fille, comme une pucelle ses rêves.

Il cria presque :

— Réveille-toi et regarde enfin ton homme tel qu'il se connaît maintenant : faible, ignorant, geignard, peureux, enragé, mal aimant.

— Je déteste ce pouilleux dont tu parles, rugit-elle. Arrache-le de toi.

Il répondit d'un air de méchant triomphe :

— Impossible. Il est Sinabre.

Elle joignit les mains, tendit vers lui sa figure tout à coup embrasée par une prière muette. Il ricana et le regretta, la voyant renoncer et se détourner lentement de lui, comme une veuve de son mort. Il en eut grand mal, voulut la retenir, mais quelque chose lui grinça dans l'âme, le glaça. Il se raidit, s'enferma dans une sorte d'attente effrayée et se mit à guetter à la dérobée le visage baissé de sa compagne. Il vit que sa bouche tremblait et crut qu'elle pleurait, mais non : sa voix, quand elle parla, fut nette, sourde.

— Ma vie est à un autre, dit-elle. Ma vie est à Pierre qui m'a regardée de son haut, un jour, et que j'ai aimé parce que ses yeux étaient meilleurs que le soleil.

— Ce n'est pas moi que tu as épousé, dit-il. C'est un songe.

— Peut-être.

Elle leva la tête et se mit à l'examiner avec une attention si pénétrante qu'il se hérissa, tout à coup méfiant, et s'effraya de la voir peu à peu découvrir une vérité désespérante. Mais elle ne sombra pas en détestation ni souffrance. Son regard eut un éclat de bel orgueil, elle se raffermit dans sa fierté retrouvée et lança :

— Je ne veux plus te voir, Sinabre.

Il en resta pétrifié, ne ressentit aucune douleur, mais son cœur à l'instant bouillonnant lui parut tout soudain tari. Il la contempla avec une curiosité passionnée, les sourcils froncés, ne pensant qu'à découvrir dans ses yeux cernés et les frémissements de sa figure la trace de la faille qu'elle venait d'ouvrir, l'ombre de son éloignement, le signe d'une nouvelle et définitive étrangeté. Il ne vit rien qui l'alarme ou le rassure. « Un mot suffit donc à briser le monde entre deux êtres, se dit-il, l'esprit aussi limpide que s'il était hors de son corps. Dans la lumière terne et la poignée d'air qui nous sépare, une apocalypse est en cours. Presque rien, pourtant, ne se passe : un bruit sec, et par le vide de la cassure s'engloutissent des nuées d'étoiles, des tourbillons de vies, de paroles, de feux, de jours, de nuits. Et les visages restent face à face, les regards sont à peine plus distants, les rides à peine plus méchantes. Le moment de la mort est sans doute ainsi : inacceptable et simplement accepté. » Il souleva la main, elle lui parut infiniment lourde, il la tendit à grand-peine vers la joue de Julia. Elle eut un mouvement de recul, comme s'il l'avait voulu battre. « C'est maintenant que je vais connaître la vraie douleur de l'arrachement, se dit-il encore, le cœur à nouveau tonnant, maintenant que je vais savoir quelle débâcle ce fut quand le ciel s'est fendu et que les vivants sont tombés sur la terre déserte. » Il se leva. Elle resta assise à ses pieds, les jambes pliées dans ses bras, le regard au sol, le dos courbe.

— Je ne peux rien, dit-elle. Fais-toi seul la guerre. Si mon homme gagne, reviens. Sinon, adieu.

Il s'entendit répondre qu'il était fort capable, si c'était là tout ce qu'elle demandait, de paraître de bonne pâte et de belle force.

— Il suffit que je le décide, dit-il en riant méchamment. Tromper le monde m'est facile, c'est l'art des bateleurs.

Elle murmura :

— Tes yeux ne savent pas mentir.

Et relevant la tête elle dit encore avec une rage de fouet, le regard flamboyant :

— Va-t'en.

Il ramassa la lettre de Telque, prit son sac, en trois pas fut à la porte. A l'instant de franchir le seuil il hésita comme s'il voulait encore dire, mais Julia lui parut inaccessible : elle était maintenant debout devant le lit, enfermée dans une tristesse sévère où l'amour n'était pas. Il s'en fut, laissant derrière lui le battant ouvert. Il l'entendit claquer, au loin.

Dans le hall de l'hôtel où régnait une pénombre fauve alentour de la lampe bancale du comptoir, il croisa un couple silencieux dont la femme petite et boulotte se tourna brusquement vers un coin obscur, quand il apparut au bas des marches, et dissimula son visage dans ses mains, tandis que l'homme décrochait une clé du tableau presque vide et venait la tirer par le bras. Il en fut traversé par une insupportable douleur de solitude et se sentit pris d'une telle rancœur contre ces gens occupés de beaux désirs honteux qu'il bouscula furieusement une table basse au passage et sortit en faisant autant de bruit qu'il put. Sur le trottoir, le froid vif et l'ampleur tranquille de la nuit l'accueillirent comme un rescapé d'étouffante prison. Il était libre, invité par tous les chemins du monde, et se dit qu'il lui fallait à toute force jouir de cette abondance d'espace, tant que durait sa colère.

Il traversa la vaste esplanade brumeuse, droit vers la gare, et pénétra dans la salle des pas perdus comme un soldat fourbu dans un palais déserté. Son pas claqua haut sur le dallage vide, qu'un nègre lent balayait. Cet homme était le seul vivant en ce lieu. Il regarda passer devant lui le remuant intrus, et voyant son large dos se planter devant un panneau d'horaires, il eut un ricanement ensommeillé et lui dit avec une familiarité goguenarde, sans cesser de pousser sur sa pelle poussières et mégots, qu'il avait manqué le dernier express d'un bon quart d'heure. Pierre, piqué par un désir hargneux de réplique, lui répondit étourdiment qu'il n'allait pas à Paris. En vérité, il n'avait aucunement envisagé de se laisser conduire en quelque autre ville. Mais se tournant vers le rieur, la tête haute et l'œil mauvais, il lui vint à l'esprit que rien ne le forçait à retourner chez lui, même pas cet enfant épouvanté qui lui geignait au cœur et se mourait d'appeler sans espoir la paix de sa chambre, la présence familière de Julia, le parfum de ses livres. Il décida donc sur-le-champ, dans une douloureuse exaltation de défi, de se confier au premier train passant. Il s'éloigna vers le quai. A la lisière de l'ombre il fit halte, contempla les voies sombres sous les piliers de l'abri et au loin des lueurs fuyantes, de calmes luisances de fer, des rayures de câbles au travers de la lune, des fantômes d'entrepôts. Il s'efforça de s'apaiser dans ce silence d'avant l'aube où les ténèbres épuisées se défont, où l'air pressent le jour.

— Ne cherche pas, monsieur, aucun départ avant une heure, dit, derrière lui, la voix sonore et basse du balayeur. Où vas-tu donc ?

— Au diable, grogna Pierre.

Il esquissa, dans un soupir, un geste vague. Le nègre partit d'un rire abondant.

— Porte-lui le bonjour du grand footballeur Yunus la Panthère, répondit-il avec une emphase joviale.

Il renonça à poursuivre son ouvrage et se mit à examiner, l'œil allumé par un désir de joute bavarde, ce possible compère de fin de nuit. Il espéra un moment un provocant renvoi de paroles, mais s'aperçut bientôt que cet homme de puissante allure était trop accablé de peines secrètes pour se complaire à son jeu. Alors il s'approcha nonchalamment de lui, riant à petites cascades bonasses, et dit avec une compassion familière de biffin sans souci dénichant un frère à sa pauvre mesure :

— Si personne ne te tient aux jambes, tu vas à la vie, monsieur.

Il lui posa la main sur l'épaule. Le temps d'un éclat de phare dans l'ombre lointaine ils restèrent aussi proches et rêveurs que deux compères au seuil de l'errance. Pierre s'appliqua à ne point bouger, pour prolonger l'envahissement de lourde et chaude mélancolie qu'il éprouvait à cette fraternité de hasard, et tandis qu'il se reprochait amèrement de s'acoquiner comme un chiot perdu dans ce dérisoire bas-fond d'affection, l'autre lui dit qu'il pouvait peut-être l'aider, s'il était pressé de partir. Comme il ne répondait pas, le nègre lui flatta complaisamment la nuque et s'éloigna vers les guichets, traînant savates et balai. Pierre le vit parler un moment avec une indécise apparence de fonctionnaire rencogné dans son tréfonds de cellule, puis revenir à sa rencontre, fier comme si le hall n'était illuminé qu'à sa gloire, et de sa large main éventant l'air pour l'inviter à le rejoindre.

— On attend le passage d'un train de marchandises, dit-il dès que son homme fut à portée de confidences. Il s'arrêtera quelques minutes.

Il se mit à rire sans bruit, s'égosillant comme un enfant excité avec un pétillement si vif dans les yeux que Pierre en fut submergé par une soudaine exaltation de délivrance aventurière. L'envie fougueuse lui vint de laisser là ses fardeaux, ses trop lourdes amours, ses empêtrements de mauvais penseur, d'aller jusqu'à la mort à la rencontre de chemins imprévus, d'apprendre enfin des gens approchés, des épreuves subies, des paroles offertes aux haltes et de mille travaux éphémères le seul savoir qui vaille : celui qui mène à la juste mesure de la vie et à la simple jubilation d'être. Il saisit le maigre bonhomme aux deux bras et lui dit :

— Partons ensemble, footballeur.

L'autre se dégagea gauchement, se rengorgea et secoua les mains devant lui, souriant encore mais fort effarouché par cet inattendu débordement d'amitié. Un fracas de convoi fit tout à coup trembler le sol et submergea la voix du nègre qui bafouillait un refus poli. Il se pencha à l'oreille du voyageur, hurla :

— Trop d'amour en moi pour une bonne femme, un petit enfant,

et d'autres paroles dites à voix confuse, inaudible, mais Pierre comprit qu'il lui demandait quelque monnaie, pour prix du service qu'il venait de lui rendre. « Cet homme, se dit-il, n'est donc qu'un grimacier cupide. » Il en retomba dans sa rancœur chagrine, et pour se venger de la déception qu'il éprouvait, il sortit de sa poche son salaire de batteur d'estrade et lui tendit la pleine poignée d'argent froissé. Il voulut tout de go lui offrir aussi sa veste, pour la déraisonnable et douloureuse beauté de se dépouiller de tous ses biens à la face imaginée de Julia, de ses frères absents, du fantôme de Telque et des juges invisibles qui trônaient dans les hauteurs de son esprit, le surveillaient et s'acharnaient à mépriser ses moindres faiblesses d'âme autant que son impuissance à aimer convenablement le monde, malgré la force désirante qui le précipitait sans cesse au-devant de ses semblables. « Qu'exige-t-on de moi ? Que j'aille nu ? Qu'on le dise, pensa-t-il, tout rogneux de ne point oser quitter son vêtement. Faudra-t-il que je me fasse mendiant pour que le dieu glacial qui gouverne ma vie se penche enfin sur moi ? J'y suis prêt. » Un instant il s'imagina vagabond lointain sous les nuages, rappelé à grandes plaintes de remords par ceux qui l'avaient poussé à sa perte, mais trop détaché d'eux désormais pour daigner les entendre.

— Je veux que l'on n'ait plus rien à me prendre, gueula-t-il.

Le nègre n'empocha qu'un billet de la liasse et lui rendit le reste avec une plaisante courtoisie.

— Un peu pour le grand Yunus, dit-il, beaucoup pour le diable.

Il le poussa vers le quai, et au bord de la nuit lui secoua interminablement la main en l'appelant son frère. Pierre se soumit de mauvais gré à ces effusions, affairé maintenant à sa fuite comme s'il avait aux trousses toutes les polices de ses cauchemars, puis il s'en fut en courant le long de la voie jusqu'au bout du trottoir où il trébucha dans une fondrière de gravier. Alentour, dans le silence obscur, ne bougeaient que de rares herbes parmi les cailloux du ballast, et d'éphémères oiseaux noirs au-dessus d'une barrière de fond de gare. Le roulement de la portière qu'il ouvrit les fit se disperser à lourds battements d'ailes. Il grimpa dans le dernier wagon, où il se fraya à grand-peine un passage ténébreux parmi des caisses et des meubles enveloppés de couvertures encordées. Tâtonnant au plus sombre de l'entassement, ses mains et ses genoux découvrirent un canapé bâché. Comme il s'y pelotonnait, tout grelottant, il s'avisa qu'il avait oublié au milieu de la salle des pas perdus son sac où était son costume d'artiste. Il en fut content, et fermant les yeux se plut à imaginer Yunus le footballeur vêtu comme il l'était en scène, jonglant fièrement sur un pré avec un ballon ensoleillé. Il n'eut qu'une très lointaine et imprécise conscience des secousses du train qui reprenait sa route. Il dormait déjà avec une parfaite innocence.

Il fut réveillé par une voix de haut-parleur et perçut aussitôt, dehors, une bruyante cohue de peuple. Il se leva, entrouvrit le vantail, risqua sa tête ébouriffée. Il était en gare de Toulouse. Il descendit prestement sur le quai et s'en alla par le souterrain, les mains aux poches, débraillé, hirsute, fripé, portant bravement son cœur clochard au-devant du monde et prêt à massacrer d'un juron de forban quiconque oserait montrer le moindre mépris de son apparence. Il avait grand-faim, et s'en fut d'abord s'attabler au buffet. Dévorant de mauvaises tartines, il décida soudain de prendre un billet pour Perpignan. Une furieuse envie venait de s'allumer dans son esprit : raconter son voyage clandestin à Sylvestre, et annoncer au vieil escogriffe qu'il était désormais assez libre et désespéré pour se vouer avec lui, sans plus de retenue, à l'héroïque culture des extravagances tonitruantes.

8

Au détour du chemin de terre où lui apparut au loin, dans la sauvage mélancolie du crépuscule, la maison de son père, Pierre Sinabre fit halte et salua sans paroles, à doux appels de cœur, les pins tordus alentour, les buissons argentés, les dévalements de rocs, la mer grise au pied de la colline, houleuse et pourtant scintillante, sous les dernières lueurs du soleil invisible, jusqu'aux nuées du fond du ciel. Il resta un moment puissamment planté sur les cailloux, les yeux à demi clos, la tête haute sous la brise, la veste grande ouverte, à respirer comme un parfum d'alcool l'air de ce pays ocre et tourmenté qui lui était aussi secrètement poignant que son enfance même. Puis il se remit à gravir le sentier, au pas paysan. Comme il cheminait vers la fenêtre éclairée du mas, lui apparurent un panier de légumes sur le perron, un vêtement délavé accroché à la façade de pierre brute, signes encore lointains d'une présence sûre et familière dans la froidure du dehors. Alors sa mère morte lui revint peu à peu dans l'âme, plus envahissante à chaque rumeur de vague sur les rochers, chaque coup de vent dans les feuillages, chaque souffle dans sa poitrine. Tandis qu'il traversait le champ de thym et d'épineux où elle étendait autrefois le linge, elle se fit si vivante dans son esprit, si tendre et exigeante aussi qu'il se sentit bientôt doucement forcé de la laisser s'enfoncer dans le nid qu'elle creusait en lui, de demeurer seul en sa compagnie autant qu'elle le désirerait, de la bercer enfin comme une enfant sacrée, infiniment savante et vulnérable, jusqu'à ce qu'il ose peut-être lui confier les événements qui l'avaient ramené vers elle.

Il parvint au bord de la cour où étaient le tracteur et la bicyclette de Sylvestre contre une ruine de bergerie et à nouveau s'arrêta, le cœur battant. Il faisait maintenant presque nuit. Du coin de la muraille éboulée il tenta de surprendre, de l'autre côté de l'aire, la silhouette de son père derrière le carreau. Il se pencha de côté, gêné qu'il était par le rideau et le volet que le vent remuait, aperçut fugacement son dos massif accoudé à la table, sous la lampe. Il ne put deviner ce qu'il faisait mais ne s'en soucia guère, imaginant la véhémence joviale de sa voix et la belle rudesse de ses gestes à l'instant où il verrait entrer son fils. Vint alors à l'esprit de Pierre l'évidente pensée qu'il serait incongru et par trop étouffant pour les fragiles bontés maternelles qu'il portait de pousser la porte de la maison, d'embrasser le vieil ogre, de s'asseoir avec lui devant le feu et de lui conter quelque mensonge fanfaron pour justifier sa visite. S'il faisait ainsi, la pauvre Angèle, si contente de revivre et de l'accompagner dans cette nuit fringante, resterait dehors à gémir, et lui-même en perdrait toute chance de paix.

Mais où aller, s'il ne devait point franchir le seuil si proche de cette demeure où tout l'aimait, odeurs, meubles, recoins, souvenirs ? A peine s'était-il planté en tête cette question bougonne que l'image confuse de sa mère remua dans son tréfonds, apparut tout éveillée au plus clair de son esprit et lui répondit en confidence : « Va dans la grotte au-dessus de la vigne où tu as autrefois si souvent joué seul. Je sais maintenant que là tu as offert pour la première fois tes yeux à d'inconvenantes femmes imaginées, et que tu t'es aussi furieusement rêvé conquérant les plus hautes montagnes du monde pour fuir l'effroi de la mort, tandis que j'espérais pour toi, dans mon jardin, un grand destin tranquille. » — « Ce trou doit grouiller de mauvaises bêtes, pensa-t-il, renâclant. Faut-il que je sois assez fou pour y passer la nuit ? » — « Oui, lui dit la voix pressante, la nuit entière, fils, la longue nuit, et tu devras livrer jusqu'à l'aube une obscure bataille dans ce ventre de roc. En vérité, c'est pour cela que tu es venu. L'ignorais-tu ? Au soleil levant tu en reviendras sauf ou plus peureux, plus perdu, plus proche de ta fin que tu ne l'es. Va, ne questionne plus, aie confiance et fais ce que tu dois. Je ne te quitte pas. »

Dans le pan de lumière qui lui venait de la cuisine, de l'autre côté des ténèbres, Pierre vit soudain bouger le grand corps de Sylvestre. Il craignit qu'il ne sorte, s'en effraya, se renfonça à l'abri du mur ruiné d'où il guettait, et respirant à petits coups retenus attendit que la porte s'ouvre. Aucun bruit ne troubla les chuintements du feuillage alentour. Alors il se risqua à la lisière de la cour et tremblant comme un voleur la traversa aussi loin qu'il put de la façade basse et paisible sur laquelle brillait maintenant une deuxième fenêtre, celle de la chambre où Angèle était morte. Comme il contournait l'appentis, palpant en aveugle l'ombre épaisse, il trébucha sur un tas de bois. Il faillit s'affaler, étouffa un juron, se retint à la paroi de planches où étaient appuyés des manches d'outils, qui tombèrent en maigres claquements. Il se prit de fureur, et au risque de fracasser à grand bruit quelque nouvel obstacle, s'en fut comme un taureau vers la vigne et le sentier bordé de rocs vaguement éclairés par la lune, malgré les nuées qui lui roulaient devant. Quand il entendit Sylvestre gueuler sur le pas de sa porte pour disperser des chiens inexistants, il était hors d'atteinte dans la nuit retrouvée.

Tandis qu'il escaladait les dernières rampes de la sente étroite taillée dans les déchirures des rochers, le vent, lui claquant brusquement au visage, à jappements secs, se fit violent et farouche comme un fantomatique gardien de prodiges tout à coup réveillé par un intrus au seuil d'une passe interdite aux vivants ordinaires. Pierre, courbant le dos, l'affronta avec cette joie sauvage qui lui venait toujours quand il avait à défier les intempéries du monde et les colères des gens qu'il n'aimait pas. Parvenu sous les arbres de la cime il se redressa, le visage en feu malgré le froid, les mains brûlantes d'égratignures, les manches de sa veste effilochées par les buissons franchis à grandes trouées de tranche-montagne, et chercha sans grand espoir à travers la colère noire des hauts feuillages un réconfort d'étoile entre deux chevauchées de nuages. Il n'en vit point. Il goûta un moment l'exaltation amère et puissante de se trouver seul dans ce chaos nocturne où personne au monde ne savait qu'il était, puis redescendit par une piste de broussailles connue de lui seul jusqu'à la brève plate-forme de la grotte à flanc de falaise. Il pénétra sous le roc et s'en alla s'accroupir à tâtons contre la paroi du fond où était amassée une épaisse litière de feuilles mortes.

Dès qu'il y fut, regardant alentour il écouta la paix des pierres. La nuit qui régnait dans ce trou était aussi parfaite que l'obscurité de ses paupières closes : qu'il ouvre ou ferme les yeux il butait sur la même ombre opaque. Il se sentit entrer dans une liberté infinie, dissolvante. Il n'y avait plus soudain aucun obstacle, aucun chemin, aucune distance de regard entre le pays de sa chair et celui du dehors, confondus dans de communes ténèbres tranquilles, sans bornes. Il retint son souffle. Le silence qui l'environnait était si pur, si vide d'êtres, qu'il en perçut, lointaine, la rumeur de son sang pareille à la tourmente qui cavalcadait dans le vaste corps du monde et qui s'était miraculeusement éteinte, à peine franchi le seuil de la caverne. Il entendit son cœur battre et à nouveau se trouva bien ancré dans sa terre vivante. Ce lieu où ne parvenaient pas les futilités changeantes des bruits et des jours lui parut alors simple et accueillant. Il y respira peu à peu sans peur ni chagrin, les sens aux aguets et osant à peine bouger, comme si sur ses épaules reposait la fragile immensité du sommeil de Dieu, de ses océans et de ses nuées, de ses plaines et de ses monts, de ses fourrés feuillus et de ses bêtes innombrables.

Comme il s'accoutumait à la sérénité de ce noir apparemment inaltérable, il sentit à nouveau remuer en lui la vieille Angèle, point dans son esprit, mais dans son ventre. Elle lui parut inquiète, lasse et peu disposée à babiller. Son visage s'évapora tristement, mais la lourdeur de son doux fantôme lui resta, tandis que lui revenait à la mémoire la fin du jour d'été où il avait franchi le seuil de la maison fraîche, autant essoufflé qu'affamé au retour d'une après-midi éblouissante et coupable : il venait pour la première fois de caresser un corps de fille et de pénétrer dans son sexe, à l'abri de cette grotte secrète qui lui paraissait maintenant, dans la nuit où il était, n'avoir pas plus de parois que l'espace de la mort. Dès qu'il était apparu, ce beau soir-là, il s'était irrité de la naïve tendresse de sa mère : elle était occupée à mettre le couvert dans la cuisine grande ouverte et lui avait souri, discrètement illuminée d'un merci-mon-Dieu pour l'enfant rendu, comme elle le faisait chaque fois qu'il revenait de quelque absence. Elle n'avait rien soupçonné, au contraire de Sylvestre qui s'était grossièrement attardé à moquer la face flamboyante de son fils. L'ogre avait vu, lui, l'adolescente dévaler en courant de la colline, par le sentier de la mer. « C'était au temps où le soleil entrait encore ici pour se mêler à l'ombre, se dit Pierre. Étais-je heureux ? Non : ardent. Il me semblait que j'avais quelques complices parmi les esprits invisibles que mon père, ce fou, prétendait fréquenter. Dieu qui dort, que pèsent ces souvenirs ? Ils sont une part de mon être et ne valent pas plus que fiente de corbeau sur un roc. De mon vivant, comme je suis déjà dans l'absence indifférente où tout va, semant faits et gestes sans marquer d'aucune empreinte l'air du monde ! »

Il s'efforça de se tenir immobile, les yeux fixes et le menton posé sur ses genoux levés, cherchant de quoi nourrir des feux de révolte contre l'irrémédiable méchanceté du néant qui l'infectait, mais errant en lui il ne trouva que cendres froides, et il sut tout à coup à l'évidence que ses colères et ruades étaient un jeu stérile auquel il était fatigué de se complaire. Alors il lâcha toute prise et aussitôt, comme par une porte ouverte, lui apparurent dans le noir une foule de jours passés, d'images, de gens. Il pensa à Julia. Elle n'alluma point sa fureur. Il la vit simplement passante dans ce cortège qui s'écoulait de son esprit fendu et s'éloignait vers l'inexistence, poussée par le flot indécis de sa vie. Il s'étonna de n'être pas avec elle sur ce chemin de spectres et de n'éprouver, à la voir disparaître dans cette absence sans fond où s'engloutissait tout ce qui lui sortait de l'âme, pas plus de souffrance qu'un arbre nocturne se laissant dévêtir de son feuillage par l'amoureux débridement du vent. Comme il abandonnait ainsi toutes choses qui l'avaient jusqu'à ce jour remué, exalté ou nourri de bonheurs illusoires, lui vint peu à peu une volupté femelle qu'il n'avait jamais goûtée. Il la savoura, s'appliquant, pour ne point la perdre, à regarder se dénouer la multitude de sentiments qui l'attachaient au monde. « Tout ce à quoi je tiens me tient », pensa-t-il dans un soudain frémissement de cœur. Il se dit à nouveau ces paroles et se les redit avec une délectation de plus en plus éblouie : elles avaient le miraculeux pouvoir d'ouvrir des chaînes qui l'entravaient, de les abattre à ses pieds, de l'entraîner vers une liberté trop simple et naturelle pour qu'il ait su l'imaginer, dans ses rêveries passées. Il se laissa emporter et se sentit bientôt entrer, avec une facilité déconcertante, dans un infini soulagement.

Une houle silencieuse remuait maintenant en lui, pareille à une mer apaisée sur un rivage. « Me voici parvenu à la vérité de la mort, pensa-t-il encore. Elle n'est pas une ennemie, elle est réconfortante et douce comme un sein de mère après les pleurs aveugles, l'agitation haletante, les coups de pieds et de poings dans l'air. C'est à sa seule bonté, en vérité, que les vivants succombent. » Tandis qu'il s'émerveillait de cette découverte, la vieille Angèle, dans son ventre, reprit quelque lumière, bougea. Aussitôt un vent vivant et sombre qui n'était pas d'elle mais où, bienheureuse, elle baignait, naquit dans son tréfonds et l'envahit avec une puissance si sûre et calme que d'un moment il ne fut plus tenu à sa conscience d'être que par une voix dont il ne savait si elle était sienne, ou venue de ce bienfaisant déferlement qui le visitait. Avidement il écouta. « Paix, Sinabre, entendit-il, vois comme tout devient facile quand tu ne te débats plus, vois, enfant turbulent, la mort n'est toute que bonne pitié et désir de bercement, plus rien ne te menace, oublie les vivants du monde, laisse-les affronter sans toi les tempêtes, les routes épuisantes, les diables et les dieux, les fracas de l'amour et l'effroi des batailles. Dors, enfant, jouis enfin du plaisir parfait dans ce creux où tu es désormais inaccessible. » Il se sentit sourire tandis que chantonnaient douillettement ces paroles, et d'autres phrases et murmures qui se changeaient, à peine formulés, en musiques émouvantes et nourritures délicieuses. La voix chemina longtemps dans son esprit. Puis il lui parut qu'il refluait avec elle juqu'à s'enfoncer dans une terre aussi palpitante et chaude que les ténèbres de sa chair. Il traversa un tourbillon de vertige et perdit corps et sens.

Il revint dans le cours du temps après une absence qu'il voulut mesurer, scrutant la nuit moins dense du dehors, mais presque aussitôt renonça, se découvrant assis, le dos raide, contre la paroi cabossée, la tête haute et les jambes de leur long étalées, sans qu'il se souvienne avoir bougé. Il était dispos et ne souffrait d'aucune courbature. S'installant à nouveau dans l'assise de son esprit, il s'y vit comme dans une accueillante tanière : plus rien ne l'encombrait. Les impatiences aventureuses et les futilités taraudantes qu'il avait à grand-peine portées jusqu'à ce trou étaient tombées en poussière aussitôt dispersée : il n'en voyait plus trace. En lui régnait maintenant une invincible et animale tranquillité. Elle lui était familière, quoique neuve. Il goûta la jouissance de cette vigueur sombre et pure, estima qu'elle s'effacerait quand il retournerait à l'agitation de la vie, mais sut au même instant, avec une parfaite sûreté, qu'il pourrait l'appeler à son aide chaque fois qu'il aurait besoin d'elle. Il ressentit à cette certitude un contentement qui le poussa presque à ronronner. Cette joie impitoyable et sereine qui échauffait son corps était aussi nouvelle. Comme il cherchait à éprouver sa force, il se demanda si ses yeux grands ouverts luisaient dans l'obscurité, et s'il avait le pouvoir d'effrayer quelque bête qui surviendrait à l'improviste. Il se prit à souhaiter un combat de regards. Un rire remua dans sa gorge. La puissance qu'il se sentait aux muscles, au front, au cœur, était d'un loup renaissant de l'humus après mille années de sommeil. Il enfonça lentement ses mains dans l'amas de feuilles mortes, et par envie joueuse de défier l'ombre, poussa un long grognement d'éveil. Alors il entendit du bruit au seuil de la grotte.

Ce fut comme un claquement contre le roc, puis un roulement de caillou dans l'herbe. Il se retint de respirer, pour mieux écouter. « Renard, belette ou lièvre, pensa-t-il, animal viens à moi, tremblant, traînant le ventre à terre et le museau tendu, viens vers ces deux étoiles humaines qui te contemplent, suspendues dans le noir, approche et flaire-moi et couche-toi, confiant, le long de mes jambes. Nous avons de prodigieux savoirs à nous dire en secret. » Il écouta encore, ne perçut plus rien, ni bruit ni souffle. A l'instant où il laissait son appel se défaire dans le silence limpide de la nuit un soudain battement d'ailes froissa violemment l'air, près de la déchirure de l'entrée, dedans ou dehors, il ne sut. Tous sens hérissés il s'appliqua aussitôt à s'accroupir avec une lenteur infiniment précautionneuse, se laissa choir sur les genoux, posa les mains devant sur la terre humide. Ainsi prêt à bondir il chercha, la gorge grondante, à deviner qui venait à lui dans la nuit froide et bleue que tranchait l'angle du roc. Il ne vit que des touffes d'herbes grises à peine remuées, un corps maigre d'arbuste changé en diable impassible par les prestiges de l'ombre, et la lune au fond du ciel. Son cœur eut un élan vers elle, il tendit la tête, se pencha de côté, et sans que rien ne le pousse que le doux vertige qui attire aux cieux nocturnes les rêveries, il se mit à la contempler, tout à coup vide de pensées. Alors il sentit que sa pâle lumière l'abreuvait et le désaltérait d'une soif jusqu'à cet instant inapaisable. Il en eut un frémissement de désir impatient, joyeux et si étonné qu'il ne put discerner quelle part de son être s'abreuvait à l'impalpable cascade de manne qui lui tombait dessus par ce trou de clarté dans le noir impénétrable. Il se contenta de s'offrir à elle comme un enfant adorant, et de se laisser combler inépuisablement, s'efforçant de ne point battre des paupières et de se tenir dans une immobilité fascinée, pour ne rien en perdre. Il resta ainsi longtemps, puis tout à coup il vit surgir, du tréfonds de l'or lunaire, un oiseau.

Il n'eut pas le temps d'en être bouleversé. A peine l'avait-il aperçu qu'un fantôme d'aigle immensément déployé lui venait dessus avec une hâte de bourrasque. Il lui parut un instant aussi vaste que la nuit, puis s'engouffra dans la caverne qui s'emplit aussitôt de vent violent et de claquements d'ailes affolées. Pierre courba le dos, l'esprit emporté dans un vertige opaque, et à grands gestes se mit à cogner l'air alentour pour éloigner cette tourbillonnante et ravageuse présence, mais ses mains ne rencontrèrent que le noir vide. Pourtant, des fouets de plumes frôlaient son visage, des griffes éraflaient sa veste, un bec acéré piquait ses tempes et tiraillait sa chevelure. Il s'entendit pousser un rugissement. Le vacarme de sarabande n'en fit que redoubler. Alors il cessa soudain d'agiter ses pognes furibondes, se redressa à si grand effort qu'il lui sembla soulever un mont et ses arbres sur son échine. Quand il se sentit droit, il dit bravement, à voix haute dans le fracas :

— Je suis allé aussi loin que j'ai pu sur le chemin de ma vie. S'il faut maintenant que j'affronte l'imbécile folie, qu'elle vienne. Je ne suis plus un fuyard.

Il lui sembla que l'oiseau s'apaisait, et l'écoutait. Il ferma les yeux, laissa aller sa tête jusqu'à poser le front sur ses genoux. Le silence revint, de temps en temps rompu par de brefs battements fiévreux, puis la paix à nouveau régna. Pierre alors sentit sur sa nuque un empoignement griffu, un poids chaud, vivant. Il ne bougea pas, attendit. Comme rien d'autre n'advenait, une question timide s'alluma dans son esprit : « Sommes-nous amis ? » La chaleur de l'oiseau lui répondit : « Tu dois revenir maintenant vers le monde. » Pierre demanda encore : « Qui es-tu ? » Le poids de l'oiseau lui répondit : « Le chemin est encore long devant toi. Suis-le sans hâte, comme un chasseur. Dans l'imprévu des jours te viendront des réponses. » — « C'est maintenant que je veux comprendre », dit Pierre. Il sentit frémir le corps de l'oiseau. Ses ailes déployées se posèrent sur ses épaules. Il se laissa emporter dans un sommeil peuplé de rêves incohérents, dont il ne garda aucun souvenir.

L'aube le réveilla. Il se vit pelotonné au milieu de la grotte, le front abandonné sur le sol humide, la bouche baisant presque l'humus puant et noir. Il se souleva sur le coude, examina le dehors en clignant les yeux. Des nuages maussades roulaient dans le ciel, le vent échevelait les feuillages, exaspérait les buissons. Ce temps lui plut, accordé qu'il était à son débraillement crotté et à la vigueur de belle sève lente qui lui baignait le corps. Il s'assit, étira ses membres, bâilla, resta rêveur. La première pensée qui lui vint fut pour Angèle. Avec une tendresse de géant pataud encore empêtré de bienheureux sommeil il la ranima dans son esprit, lui dit des mots de bon accueil. Il entendit répondre :

— Bonjour, fils.

La voix fluette était si contente et distincte qu'il se leva d'un bond, regarda de droite, de gauche, derrière lui, ne vit personne et secoua vivement la tête pour se défaire des lambeaux de songes qui l'encombraient encore. Il sortit sur l'aire en friche devant l'abri, guetta un moment, au bout de la vigne pentue, l'éveil du mas paternel, guère plus grand dans ce lointain grisaillant que sa main en auvent devant son front, et vit bientôt Sylvestre apparaître au coin du toit de tuiles rousses. Il en eut au cœur un grand coup de joie. Il savait exactement ce que son père allait faire. Il l'accompagna du regard, tandis que le bonhomme s'avançait pesamment au travers de la cour jusqu'au bord de l'abrupt où il se mit à pisser dans le vide, la tête haut dressée dans les nuées et les jambes largement plantées face à la mer qui se fracassait en belles gerbes contre les rochers, au pied de la colline. Il faisait ainsi tous les matins, à peine sorti de son lit, depuis l'indiscernable commencement de son règne sur ces arpents de terre. Aucune intempérie n'avait jamais pu le détourner de ce rite quotidien auquel il avait parfois satisfait poudré de neige ou battu par l'averse avec la même tranquillité têtue que dans les plus pacifiques des aurores. « Il doit donc être sept heures », pensa son fils, se fiant à l'imperturbable exactitude du vieil ogre. Tandis que la silhouette précise de Sylvestre ployait les genoux sur son bout de monde et rajustait son pantalon, le vent lui amena du village sept tintements de cloche familière. Pierre poussa un soupir satisfait. « Tout est en ordre, se dit-il, et j'ai bougrement faim. »

Il s'en fut par les broussailles, rejoignit le sentier, et réveillant du talon de frêles cascades de cailloux se laissa aller sur la pente sans souci de ce qu'il dirait à son père pour justifier sa soudaine arrivée sans bagages, sa face probablement souillée de terre, sa chevelure piquée d'herbes et ses vêtements aussi épuisés que s'il sortait de furieuse bataille. Parvenu au coin de l'appentis, il fit halte pour s'épousseter à grands claquements et se peigner de dix doigts en coup de vent dans sa tignasse. Puis il s'en vint vers la porte, les yeux riant déjà de la surprise qu'il allait allumer. Il entra. Sylvestre, attablé le dos au feu, se tranchait une tartine de pain devant un bol de café fumant. Il leva la tête, vit son fils, brailla un juron énormément illuminé, planta son couteau dans la toile cirée, se dressa, ouvrit les bras. Les deux hommes s'étreignirent avec une vigueur rugueuse, et comme ils s'écartaient l'un de l'autre pour se contempler, radieux, en se tenant aux épaules, Pierre, pour la première fois de sa vie, s'avisa qu'il était plus grand que son père d'une bonne demi-tête. Alors, lui rugissant devant avec une nouvelle envie d'étreinte et de bourrades, il sentit soudain se déployer dans sa poitrine, comme un feu si ardent qu'il en était presque étouffant, la même irrémédiable fierté qu'il savait depuis toujours plantée dans le cœur du bel ogre. Lui aussi, Pierre Sinabre, était maintenant capable de hauts défis, de parfaite folie et de coups d'éclats libertaires, lui aussi haïssait plus que les pires diables les basses peurs qui courbent les nuques, lui aussi était un solitaire acharné à saisir l'impalpable, à se nourrir de ce que nul ne voit, à engueuler le vent, à pisser au bord du monde, à rudoyer les morts et à tutoyer Dieu. Il découvrit cela, riant à toute bride autant de délivrance que des accablements de honte qu'il avait autrefois éprouvés aux joyeux méfaits de ce déménageur d'étoiles au front carré, au crâne presque ras, qui maintenant le regardait avec un contentement tant épanoui qu'il en avait aux yeux une lumière de larmes.

— Je suis venu de Lorient en train de marchandises et j'ai passé la nuit dans la grotte, lui dit-il.

— Tu as bien fait, répondit Sylvestre, le coffre large et sonore, sans que son regard extasié ne marque le moindre étonnement.

Il ajouta aussitôt :

— J'y suis allé dormir, moi aussi, après l'enterrement de ta mère.

D'un puissant hochement de tête Pierre enfonça ces brèves paroles entre leurs deux visages :

— C'est un bon endroit.

— Un sacré bon endroit, renchérit Sylvestre.

Ils restèrent un court instant silencieux à se regarder, puis à nouveau rirent ensemble, avec une sorte de pudeur brave, comme s'ils évoquaient à demi-mot et mines complices les peu convenables délices du même bordel de haut vol.

Sylvestre se détourna le premier et s'en fut au fourneau emplir une pleine casserole de café. Pierre, resté seul au milieu de la cuisine, s'aperçut alors que son père, à l'évidence, ne désirait pas entendre le récit de la nuit bouleversante qu'il venait de traverser. Il pensa d'abord que le vieil homme n'en ignorait rien, étant lui-même familier de ces ombres déraisonnables. Puis, le voyant maladroitement s'affairer aux gestes domestiques qu'Angèle seule accomplissait autrefois, il pressentit que le bougre répugnait, par vergogne farouche, ou discrétion butée, à pénétrer dans les remuantes obscurités de sa vie. « Peut-être estime-t-il qu'il ne convient pas plus d'exprimer certains mystères de l'âme, entre père et fils, que les intimités du sexe, pensa Pierre. Peut-être craint-il que mes découvertes se changent en poussière, si je les dis. Il sait, lui, que les miracles offerts en secret ne supportent pas la lumière des mots. En vérité, il est plus soucieux de préserver mes biens que je ne le suis moi-même. » Il eut, à cette pensée, un regain de confiance exaltée, et pour dissimuler l'affection trop visible qui lui revenait éperdument au regard, il s'en alla prendre un bol sur une étagère du buffet et s'assit, tête basse. Sylvestre, venant le servir, lui dit :

— Je savais que tu viendrais.

Pierre leva le front, étonné, tandis que l'ogre, l'air bienveillant, prenait place en face de lui, s'accoudait et se penchait en avant avec le sourire de feu pétillant qui éclairait toujours sa face quand il s'apprêtait à exposer quelque projet d'extravagante envergure.

— Aujourd'hui, jour d'équinoxe, j'arrête la marée. Hier soir, j'ai pensé que, si cette année tu n'étais pas à me pousser au cul dans le plus beau duel de ma vie, je n'avais plus de fils. Je me suis dit : Angèle morte, j'ai besoin de lui. Il est impossible qu'il ne le sente pas. Donc, demain matin, par cette porte, infailliblement il entrera.

Il cogna du poing sur la table si rudement que du bol de Pierre une haute lame de café passa par-dessus bord, tendit un index du tribun :

— Et par cette porte tu es entré, conclut-il, épanoui. La vie m'aime.

Il remua la tête comme pour se pénétrer d'une triomphale évidence, ouvrit les bras. Pierre l'approuva d'un hochement sec, et s'installant tout à coup dans la glorieuse assurance d'un ivrogne prêt à partir en guerre contre les pires dragons du monde, il lui tendit la main par-dessus les reliefs du déjeuner. Son père la saisit à la volée, et ils restèrent ainsi un long moment à se broyer les phalanges avec, dans le regard, la même joie joueuse, aucun ne voulant céder à l'empoignement de l'autre. Les veines saillirent aux tempes, les jointures craquèrent, des rires à bout de force fusèrent. Un soudain coup de tempête rabattit violemment les volets contre la muraille et fit trembler la fenêtre. Ils se lâchèrent ensemble, comme deux invincibles rappelés à la sagesse par quelque remontrance divine.

Ils descendirent au village vers le milieu de la matinée, après que Sylvestre Sinabre eut revêtu, avec une lenteur austère et précise d'aventurier sacré, l'unique costume de sa garde-robe. Il partait ainsi tous les ans pour une matinée de combat solennel, le jour de l'équinoxe printanier, après avoir longuement flairé les nuées et supputé, la mine gourmande, la puissance de l'insurrection des vagues sur le rivage. Dans la rage du vent nul ne lui avait jamais fait escorte, sauf les regards des femmes et des vieux à l'abri des fenêtres, et quelques increvables amis. Ceux-là le laissaient aller seul vers la jetée, après de sobres saluts, et s'accoudaient au parapet le long de l'humble boulevard du port, malgré les gerbes d'écume qui fouettaient les visages, pour regarder au loin le téméraire défier la mer. Ces hommes, tous hautement fiers de leur impavide compère, se plaisaient dans le fracas des embruns à gueuler ce qu'ils savaient aux rares niais sarcastiques amenés là par un méchant espoir de spectacle racontable : le vieux Sinabre, disaient-ils avec force hochements de tête convaincus, avait appris d'un sorcier africain rencontré en caserne, au temps lointain où il était soldat, des incantations assez terrifiantes pour faire se cabrer devant elles les flots tumultueux et les forcer à reculer en piteuse débandade.

C'était du moins ce que Sylvestre avait toujours affirmé aux sceptiques, avec tant de superbe que nul ne s'était le moindrement risqué à le moquer. En vérité, Pierre était le seul à savoir en quelles circonstances exactes son père avait un jour déclaré la guerre aux intempéries. Quelque dix hivers passés, Sylvestre Sinabre avait été victime d'un rhume fort fiévreux qui l'avait forcé, pour la première fois de sa vie, de se tenir une journée entière calfeutré au coin du feu, à regarder dehors danser sans lui la belle neige. Il en avait souffert une telle vexation qu'il s'était juré, au secret le plus rogneux de son cœur, de ne point songer à mourir avant d'avoir réduit à sa botte ces humeurs atmosphériques qui avaient osé l'accabler aussi traîtreusement. Quelques nuits plus tard, cherchant comment se venger d'elles, entre deux sommeils, il s'était souvenu du livre d'un missionnaire que lui avait offert son fils et qui rapportait en détail d'exotiques envoûtements dont l'auteur s'était trouvé témoin. Parmi les chamanes crasseux que ce voyageur ecclésiastique avait fréquentés, certains s'affirmaient capables d'arrêter par magie flots et flammes, et apparemment l'étaient bel et bien, selon ce qu'avait vu le scrupuleux écrivain. Sylvestre, une lampe au poing, s'en était allé sur-le-champ consulter l'ouvrage enfoui dans un tiroir du buffet, et le doigt posé sur la page trouvée s'était un long moment émerveillé à s'imaginer domptant la tempête et le débridement de la mer.

Le lendemain, devant quelques compagnons, il avait affirmé avec son ordinaire assurance que cette œuvre sauvage était à sa portée, et pour couper court à toute velléité de doute, il avait inventé son sorcier de caserne. On l'avait mis au défi, comme il l'espérait, de brider l'unique marée de l'an. Au jour dit, il s'était donc pour la première fois avancé seul sur la jetée en braillant aux vagues de tonitruantes fulminations. La mer lui avait répondu d'un si puissant crachat qu'il en était tombé à la renverse et avait failli se noyer. Ses amis aussitôt embarqués à son secours l'avaient à grand-peine ramené sur la rive, ruisselant, fourbu, mais gueulant au large, debout entre les rameurs sur la houle furibonde, qu'il reviendrait sans faute au prochain équinoxe et que cette fois, il en jurait Dieu, les vents, les nuées et les flots ramperaient à ses pieds comme bêtes craintives.

Onze fois depuis ce jour ses patients sauveteurs avaient entendu de semblables paroles. Mais les années passant n'avaient lassé personne. On avait vu Sylvestre, après chaque rebuffade, s'ancrer en obstination si pure, en honneur si droit, en espérance si respectable face aux indomptables furies de la mer et du ciel, que les railleurs s'étaient tus. Ses échecs même, parce qu'ils n'étaient point parvenus à l'abattre, l'avaient anobli aux yeux de tous, et ses amis, étrangement, avaient l'un après l'autre épousé sa digne révolte devant l'implacable absence de miracle et s'étaient peu à peu convaincus, contre toute raison, que la victoire était un jour inévitable.

Quand Pierre et Sylvestre arrivèrent sur le port, les flots couvraient déjà la moitié de la plage et le bout de la jetée se perdait en brume et hautes lames écumantes. Avant qu'ils ne parviennent à leurs compagnons qui les attendaient en groupe froissé dans la grisaille du boulevard, Pierre annonça à son père son intention d'aller avec lui aussi loin qu'il irait contre la rage des vagues. Puis, tête basse, le dos rond sous le vent :

— Demande à tes amis de ne venir sous aucun prétexte à notre aide, dit-il. Si nous abandonnons tout espoir de repli, la mer sera forcée de reculer. Sais-tu pourquoi ?

— Parce que je ne peux pas mourir, si je suis avec mon fils, répondit Sylvestre.

Pierre, tournant de côté le nez pour contempler sa mine, le vit regarder au loin, rayonnant d'un tel bonheur que les rafales de bourrasque ne semblaient pas l'atteindre. Il lui parut alors que le vieil homme était à nouveau plus grand que lui, et le prenant par l'épaule, fier comme un pèlerin touchant enfin au cœur de la beauté du monde, il se redressa à sa hauteur.

9

Ils s'engagèrent sur la jetée, le dos courbé contre les assauts de la bruine, escortés de cascades tourbillonnantes qui sans cesse jaillissaient du chaos de rocs ruisselants, le long de l'étroite bande de bitume, et s'acharnaient à s'élancer au ciel. A quelque cent pas devant, dans les embruns que le vent rabattait en pluie crépitante sur l'échine de la houle, de puissantes hordes de vagues déferlaient, se cabraient aux nues, se fracassaient en claquements d'énormes gueules sur l'extrême avancée du chemin rectiligne et se répandaient en torrents dévorants à la rencontre des deux hommes. Sylvestre se redressa, fit halte pour contempler en maître ces fureurs débridées et empoigna son fils par la nuque.

— Regarde ce qui nous attend, gueula-t-il, le poitrail offert, jubilant sous les baffes mouillées. Quel festin, nom de Dieu !

Il se moucha dans ses doigts et se planta les poings dans les hanches, l'air si naïvement heureux que Pierre en fut pris de rire irrépressible. « Nous allons vers la plus absurde et la plus magnifique des morts », se dit-il avec une parfaite simplicité d'âme, le corps léger, ivre de bourrasque, grelottant, titubant dans une sorte d'effarement ébloui. A l'instant où son père baissait le front et s'en allait à nouveau vers les grondements du large, il se laissa tout à coup retourner par un violent envol d'écume, et comme l'ogre le tirait par un pan de sa veste il se mit à cheminer à reculons, regardant au loin leurs spectateurs aux encolures emmitouflées, alignés, minuscules, derrière le haut parapet du boulevard. Une écharpe rouge dans un poing dressé s'agita au fond de la grisaille. Il répondit d'un salut semblable, et la main grande ouverte haut levée il lui parut que son cœur le quittait sans douleur, d'un bond d'oiseau, et s'enfuyait dans la tempête, boule embrasée, vite embrumée. Alentour de ces silhouettes menues n'étaient que d'indifférentes façades à demi effacées par le bouillard, et de rares arbres qui semblaient follement s'évertuer à s'arracher à la terre. A ces appels de branches il dit aussi adieu, pris d'affection mélancolique pour cette rive abandonnée qui le tenait encore par quelques lambeaux de son être. Lui vinrent alors à l'esprit de fugitives apparitions de maison calme, de femme aimée, de visages fraternels. Il s'attarda un instant à goûter ces images mais elles lui parurent d'un autre monde, d'une trop vieille vie, d'un pays d'enfance à jamais quitté. Elles se défirent aussitôt de lui sans qu'il ait à les chasser, pareilles à des nuages emportés à l'envers de sa route. Il se sentit alors libre, fort, pur comme un dieu dans les danses furibondes de l'air et des eaux. Il cria, la poitrine soulevée de rage joyeuse :

— J'ai une sacrée nouvelle à t'apprendre, Sylvestre : Julia et moi sommes séparés. Si elle me vient à nouveau devant, je crois que je lui passerai au travers du corps sans la voir.

Sylvestre, ruisselant, flairant rudement les hautes lames qui se rapprochaient d'eux à chaque déferlement, le força d'un coup sec à revenir face à la mer. Pierre botta l'air dans un demi-tour de toupie et s'en vint buter contre son flanc.

— Souviens-toi, fils, nous avons décidé de ne plus regarder en arrière. Aucun secours ne nous viendra, aucun secours !

Ils se courbèrent en avant sous les averses obliques arrachées à la crête des vagues, et comme s'ils poussaient du front les battants invisibles de la porte des vents, se tenant l'un l'autre aux vêtements qui claquaient comme bannières, ils s'avancèrent à grands efforts vers les flots et les cieux bouillonnant ensemble juqu'à une borne où était scellé un lourd anneau rouillé. Dès qu'elle fut à portée de main tendue Pierre se laissa tomber à genoux, s'y agrippa d'un poing ferme, et retenant par la poche du pantalon le vieil ogre qui résistait à la renverse à grands braillements de jurons fulminants, à nouveau il se retourna. Le rivage n'était plus à portée de voix. A peine en devina-t-il les traits rectilignes dans la brume et les hauts bonds de l'écume. Il embrassa plus étroitement la jambe de Sylvestre, appuya la tempe contre sa hanche avec une affection éperdue, leva la tête. Le bonhomme, la figure au ciel, ouvrit sa large main pour y cracher dedans. Un coup de bourrasque emporta ses postillons dérisoires. Il fronça les sourcils, contempla un instant sa paume vide, l'air offensé, puis affrontant à nouveau les assauts du large, les yeux luisants, la tête dans les épaules :

— Il faut d'abord que je lui parle tout doux, dit-il dans un souffle menaçant.

La mer n'était plus qu'à vingt pas, roulant en rivières furieuses sur la chaussée et ruisselant parmi les blocs de rocaille des bords que de brefs reflux dénudaient.

— Nous sommes perdus, Sylvestre, si nous restons ici, gueula Pierre.

Il regarda, fasciné, les tourbillons écumants qui les environnaient, cloué soudain par une peine très amère qu'il sentait rôder à la lisière de son esprit depuis qu'il s'était abattu au bord du bitume détrempé, tenant d'un bras la borne et Sylvestre de l'autre. Elle le submergeait maintenant. Lui vint avec elle une haine glacée du monde et de lui-même mêlée au désir pesant de quitter cette inutile bataille et de s'abandonner à la paix vide et simple de l'inexistence. Il s'aperçut alors qu'il avait sans le savoir amené jusqu'à ce bord de gouffre, enfoui sous ses envies d'orgies divines, endormi dans l'ivresse qui lui était venue à se frotter à l'exaltante vigueur de son père, un indéracinable démon. Il connaissait sa puissance : ses envahissants discours avaient souvent voilé d'ombre ses amours et ses routes. Il s'était cru, la nuit dernière, à jamais débarrassé de lui, mais non : il était là, renaissant, et du creux sinistre de son âme sa voix précise et méchante le persuadait maintenant qu'il n'était point d'actes louables, généreux ou maudits, point de beauté, d'affection, d'espérance, ni de dieu tempétueux ou paisible qui ne soit illusion épuisante et grotesque, et que sa vie allait finir sans réponse d'aucune sorte à ses questions, à ses appels, à ses élans, à ses famines d'étreintes. Il se sentit pourtant le cœur remué par un sombre et violent soulèvement de joie quand Sylvestre, serrant brusquement son visage contre son flanc, rugit :

— As-tu peur, Sinabre ?

Un rayon de soleil jaillit entre deux roulements de nuages. Les piaffements des hautes vagues en furent un instant traversés par une miraculeuse poudre d'arc-en-ciel, les maussaderies lointaines de la houle s'illuminèrent sous l'entrebâillement céleste, et parmi les embruns éblouis Pierre vit ses méchantes diableries emportées, roulées, défaites, dissoutes. Il en eut un rire bref, éclatant. L'ogre, riant aussi, lui pétrit la figure et lui battit la joue avec une affection très rude puis, ouvrant les bras en croix face à la mer, il se mit à hurler, jubilant :

— Viens en paix, mère des eaux, ma belle jument, couche-toi que je te caresse, obéis à ma volonté, et je t'offrirai un arbre arrosé d'un tonneau de mon vin, le cercueil d'Angèle et moi dessus, nom de Dieu, armé de rames pour te gratter le ventre !

Pierre, à genoux, tendit l'index au ciel et dit, sombrement ébloui, tandis que le soleil s'estompait derrière des haillons de vapeur grise :

— J'entends des musiques dans les nuages.

Sylvestre hocha la tête, l'air rassurant.

— C'est de bon augure, fils.

Une crête de haute vague s'abattit entre ses jambes dans un fracas exténué.

— La mort nous vient, dit Pierre avec une soudaine résignation, le regard perdu.

Il n'éprouva ni terreur ni révolte. Il en fut surpris, secrètement content, et se sentit même une sorte de frémissement de pure bravoure. Le vieil homme, prenant appui sur sa tête et l'accablant de ses remuements pesants, s'accroupit près de lui.

— La vois-tu ? demanda-t-il, les yeux brillants, cherchant au loin.

Il posa son bras en écharpe autour du cou de son fils et sa joue rapeuse contre sa tempe, sans cesser de contempler la tempête rugissante. Pierre s'accola aussi étroitement qu'il put à son côté, l'écouta respirer à longs souffles rauques, se laissa envahir par sa puanteur de chien mouillé, par les tremblements qui secouaient son vieux corps et perçut bientôt dans son poitrail offert à la furie du vent, dans ses halètements, ses yeux écarquillés et les empoignements de ses doigts nerveux sur son épaule une passion sacrée, une confiance ébahie, une rage de taureau qui l'émurent et l'échauffèrent furieusement. Sylvestre, en vérité, baisait chaque rafale d'averse avec une impudeur animale et si contagieuse que tous les néants imaginables n'en pouvaient que déborder comme chaudrons regorgeant d'abondance charnue. « Seule vaut cette force de belle bête qui l'emporte et m'attire aussi dans la superbe puissance d'être partout au monde à l'affût de la vie, pensa Pierre. Foutredieu, ne point attendre peureusement la tombée dans l'au-delà mais s'efforcer sans cesse vers le fin bout des sentiments, des désirs, des peines, des bonheurs, pour la seule exaltation d'aller ! »

— Je l'amadoue, dit Sylvestre, reniflant, ronronnant. Elle me sent content.

— La mort ?

— La mer.

Pierre sourit, l'air béat, ne vit pas venir une énorme gifle d'eau qui lui secoua la figure et le fit suffoquer, cracher, jurer, et dans un emportement de guerrier offensé se dresser à demi pour maudire terriblement les nues.

— Elle se fait caressante, gronda Sylvestre, rieur.

A peine ces paroles dites, un torrent de lame fracassée lui bondit en pleine poitrine. Il poussa quelques petits cris offusqués, les bras ouverts comme devant un assaut d'amour excessif, glissa, battit l'air, voulut se raccrocher à son fils, mais sa main ne put agripper son vêtement poissé d'eau, et il partit soudain à plat ventre dans le déferlement, la veste rabattue sur le crâne, les mollets dénudés, les semelles au vent. Pierre, sacrant, l'empoigna par le bras. Tandis qu'il l'aidait à revenir contre la borne :

— Elle joue, dit l'ogre à voix écorchée, toussant, éructant, hochant pourtant la tête, la mine rassurante. Elle ne fait que jouer, elle est bonne.

Il reprit haleine, s'efforça bravement de rire et le torse bombé fit mine de flatter comme des encolures de dragons les jaillissements de plus en plus hauts et menaçants des vagues alentour, jusqu'à ce qu'un nouveau rugissement de bourrasque oblige les deux hommes à courber le dos. Dans les aveuglants tourbillons qui leur dérobaient le sol et l'air submergés, Pierre saisit son père au col et lui cria à l'oreille, s'arc-boutant à grand-peine contre l'emportement :

— Défais ta ceinture et donne-la-moi, que je t'attache à l'anneau !

L'autre obéit, impavide sous les baffes d'eau, obstiné dans sa confiance tranquille malgré ses yeux brûlés de sel, les pans de sa chemise claquant au vent et ses pieds empêtrés dans les jambes tout à coup fuyantes de son pantalon.

— Ne tremble donc pas, dit-il d'un ton de reproche paterne, tu fais peine à la brise !

— Tiens-moi ferme, hurla Pierre, tandis qu'il se défaisait à son tour la taille, se bouclait un poignet et se liait à son père.

L'ogre eut un grognement d'impatience, le saisit par la tignasse, et le secouant avec une hargne énormément épanouie, lui gueula en pleine figure :

— Oublie ta peur, nom de Dieu, elle dévore ta vie !

— Je ne crains pas de mourir, dit Pierre dans un sanglot de rire, d'espoir, d'effroi. L'oiseau m'a dit dans la caverne que mon chemin était encore long.

— L'oiseau ne peut pas mentir, répondit Sylvestre, cognant du poing son épaule.

L'autre hocha la tête, répéta dans un souffle, le feu au cœur :

— L'oiseau ne peut pas mentir,

pensa aussitôt : « Je suis fou de croire cela. »

— Aime donc, fils de loup, aime sans crainte tout ce qui t'est donné, et tu seras l'égal de Dieu, comme moi, brailla le vieil homme.

Il offrit en gueulant son visage aux danses des vagues, du ciel, du vent, du large turbulent, voulut se dresser debout mais la ceinture qui l'amarrait à l'anneau de la borne se tendit brusquement, le tint penché, et son pantalon retenu d'un côté par le poing secourable de son fils chut de l'autre à ses genoux ployés. Il ne s'en offusqua point, au contraire, se débrailla plus encore, à grands gestes d'impatiente délivrance, comme si ses hardes avaient trop longtemps encombré sa débordante vigueur. Il leva sa main libre ouverte face à la mer, découvrant son nombril touffu, ouvrit tout à fait sa chemise, d'un coup de griffe, en hissant sa tête aussi haut qu'il put vers les nuées, et se tint ainsi, pareil au premier singe humain du monde s'acharnant à repousser le ventre tumultueux de sa mère divine pour déployer enfin sa haute taille et affronter seul les chaos et les mystères de la Création. Une accalmie soudaine vint alors alentour.

— Maintenant, je veux un miracle, dit Sylvestre, presque menaçant.

Et il resta dans son immobilité résolue. Un écrasement de cascade lui rebondit dessus, alourdit de ruissellements ses guenilles béantes mais ne l'abattit point.

— Je veux un miracle, dit-il encore, à voix plus forte.

Il trancha violemment la tempête de sa main raide puis s'accroupit à nouveau, la mine bougonne, et se mit en devoir de hisser son cache-cul jusqu'à sa taille, en gémissant d'effort, bousculé à chaque soubresaut par les bourrades des rafales.

— Le chemin du retour est coupé, dit Pierre.

— Nous avons joué sans faute, lui répondit son père, empêtré dans son vêtement rétif. Si nous n'en réchappons pas, nos amis garderont de nous un fier souvenir, sacrédieu !

Il roula soudain sur le côté, cogna l'air des bras et des jambes en rugissant une bordée de jurons puissants, renonça brusquement à se rajuster, chassa son froc piteux à coups de pieds rageurs, l'empoigna, le brandit, le fit tournoyer au-dessus de sa tête, et le jetant aux vagues il le voua au diable avec la rancœur ravageuse d'un amoureux trahi. La frusque lui revint aussitôt claquer à la face, s'enroula en écharpe autour de son cou. Il se l'arracha, la jeta contre la borne où elle resta comme une bête pantelante. Il s'apaisa enfin, essoufflé, s'enferma un moment en bouderie rogneuse, puis redressa le torse et dit à voix forte :

— On s'amuse de nous, là-haut. Je ne trouve pas cela convenable.

— Nous crèverons grotesques, si Dieu le veut, mais attachés, non, gronda Sinabre, tout à coup pris de sombre impatience.

Il se mit à dénouer les ceintures qui les liaient. Sylvestre le regarda faire, éberlué.

— C'est à l'instant ce qui me venait à l'esprit, dit-il.

— Nous allons nous offrir une belle fin, bonhomme, sans témoins d'aucune sorte, ni dieux, ni diables, ni vivants, pour le seul plaisir de l'œuvre bien ronde.

— Bonté divine, gémit son père à voix tremblante, rieuse, incrédule, te voilà comme je te bâtissais quand je parlais de toi à mes amis : libre, beau, flambant !

Il posa les mains sur ses joues, le força à relever la tête. Les yeux du vieil homme brillaient, vaguement moqueurs, mais en eux n'était plus trace d'orgueil. Une douceur pudique, toute neuve, les illuminait, comme si sa vieille gangue d'ogre, soudain brisée, révélait enfin au jour la vérité de son âme candide, vulnérable, offerte.

— Je ne donnerais pour rien au monde cette défaite où je suis avec toi, murmura-t-il.

Pierre eut un éclat joyeux, le prit par la nuque et lui dit :

— Sais-tu que Dieu n'a pas autrement parlé quand son Jésus l'a rejoint au paradis ?

— Laisse donc ces bigoteries de vieille, tu es plus fort que la peur, tu as vaincu la jérémiade, Sinabre, je ne veux rien savoir d'autre, et maintenant que je tiens mon miracle, j'ai grande envie de t'assommer, foutu bougre, pour le mal que nous avons eu, Dieu et moi, à t'amener dans ce beau rire !

— Nous n'y serons pas longtemps, lui répondit son fils à voix chétive, tout à coup rejeté en arrière et levant le bras, grimaçant, pour parer un violent coup d'embruns.

— Nous y serons debout, gronda Sylvestre, s'agrippant à ses épaules.

— Debout n'est rien, debout n'est qu'un mot de matamore, un bel aboiement ! dit Pierre.

Il pensa : « Un ordre du Ciel », n'osa le dire, rit.

— Aide-moi, gémit Sylvestre, mes genoux sont rouillés.

Ils se dressèrent, délivrés, s'aidant l'un l'autre, semblables à deux rescapés d'enfer, épuisés, haillonneux, tendirent au ciel le front, le souffle rauque, comme pour boire la lumière délicieuse enfin retrouvée au sortir d'aveuglantes broussailles d'eau.

— Sylvestre, vois, cria Pierre, vois !

Il leva les mains aux nuées, se laissa baigner le visage de bruine, empoigna au vol des lambeaux d'écume. Le vent s'était calmé. Il soufflait encore mais sa violence était maintenant supportable, et la mer n'avançait plus. Elle leur ruisselait aux mollets, en longues coulées au loin fuyantes, le long de la jetée.

— Les tempêtes sont simples : elles veulent être aimées, voilà tout, dit le vieil homme, les bras ouverts, d'un air d'évidence radieuse.

Ils se mirent à patauger dans les éclaboussures et à tournoyer lentement, éperdus de respect ébloui, jusqu'à ce que le vertige et la fatigue les fassent tituber et tomber assis dans les ruissellements. Ils restèrent ainsi un long moment à contempler, émerveillés, le ciel parcouru de fugaces traînées de lumière, la mer houleuse, le rivage lointain qui leur apparaissait maintenant lavé de ses lambeaux de brume, sous la grisaille lourde et nette des nuages. Ils ne dirent mot, comme s'ils ne savaient que rire béatement, lever de temps en temps un bras trop lourd pour se désigner les soulèvements de vagues de plus en plus rares qui s'obstinaient à leur tomber dessus en brèves giboulées, et offrir leur visage, avec une humilité de saints extasiés, à leurs douches vaporeuses. Les flots peu à peu se retirèrent le long de leurs jambes étalées. Quand ils se virent parmi les flaques sur le bitume retrouvé, à gestes engourdis ils se levèrent. Pierre, tournant le dos à son père, lui tendit la main pour l'attirer sur le chemin du retour. Sylvestre la saisit mais ne bougea pas.

— Attends-moi, j'ai à faire, dit le vieil homme en boutonnant cérémonieusement sa veste détrempée sur son ventre.

Il s'éloigna pieds nus, son long caleçon pendouillant entre ses cuisses trapues, vers le bout de la chaussée où la houle jetait encore au ciel d'éphémères et transparentes murailles d'écume. Là, il se campa fermement face au large et cria, les poings serrés, la tête haute :

— Je n'ai pas eu ta force, tu n'as pas eu ma peau, nous voilà égaux, grande mère. Je veux que la paix soit maintenant entre nous, et pour te remercier d'avoir joliment baptisé celui que j'ai conduit à toi, autant que pour être fidèle à ma parole, je te donnerai ce que je t'ai promis, tout ce que je t'ai promis !

Son fils vint le prendre par le bras et ils s'en retournèrent côte à côte vers la rive. Comme ils cheminaient lentement sous les majestueux roulements des nuées :

— Qu'as-tu promis ? demanda Pierre.

Son père fit halte pour mieux se souvenir, chercha dans l'air ses mots, les sourcils froncés, et lui répondit, comptant sur ses doigts :

— Le cercueil d'Angèle, un arbre et un tonneau de vin vieux.

Ils se remirent en route vers la lumière mouillée du village. Les hommes, derrière l'abri lointain du parapet, agitaient les bras et les acclamaient, mais leurs cris étaient à peine perceptibles dans les vastes musiques qui les environnaient. Pierre, marchant vers ces gens exubérants, éprouva tout à coup une lourde mélancolie à s'imaginer revenu parmi eux sur l'étroit boulevard, contant l'aventure au pas d'une porte, parmi les arbres apaisés, parlant du froid subi, de la force du vent, de la hauteur des vagues et du recul de la marée, par heureuse coïncidence, à l'instant où ils allaient sombrer. N'avait-il donc tutoyé la mort que pour la sotte récompense de figures admiratives, de bourrades dans le dos, de verres entrechoqués sur la toile cirée d'une table de cuisine ? Il lui sembla que l'intime trésor qu'il ramenait du chaos tombait en poudre à chaque pas, et se dispersait dans ces beaux infinis turbulents où il se sentait le cœur spacieux, le corps immense. « Garde-moi libre, Dieu du Ciel, garde-moi ! », supplia-t-il dans un soupir muet. Il leva le front, s'emplit le regard de nuages, cherchant un signe. Rien ne lui répondit qu'une explosion plus distincte de hurlements de triomphe, au bord proche du monde. Une amère tendresse lui vint pour ces braves vivants. Il les aimait, assurément, mais n'était pas des leurs. Il les chassa de son esprit, se planta à leur place un provocant désir de retraite définitive dans quelque forêt pure de toute présence humaine, joua un instant à se représenter en ermite ombrageux. Le visage de Julia lui apparut soudain à l'esprit. Il en eut une brusque flambée de rancœur. Serait-elle venue à cette fête, ils l'auraient ensemble prolongée jusqu'à l'épuisement, fuyant le long du rivage, se rassasiant de belle sauvagerie. L'idiote, à cette heure, s'appliquait sans doute à conter de dérisoires balivernes devant la bouche ouverte de ses enfants fous, dans une salle trop sonore à méchante odeur d'hôpital. Il éprouva tout à coup une envie urgente de parler d'elle à Sylvestre, avant que n'arrivent sur eux leurs amis impatients qui maintenant couraient lourdement à leur rencontre, traçant des pistes d'empreintes bourbeuses sur la plage détrempée.

— Il me manque ici quelqu'un, dit-il.

— Je sais qui, fils, lui répondit son père, riant, le poing brandi, aux gens qui accouraient. Si elle se trouve chez toi quand tu y reviendras, jette-la dehors. Tu n'as besoin de personne, maintenant que tu es un homme plein.

Pierre se tourna vers lui, surpris.

— Je croyais que tu l'aimais.

— Elle est meilleure que toi, plus savante que toi, plus forte que toi, et sacrément plus belle. Elle sait flairer les vrais chemins de l'amour aussi sûrement que moi ceux de la vie. Le soir de l'enterrement d'Angèle, elle m'a aidé à ramener le cercueil à la maison, parce que j'avais honte de laisser ta mère seule au cimetière, avec la foule des morts. Julia est ma fille, plus que tu n'as été mon fils. D'ailleurs, je lui ai promis ma vigne et ma maison. C'est elle qui les aura quand je mourrai. Pas toi.

Il ouvrit les bras au premier de ses compagnons parvenu à bout de course contre son poitrail, l'étreignit en riant haut et d'autres, haletants, venant buter contre eux, il se trouva bientôt environné d'exclamations, de questions, de regards brillants, d'empoignades affectueuses, de souffles embués. On le voulut hisser sur des épaules mais il repoussa noblement les mains turbulentes et l'on éleva seules, à grands cris, sa veste arrachée et d'imaginaires armes victorieuses autour de sa tête. Pierre, à l'écart de la bousculade, se tint immobile à contempler son père qui s'éloignait, gesticulant dans son triomphe. Les surprenantes paroles que le vieux bougre venait jovialement de lui lancer, sans même le regarder, lui apparurent, comme il se les répétait, magnifiquement scandaleuses, quoique contradictoires. Il n'avait jamais pressenti cette connivence secrète et sacrément solide qui semblait unir Sylvestre et Julia. Se pouvait-il que ces deux êtres fussent taillés dans le même increvable tissu de rêves, habités par les mêmes certitudes déraisonnables, plantés enfin dans la même effrayante et obscure santé ? Il hocha rudement la tête et se décida à suivre de loin la bruyante troupe qui escortait son père. Comme il marchait seul, le front haut, il se prit à sourire, se découvrant dans l'âme des chemins lumineux qu'il n'avait jamais soupçonnés. Il s'était trop préoccupé d'Angèle, ces temps derniers, pour deviner ce qui se tramait entre sa compagne et son père. La vieille morte l'avait misérablement aveuglé à le nourrir de plaintes vagues et d'affection craintive chaque fois qu'il était venu chez elle avec Julia, et la vie, tandis qu'il se laissait bercer de douces pleurnicheries, avait joliment joué sans lui. Cette leçon lui plut. Avait-il vraiment cru, dans son orgueil benoît, sa jeune femme aussi résignée que sa mère, aussi humblement sûre, aussi solidement ancrée dans sa maison ? En vérité, Julia était pétrie d'une autre farine. Il l'imagina complotant avec l'ogre, usant des mêmes rudesses, lui tenant tête calmement, lui répondant haut et fort, riant avec lui, sacrant de même, et accueillant ses rodomontades avec un naturel de complice aguerrie. Il éprouva un contentement rugueux, presque menaçant, à découvrir cette épouse inconnue. « Elle n'est pas meilleure que moi, ni plus forte, elle est à ma hauteur, se dit-il, et je ne la ménagerai pas plus que je ne prends soin, désormais, de ma propre vie. Cette sorcière a voulu la guerre entre nous, la sainte guerre de l'amour véritable, mille dieux, elle s'en mordra les poings. Sylvestre a raison : je la jetterai dehors, pour qu'elle sache d'abord que je sais sans elle me tenir debout. » Il se joua une déchirante dispute entre eux jusqu'à se trouer de rage et de tendresse, la vit malheureuse et fière de lui, à l'instant où il lui claquait sa porte à la figure, et se sentit capable, dans un puissant élan de combattant se jetant au feu, de se séparer à jamais d'elle autant que de mourir pour la sauver, si quelque malheur lui venait.

Ainsi ruminant il s'enfonça si profondément dans ses pensées que bientôt il fit halte au milieu de la plage bourbeuse, sans plus rien voir que brouillard. Des appels lointains le firent sursauter. La troupe lui criait de se hâter, tandis que Sylvestre revenait vers lui à grands pas, débordant de grommellements impatients, la chemise au vent, un poing remuant dans l'air et l'autre retenant au ventre le caleçon qui le fuyait. Pierre le rejoignit, s'amusant de sa colère. Le vieil homme le prit au col et le poussa devant lui vers la rive, en lui reprochant durement sa raideur et son mépris d'artiste pour ces braves gens qui lui faisaient fête. Son fils haussa les épaules, se retourna à demi, protesta qu'il ne voulait offenser personne, mais avait envie de rêver seul.

— Marche, mon âne, qui s'attarde ne vit point, grogna l'ogre en le bousculant à rudes bourrades. Tu dois oublier maintenant notre tempête, revenir au monde, te soûler en bonne compagnie, rentrer chez toi, étriller Julia, attendre les ordres de ton maître, et voilà que tu te baguenaudes au risque de retomber dans tes fainéantises mélancoliques.

— Mon maître ?

Pierre éclata de rire, affirma qu'il était un homme libre, et se tournant de tous côtés, le regard faussement furibond, prêt à étriper l'ennemi, il demanda où était ce nouveau tyran auquel on voulait le soumettre. Sylvestre, scandalisé par sa moquerie, se mit à lui cogner du poing le dos et du genou les fesses, à chaque pas.

— Il est celui qui vient à l'improviste, celui qui t'instruit à ton insu, celui qui se masque de hasard, celui qui t'a conduit ici, il est l'astre qui te brille en tête, il est l'oiseau de ta caverne, imbécile ! Hé, pourquoi me fais-tu parler de ce que tu connais aussi bien que moi ?

Et désignant celui qu'il menait ainsi, la figure tout à coup épanouie, à leurs compagnons rejoints au pied du parapet :

— Le voilà, celui qui a fait reculer la mer !

Parmi les hommes bruyamment enthousiastes et aussi fiers que s'ils avaient œuvré à la victoire, il s'avança en vantant les hauts faits de son fils, offrant à chacun sa muflée de confidences.

— Sans lui, je ne pouvais rien. Il m'a sauvé la vie, savez-vous ? Il m'a dit : donne-moi ta ceinture. J'ai obéi, comme un bon lieutenant. Et qu'a-t-il fait, mes bougres ? Il l'a prise à deux mains, et braillant comme un diable, il s'est mis à fouetter les vagues qui ouvraient des gueules aussi hautes que des monts.

Dans un tournoiement de sabre invisible il agrandit le cercle autour de lui et discourut encore à grands gueulements de parade, devant les bouches bées, jusqu'à ce que Pierre le vienne tirer par la chemise et lui gronde dans la nuque :

— Cesse de mentir, par pitié.

L'autre en fut un bref instant décontenancé, puis sourit, la tête haute, et dit à bout de palabres, avec un calme soudain :

— J'ai là un sacré fils.

Il croisa les bras sur sa poitrine, eut un air de défi lumineux et tranquille. Pierre regarda les visages alentour, priant le Ciel que nul ne le vienne contredire. L'ogre était assurément prêt à massacrer quiconque aurait osé le moindre sarcasme.

Ils firent jusqu'au soir une telle ripaille que Sinabre ne put se souvenir chez qui, ni dans quel état il avait laissé son père quand il s'était décidé à se faire conduire en gare de Perpignan par le moins ivre des convives. Il attendit longtemps le train de nuit, se dégrisant peu à peu à compter ses pas dans la froidure d'un quai presque désert. Dès qu'il fut couché de son long sur une banquette de compartiment vide, lui revint à l'esprit l'étreinte de Sylvestre, à l'instant où il s'était séparé de lui. Le vieil homme lui avait paru fatigué. Il s'en inquiéta, dans une humble plainte de cœur, comme l'eut fait Angèle, soupira, et s'enfonça dans le sommeil. Il fut réveillé, longtemps après l'arrivée du train à Paris, par une femme de ménage qui ouvrit à grand bruit la portière de son antre. D'autres criaillaient, dans le couloir où il se risqua, clignant les yeux, titubant. Il buta contre un seau d'eau, pesta et descendit à la hâte du wagon, aiguillonné par les quolibets des mégères. Il s'en fut vers la sortie lointaine, le front bas, flairant son humeur : elle était sombre mais il se sentit satisfait de vivre, et fort comme un ours. Parvenu dans la cohue de la gare, il redressa la tête, pressa le pas, pris d'une impatience féroce : Julia venait de s'éveiller dans son esprit.

10

Dès qu'il fut sorti de la gare, il resta un moment les mains aux poches à humer l'air timidement ensoleillé du boulevard, le trouva d'une douceur plus fringante qu'à l'ordinaire, en eut le cœur envahi d'allégresse et, par-delà le flot familier des voitures et le vacarme d'un chantier balisé de barrières rouges, il vit que les arbres du bord de Seine, dans la lumière tendre et paresseuse du ciel matinal, avaient des feuilles neuves. Un éclat de sourire surpris, content, lui vint aux yeux, et regardant frémir cette verdure dans son innocente vigueur que n'avaient pas encore ternie les turbulences poussiéreuses de la ville, il se laissa envahir par la plénitude émerveillée qu'il éprouvait parfois, l'hiver, devant un champ de neige que nulle trace ne souillait. Aussi loin qu'il se souvienne, les puretés fragiles des saisons l'avaient toujours inexplicablement empli de joie bondissante ct pourtant voilée de vague amertume, comme le sont les sentiments que l'on sait éphémères. Il s'étonna d'éprouver ce plaisir qu'il jugeait enfantin. Aussitôt lui vint à l'esprit que dans ses profondeurs les plus obscures il était lui-même, perpétuellement, dans cet état de perfection vivace, qu'il l'oubliait sans cesse, et qu'il fallait de temps en temps de ces instants miraculeux pour l'appeler à se souvenir. Il haussa les épaules, chassa ces pensées trop incertaines pour son goût mais demeura, tandis qu'il s'en allait le long du fleuve à ses grandes enjambées régulières, dans ce contentement inattendu qu'il venait de dérober au printemps.

Sa massacrante envie d'étriller Julia s'en trouva quelque peu tempérée. Il voulut la ranimer, estimant, la mine à nouveau sombre, que l'heure n'était pas aux mollesses complaisantes. Il se mit donc à ruminer quelques fières méchancetés, leur trouva le jarret trop maigre, s'en agaça, pensa tout à coup à l'affront que la jeune femme lui avait fait subir à Lorient, en eut un vrai regain de feu et se dit avec une satisfaction carnassière qu'il y avait là de quoi, assurément, nourrir sa juste révolte.

L'impudente garce l'avait chassé d'une chambre certes misérable mais, foutredieu, qu'il avait seul payée. Comment avait-il pu souffrir une aussi scandaleuse effronterie ? « J'aurais dû d'abord lui faire valoir mon droit indiscutable à coucher dans ce lieu, se dit-il avec une conviction tonnante, ensuite ouvrir grande la porte, m'y planter devant, et sans plus de discours la forcer à choisir : mon lit et mon enragé désir d'elle, ou le froid de la nuit et ma détestation définitive. » Ces paroles crachées, il flaira sa fureur. Elle lui parut si mal ancrée dans son cœur, si dérisoire et mesquine qu'elle fut aussitôt emportée par une bouffée de rire. « Je ne suis qu'un de ces fanfarons ridicules qui se jouent à l'abri du monde des batailles trop rudes pour leur petit courage », pensa-t-il encore, pris de pitié pour sa carcasse. « Pourtant, il est aussi vrai que je me sens invincible. » Le regard fixe et l'allure raffermie, il fendit sans le voir un groupe de gens nonchalants sur le trottoir. « Ai-je vraiment envie de combattre Julia, de la tailler en pièces ? Non. En vérité, je ne désire rien que d'être devant elle sans reproche, quoi qu'il m'en coûte. » Une soudaine lumière le traversa. Il respira la brise haute, et comme une prière paisible : « Je ne veux qu'écouter la voix de l'oiseau, s'il peut à nouveau me parler avec bonté, comme il l'a fait dans la caverne. Lui seul sait exactement qui je suis, ce que je dois faire et dire, ce que valent ma rancœur et ma soif de massacre. » Il releva le col de sa veste pour tenter d'éprouver la chaleur de ce fantôme céleste sur sa nuque, marcha un moment à pas ralentis, l'esprit à l'affût dans la rumeur tout à coup assourdie de la ville, et entendit bientôt ces paroles montées de son tréfonds, d'abord confuses, lentes à venir, puis peu à peu tranquilles et nettes : « Bénie soit la mauvaise nuit de Lorient, et bénie soit la femme qui t'a poussé dans ce chaudron de vie d'où tu sors. Sans elle, tu n'aurais en tête que tes ordinaires fardeaux, et point ce feuillage neuf que tu te sens aujourd'hui. Faut-il que tu te venges d'elle pour le bien qu'elle t'a fait ? » — « Elle m'a traité comme un enfant haïssable, m'a roulé dans la suie, m'a blessé », pensa Pierre, buté. — « C'est par elle que t'est venue la force nouvelle qui t'a fait libre, et qui maintenant te tient l'âme à sa juste place, lui répondit la voix. Qui serais-tu si tu abattais sur son crâne l'arme qu'elle t'a offerte ? Imagine-toi de retour dans ta maison, et tu sauras ton vrai désir. »

Derrière son front lui apparut Julia dans la lumière de la bibliothèque, tandis qu'il entrait à pas lents. « Elle me regardera, se raidira sans un mot, prête à mordre, se dit-il, mais je m'avancerai tranquillement vers elle et l'espoir s'allumera dans son regard, je la prendrai aux épaules et sa bouche tremblera, je la serrerai dans mes bras et j'entendrai un long soupir soulagé dans mon bercement. » — « Je sais ce que tu veux », lui dit la voix tout à coup moqueuse. — « Aimer en paix », répondit Pierre. — « Non : regonfler délicieusement ta morgue, petit homme, à t'assurer qu'elle a souffert de ton absence. » Il rit du sarcasme, s'anima. « Je lui raconterai mon aventure sans en oublier rien, je veux qu'elle sache ce que j'ai découvert, qu'elle devine ce que j'ignore encore, je veux qu'elle me regarde avec cette fierté muette d'être ma femme qui m'a fait parfois tant de bien. Est-ce là trop d'orgueil ? » — « Défais-toi maintenant de tes envies, lui dit la voix. Il est bon que tu les connaisses, mais point qu'elles t'encombrent. Fais-toi creux pour ce qui vient. Va, et jusqu'à la porte de ta maison, jouis de l'attente, camarade. »

Il pressa le pas, regarda le ciel, l'œil neuf, se réveilla aux bruits, à la vivacité du temps, à la hâte du monde, aux reflets des passantes dans les vitrines, à l'ombre transparente de nouveaux arbres à peine feuillus, aux gens qui venaient vers lui sans paraître le voir. Tous, lents ou alertes, courbés, hauts de figure, vifs ou gris, semblaient suivre le même songe insaisissable. Comme il examinait ces visages fuyants, cherchant à capter des regards, un marmot quitta soudain la contemplation passionnée de quelques pigeons qui picoraient l'asphalte et vint s'empêtrer dans ses jambes. Il le retint, le poussa doucement vers sa jeune mère occupée, lourde et placide, à choisir un magazine dans les débordements multicolores d'un kiosque, et le regardant trotter au soleil, les bras tendus à l'humble déesse charnue qui maintenant l'attendait au coin du carrefour, absorbée dans un roman-photo, « un enfant », pensa-t-il. Il reprit sa route, tenté d'offrir à Julia, en cadeau de retrouvailles, ce désir paterne de la voir enceinte qui venait de lui piquer l'esprit. « Pour que la vie soit justement honorée, il faut qu'adviennent, au fin bout des drames, des dénouements réconfortants », se dit-il, pris d'espérance joyeuse. Il l'imagina accueillant cette envie jamais exprimée avec une émotion magnifiquement aimante, et peut-être un grain de frayeur dans la vive lumière de ses yeux. Il se rengorgea, aussi fier qu'amusé, et entra dans les encombrements d'un marché, le long de l'avenue qui menait aux vieilles maisons et rues boutiquières de son quartier. Parmi la foule hésitante des matrones, les jovialités criardes des maraîchers, la profusion parfumée de verdures légumières, d'oranges, de pommes rutilantes, de charcutailles entassées, de bacs poissonniers, de fleurs en seaux, de poivrons, d'épices, de fruits secs ensoleillés par les fentes des toiles, il se sentit un moment tout empli de vertus, de bontés, de certitudes benoîtes. A la sortie de cette abondance, dans le jour spacieux revenu : « Les rêveries sont des branches fragiles, grogna la voix somnolente, au fond de lui. Redescends sur la terre ferme. Tu as toujours eu grand-peur qu'un enfant te vienne. L'oublies-tu ? » — « Ce fut vrai mais ne l'est plus », répondit-il, le cœur ébranlé.

Une hâte inquiète le prit tout à coup. Il traversa l'avenue comme un voleur agile, tranchant en oblique la horde lente des voitures, courut le long du trottoir jusqu'à son immeuble, s'engouffra dans le hall, faillit heurter un voisin qui sortait, oublia de le saluer, gravit les étages en fouillant ses poches, parvint au palier sa clé au poing, entra, renifla l'air du vestibule et sut aussitôt, tandis que le battant, derrière lui, claquait, que l'appartement était vide.

Il vint dans la cuisine en deux enjambées rageuses. Elle était propre, en ordre strict : pas la moindre vaisselle sur l'évier sec. Il s'en fut au seuil de la chambre, tendit le cou, flaira la pénombre tranquille. Le parfum de Julia y était à peine perceptible, fané, mêlé à de vagues effluves de poussière endormie. Il s'approcha du lit, qui n'était pas défait. Le parquet grinça sous sa semelle lourde. La porte de la penderie était entrebâillée. Il élargit la fente, vit audedans trop de ceintres vides parmi quelques vêtements obscurs, détourna la tête, referma le vantail d'un coup de pied désabusé, ôta sa veste avec une lenteur d'extrême découragement, et la traînant à bout de bras, s'en alla vers la bibliothèque. Comme il jetait sa nippe au travers d'un fauteuil il aperçut, posée contre la lampe de son bureau, une lettre. Sur l'enveloppe était son seul prénom, inscrit au stylo noir. Il la prit, la palpa. Elle ne pesait guère. Il s'en fut avec elle à la fenêtre ouvrir grands les rideaux, la lut en un clin d'œil dans l'éveil soudain de mille bonheurs illuminés, revint vers la table. Parmi les livres et les feuillets griffonnés qui l'encombraient erraient maintenant deux traits de lumière mouvants, frémissants, joyeux. Il se laissa tomber sur sa chaise et resta un moment le menton sur la poitrine à remuer les objets dans les éclats de soleil, accablé par la lassitude indifférente d'un perdu comptant les bribes négligeables rescapées de son ultime désastre.

Sa jeune épouse l'informait en une phrase brève qu'elle prenait pension au « Centre ». Il savait que des chambres y étaient réservées à quelques-unes de ses compagnes thérapeutes qui avaient résolu, le temps d'un apprentissage parfois sans fin, de se consacrer sans partage à leurs enfants fous. En vérité, la vie de ces filles généreuses et savantes était vide d'hommes, et leur utile passion masquait à peine de secrètes détresses. Pierre détestait leurs béatitudes excessives autant que leurs discours intarissables, et s'était toujours offusqué d'entendre Julia parler de leurs énervements, fragilités de cœur et rancunes inavouées avec l'indulgence affectueuse d'une grande sœur. « Elle va devenir semblable à ces nonnes hypocrites », se dit-il dans un accès de hargne. L'envie le prit d'aller l'arracher de force à cette retraite malsaine où son âme, son corps, sa fraîcheur de plante vive ne pouvaient que se dessécher, mais il y renonça, craignant d'avoir à s'en retourner piteusement seul, ou de s'exposer à la honte d'une dispute publique, si elle lui résistait. Il se leva, s'en alla regarder le ciel par la fenêtre, jugea décidément stérile la colère qui lui brûlait la poitrine, et comme il s'efforçait de calmer ses tumultes, il pensa soudain que Julia n'avait emporté dans sa méchante turne que quelques habits et objets de toilette. Il se vit alors occupant un carrefour inévitable sur le parcours de cette nouvelle guerre qui lui était imposée. « Avant une semaine elle sera forcée de revenir », se dit-il, apaisé par un contentement d'éclaircie. Il décida aussitôt, espérant l'inquiéter, de ne lui donner aucune nouvelle, et de s'enfoncer dans la puissance animale qu'il sentait obscurément rouler avec son sang, depuis la nuit passée au fond de la caverne. Il appela cette force à son esprit pour éprouver plus sûrement sa rassurante présence, elle l'envahit en vagues chaudes, effaçant ses craintes et ses pensées turbulentes. Il la goûta. Lui vint avec elle une sorte d'indifférence taciturne au monde et aux êtres. Il se sentit bientôt capable, quand Julia daignerait sortir de son trou, de la recevoir en maître tranquille, sans reproches sournois ni tentatives de séduction. Il en fut satisfait, et tout à coup affamé s'en alla chercher, dans les placards de la cuisine, de quoi manger.

Après qu'il eut copieusement déjeuné et pris un bain de fainéant sybarite, comme il s'affairait mollement à vider les poches de sa veste perdue de crasse aventurière, de griffures de buissons et de fatigues marines, il découvrit, accolé à la lettre de monsieur Telque, un lambeau de papier journal sur lequel il ne put lire d'abord que ces mots presque effacés : « Ayez enfin pitié de vous. » Il resta un moment à contempler ce conseil miraculeux avec la gratitude étonnée d'un pauvre hère recevant une offrande imprévue d'un être indiscernable, puis cherchant qui avait tracé là ces paroles, il devina au-dessus d'elles un nom usé par l'eau de mer jusqu'à l'extrême pâleur : Stella Faber. Lui apparut alors le visage de la belle vieille femme au maintien svelte, au regard émouvant et rieur, qu'il avait rencontrée dans le train de Lorient, avec ses trois frères d'estrade. Ce n'était pas à lui qu'était adressé le message : il se souvint que cette chaleureuse compagne de voyage lui avait demandé, après qu'ils eurent longtemps parlé de Telque, de remettre au malheureux bonhomme ce coin de magazine hâtivement déchiré où elle s'offrait à son aide. Il lissa le débris avec un soin d'archéologue, vit que les chiffres d'un numéro de téléphone étaient encore lisibles dans les froissements. Son cœur s'emballa d'un coup. Stella Faber lui était, s'il le voulait, une mère accessible. Il résolut de l'appeler mais retint les chevaux qui l'emportaient déjà à sa rencontre affectueuse et consolante, fit une moue dubitative et décida de relire d'abord la longue lettre de son maître mort : il se sentait maintenant assez sage et résolu pour en creuser chaque ligne, en extraire les vérités propres à l'affermir et se les clouer consciencieusement en tête. Il s'assit à son bureau, étonné de sa conviction nouvelle que les rudesses du fluet ne le bouleverseraient plus, lui seraient au contraire salubres dans la passe difficile qui s'annonçait. Mais son avidité à se plonger dans l'étude se trouva découragée dès qu'il eut déplié les feuillets racornis.

La lettre tout à coup tremblante entre ses doigts n'était plus qu'une nuée houleuse d'encre violette et d'eau où ne subsistaient de-ci de-là que des bribes effilochées de mots dans des tourbillons tempétueux. Il se pencha sur elle et se perdit un long moment à regarder cette désolation. Peu à peu, des pensées indécises l'envahirent où se mêlaient une admiration tonique et fascinée devant ces brisants ravageurs qui avaient englouti les chemins de phrases, et l'amertume de voir effacées les importantes paroles de cet homme à jamais perdu. Comme il cherchait à déchiffrer quelques lambeaux de texte rescapés des vapeurs opaques, au fond de ses yeux errants apparut tout à coup monsieur Telque dans une lumière de songe. Il était si moqueur, et son corps maigre si comiquement délié en haussements d'épaules et bouffonneries de bateleur que Pierre sentit frémir en lui un pétillement de rire. Il poussa un long soupir, la poitrine débordante d'heureuse chaleur, et tandis qu'il s'efforçait de retenir la drolatique apparition qui déjà s'effaçait derrière d'immobiles embruns, il lui cria joyeusement, dans la rêverie de son esprit : « Vous trouvez plaisant que la tempête ait emporté vos discours, n'est-ce pas ? Je sais, la route parcourue n'est que poussière morte, je sais, seul vaut ce qui demeure inscrit dans la chair et dans l'âme, n'ayez crainte, vieil homme, je saurai m'en contenter ! » Le cœur remuant, il redressa son dos courbé et parcourant à nouveau les irrémédiables souillures, vit tout à coup Sylvestre et le chétif revenu de ses brumes se joindre en une danse de larrons débridés parmi les volutes du vent, les mots épars, les fragments de sens et les larges traînées nuageuses qui emplissaient à ras bords la lettre. Lui apparut alors dans un éblouissement d'évidence que ce sage douteux et cet ogre aimant unis en pitreries célestes étaient en vérité, chacun roulant sans cesse d'ombre en soleil, les faces inséparables de son être, et lui vint un tel élan d'affection à découvrir cela qu'il leva les feuillets devant son visage et les baisa en les reniflant longuement, les yeux clos. Il résolut de les conserver comme d'intimes reliques chargées de bontés inexprimables, les replia. Comme il cherchait dans ses fatras un lieu sûr et secret où les cacher, il entendit que l'on sonnait à sa porte.

L'espoir soudain battant aux tempes il s'en fut ouvrir et aussitôt s'assombrit, découvrant sur le palier pauvrement éclairé une jeune femme au sourire généreux, aux joues rebondies auréolées de rousseurs frisées, remuante dans ses frusques de sportive campagnarde, fraîche, volubile et contente à l'excès. Il la reconnut avant même qu'elle ne s'empresse de lui rappeler, en gazouillements de fausse enfant coupés de petits rires, qu'elle était une amie de Julia, avec qui elle avait autrefois travaillé. A l'éclat de ses yeux et son rosissement quand elle prononça le nom de sa compagne, Pierre devina qu'elle lui vouait encore l'affection béatement admirative, exubérante, harassante, dont elle l'accablait au temps où elle l'assistait aux soins des jeunes fous. Il n'avait jamais éprouvé pour cette fille passagèrement rencontrée que des sentiments aigres, distants et railleurs, convaincu qu'elle était de ces nitouches vipérines assez ennemies des hommes pour se plaire voluptueusement à jouer auprès d'eux, embusquées derrière leurs airs d'innocence épanouie, les oiseaux de mauvais augure. Elle lui demanda si Julia était chez elle, en se haussant sur le bout des pieds pour glisser un regard pointu par-dessus les larges épaules qui lui interdisaient l'accès du vestibule. Il grogna sèchement que non.

— J'ai appris qu'elle cherchait un appartement, dit-elle, tout émoustillée d'impatience. Je crois avoir trouvé ce qu'il lui faut. J'en suis, mon Dieu, aussi heureuse que si j'allais moi-même aménager. Où puis-je la joindre ?

Il l'examina sans répondre, la bouche arquée, les membres tout à coup perdus de faiblesse, puis, redressant la tête dans la fièvre obscure qui submergeait son esprit :

— Elle est au Centre pour quelques jours, dit-il.

Elle scruta son visage avec une impudence moqueuse, le vit extrêmement rechigné, lui offrit un sourire d'une exaspérante suavité, s'excusa, à menue voix d'oiseau, de l'avoir dérangé, et s'en alla.

Il ferma la porte, resta un moment le front contre le battant, puis revint à pas lents dans sa bibliothèque, s'en fut à la fenêtre, et regardant, hébété, les gens qui traversaient de-ci de-là le boulevard, les voitures, les arbres, les nuages printaniers, il se sentit soudain retranché de cet ordinaire matin du monde où rien ne semblait souffrir. Des chevauchées d'apocalypse, par vagues ténébreuses, envahissaient son crâne, mille diables l'assaillaient, menaçaient de l'emporter, et, misère, le temps allait son cours tranquille. Il en fut profondément révolté. Une fureur très amère lui vint à voir les êtres, dehors, marcher vivement dans leur bonne santé. Ils lui parurent coupables d'abandon à son égard, de trahison épouvantablement désinvolte. Sa femme avait décidé de ne plus vivre auprès de lui, elle s'éloignait sans retour, et le ciel ne se déchirait pas, et personne, sur ces trottoirs qu'il avait si longtemps fréquentés, ne déviait d'un pouce de sa route, et nul, dans cette lumière de bon aloi, ne percevait sa détresse, n'accourait à lui avec pitié. Il se découvrit cruellement rejeté de la compagnie des gens simples, injustement condamné à une solitude de paria. Il se détourna, ruminant des férocités vengeresses, ne sachant plus où poser les yeux, sur quel objet qui ne lui soit pas un scandale d'indifférence, puis s'en alla choir dans un fauteuil, et là, contemplant fixement le plancher, il tenta, pour s'apaiser, de se bâtir résolument une existence acceptable sans Julia.

Il n'y parvint pas, se vit errant sans but dans des obscurités mornes, et buta bientôt contre l'évidence que la présence de sa jeune épouse était la source irremplaçable où son âme puisait sa vigueur quotidienne. Sans elle, privé du seul être familier de ses pénombres, du seul juge qui vaille, du seul témoin désirable, du seul corps accordé au sien, du seul regard enfin dans lequel il ait appris à se voir incontestablement vivant, il ne serait plus, dans la méchante indifférence du monde, qu'un infirme abandonné à ses douleurs. Il se représenta ainsi perclus, misérable, et cogna rageusement du poing sur l'accoudoir. Un frémissement de défi anima son œil sombre. « Je vais maintenant savoir, se dit-il, si je me suis abusé en m'estimant capable de tenir debout sans le secours de cette teigne. » Il se revit avec Sylvestre, dans sa force sûre et jubilante. « Je vivrai s'il le faut en solitaire infréquentable, haineux, paillard, désespéré, se dit-il encore, mais je ne geindrai plus, je ne demanderai plus à personne, sacrédieu, la charité d'amour. » Il poussa un soupir sanglotant, se dressa. Stella Faber lui revint à la mémoire.

Elle lui apparut comme un être neuf dans son existence présente, et donc douée d'une stimulante fraîcheur de parole et de regard. A sa vive intrusion dans son esprit il opposa les visages de ses amis les plus proches, mais jugea bientôt Baptiste, Thomas et Yacoub trop prévisibles, familiers et portés à la compassion inquiète pour être capables d'aérer utilement les caves obscures où il était, et revint à son désir d'appeler la vieille femme. Elle ne savait rien de sa vie. Un moment rêveur, il s'imagina auprès d'elle. Il lui dissimulerait ses chagrins, ainsi l'air entre eux ne serait pas sali d'exaspérante pitié. Elle le regarderait innocemment, comme un vivant de bonne fréquentation à qui l'on peut confier ses rires, ses méditations, ses espérances. Peut-être lui ouvrirait-elle sans le savoir quelque porte miraculeuse. Cette pensée lui vint dans un envahissement de chaleur, tandis qu'il composait, les doigts fébriles, le numéro inscrit sur le lambeau de feuille rescapé de la tempête.

Stella Faber lui répondit avec une hâte si surprenante qu'il en resta un instant muet, le cœur battant en grand désordre, puis à voix sourde et précipitée il lui rappela leur rencontre dans le train de Lorient. Elle se souvenait. Elle éclata d'un beau rire. Il lui apprit la mort de monsieur Telque. Alors elle se tut si longtemps qu'il la crut en allée, enfuie, dissoute comme une ombre effarouchée. Il en fut décontenancé, se sentit abandonné d'elle et impuissant à la rejoindre dans ces espaces hors de portée où se perdent parfois les fragiles présences téléphoniques.

— J'aimerais vous voir, dit-il avec une impatience sourde, impérieuse.

Il se retint de respirer, traversé par le sentiment que ses paroles jetées sans espoir dans ce silence de couloir sans fond ne s'adressaient pas à un être de chair mais à une femme pétrie de ses propres ténèbres, et si profondément enfouie en lui qu'il n'avait jamais, jusqu'à cet instant, soupçonné sa secrète et difficile existence. La voix de Stella Faber enfin revenue dissipa cette bouleversante présence.

— Vous êtes bon, dit-elle.

Elle eut un doux gémissement de source, hésita, dit encore :

— Venez.

Elle lui dicta son adresse, puis, d'un court moment, chacun parut attendre que l'autre parle.

— Merci, murmura Pierre à l'instant où claquait à son oreille le bruit sec de la communication rompue.

Dès qu'il vit paraître le visage finement ridé de la vieille femme au seuil de la porte où il venait de « frapper fort », selon la recommandation d'un billet jauni fixé sous la sonnette hors d'usage, il lui retrouva cet air de ferveur retenue qui avait tant ému son souvenir de leur fugitive rencontre. Il lui tendit gauchement les deux mains, pris d'envie de l'embrasser comme une parente, mais elle ne fit pas un geste vers lui, pencha la tête de côté avec un menu sourire d'accueil et recula derrière le battant ouvert pour lui faire place. Le couloir où il entra était éclairé d'une lampe insuffisante et encombré, le long des murs, de brochures poussiéreuses en hautes piles branlantes.

Elle se glissa devant lui et le conduisit sans bruit ni mot jusqu'à une petite pièce repue de soleil où Pierre, flairant avec respect un délicieux parfum de vieillesse studieuse, hésita à pénétrer : des milliers de livres hétéroclites, où qu'il tourne les yeux, étaient amoncelés le long d'étagères bancales, du sol aux lisières du plafond. D'autres occupaient le parquet en tels entassements labyrinthiques qu'ils menaçaient d'interdire bientôt l'accès de la fenêtre, de la table pareillement chargée de paperasses désordonnées, et des deux fauteuils de cuir doux et terni vers où Stella Faber invita son visiteur à se frayer un chemin prudent. Il salua l'alentour d'un hochement admiratif, tandis qu'elle lui faisait signe de s'asseoir, puis elle prit place en face de lui, le dos droit, en dame soucieuse de sage réserve et dit, contemplant ses doigts croisés sur les genoux :

— Votre ami mort m'a fait pleurer tout à l'heure. J'aurais aimé le secourir.

Elle leva la tête d'un mouvement vif, et haussant à peine une épaule, d'un air d'excuse :

— Ne me croyez pas serviable. Aider un homme à vivre, pour une femme de ma sorte, est une magnifique volupté. J'ai toujours été gourmande de ces plaisirs de cœur que l'on ne goûte qu'en secret, et celui-là n'est pas le moins intense qui se puisse rencontrer, savez-vous. En vérité, votre monsieur Telque m'aurait fait grand bien, s'il avait accepté de me donner quelque souci.

Pierre sourit, vaguement étonné, laissa tranquillement s'écouler le silence puis, voyant la vieille femme s'embrumer de songerie :

— Vous êtes comme je voudrais être, lui dit-il, retenant sa main à demi tendue pour un geste d'affection excessive.

Elle rougit un peu, partit d'un petit rire incrédule, les sourcils hauts. Il se sentit confus et ridicule, baissa le front. Alors, voyant que le grand bougre, en face d'elle, ne savait plus où donner du regard, elle se mit à l'examiner avec une curiosité nouvelle, les yeux brillants. Ainsi fit-elle un long moment, dans la paix somnolente des livres et des poussières ensoleillées puis, frémissant soudain comme si elle s'éveillait d'une rêverie, elle lui demanda tout de go :

— Que venez-vous chercher ici, monsieur Sinabre ?

Il remua sa tête lourdement chevelue, souleva la main, la laissa retomber sur son genou et dit, sans oser la regarder :

— Je ne sais pas.

— Qu'importe, dit-elle, éventant joyeusement d'invisibles fumées devant son visage.

Elle parut aussitôt renoncer à creuser l'esprit de cet homme qui la venait voir sans apparente raison, croisa ses jambes et prit un air d'heureuse et futile conversation, mais Pierre resta renfrogné dans son accablement. Il lui jeta un coup d'œil sombre, soupira. Alors, à nouveau vigilante, elle attendit, assurée qu'il n'allait pas tarder à se risquer dans les embarras de quelque grave confession. Il la vit prête à l'entendre, se sentit vaincu, et soudain se débonda. Bousculant ses mots et poussant du front ses phrases comme un bélier rogneux, il se mit à lui conter sa dispute avec Julia, après qu'il eut lu la lettre de monsieur Telque, dans cette misérable chambre qui lui apparaissait maintenant comme le lieu sordide de sa perdition. Puis il leva le front et dit, sans plus tenir en bride sa douleur coléreuse :

— Je suis revenu ce matin de voyage, fort d'une sagesse nouvellement acquise et résolu à jeter dehors cette insupportable femelle. Elle n'était plus chez nous. Croyez-vous que je m'en sois satisfait ? Non : je me suis découvert plus égaré qu'un fou en forêt vierge. J'ai alors décidé de ne pas résister au sort qui m'était imposé, de ne plus mendier l'affection de personne, et puisque je ne pouvais vivre content, de me conduire au moins en solitaire délivré des tortures de l'attente. L'ai-je fait ? Pas un instant. A peine prise cette résolution, je vous ai appelée, espérant je ne sais quel rafraîchissement d'âme, et en tout cas assuré d'oublier un moment mes peines en votre compagnie. Or, voilà que je me les remue devant vous avec une impudeur qui me répugne. A voir votre mine contente, madame, je comprends : je ne suis qu'un pitre inconsistant.

Elle laissa aller sa moquerie à grand-peine retenue, et le regardant d'un air de mère émerveillée, les mains jointes sur la poitrine :

— Dieu que vous êtes drôle quand vous faites le pathétique, dit-elle tendrement, à voix flûtée.

Il se dressa, détourna sa figure offensée. Elle se leva aussi, empressée, un peu inquiète, lui demanda pardon.

— Restez, dit-elle.

Il répondit, ravalant un sanglot :

— Décidément je ne sais pas vivre. Mieux vaut que j'aille mourir.

Elle lui prit les mains, leva vers lui son visage, et cherchant à déchiffrer son âme dans son regard fuyant :

— Vous êtes sot, dit-elle, vous êtes fort, vous êtes un pauvre enfant, un menteur orgueilleux, un cheval emballé, mais aussi sans doute un homme capable de remuer des monts, par bonté secourable. Vous enragez de vous voir lâche : tous les héros sont ainsi. Vous me plaisez beaucoup, monsieur Sinabre. Rasseyez-vous, je vais préparer du thé.

Elle s'éloigna agilement par ses sentiers de livres. Pierre, demeuré seul dans ce lieu étranger, se sentit tout à coup si honteux d'y avoir vidé ses misères, si pitoyable et pris d'un dégoût si désespéré de lui-même qu'il lui fallut un moment respirer la tête haute pour ne point s'effondrer en larmes. A peine avait-il maîtrisé sa débâcle qu'il entendit la voix grêle de son hôtesse chantonner dans des bruits d'ustensiles. Il se dit alors, pris de frayeur inconséquente, qu'il ne pouvait rester là : cette paix, cette maison, cette vie n'étaient pas siennes. Ses diables revinrent aussitôt lui gronder aux basques, en hordes de loups. « Mourir, mourir vite », pensa-t-il, l'esprit noir, l'échine frissonnante. Il trébucha contre une pile de brochures, la renversa, quitta la pièce en courant presque, craignant que la vieille fée moqueuse ne survienne. Son pas fit trembler le parquet du couloir. Stella Faber vint au seuil de sa minuscule cuisine, les yeux écarquillés, mit la main devant sa bouche comme pour étouffer un cri quand il passa devant elle. Il s'en fut sans la saluer, laissant derrière lui la porte grande ouverte.

Il reprit souffle sur le trottoir de l'étroite rue qu'encombrait un camion de légumes, puis s'en alla lentement parmi les klaxons impatients des voitures, bousculant, la tête basse, des femmes au pas des boutiques, et peu à peu, comme il s'enfonçait dans la pensée que ce jour était le dernier de sa vie, lui vint au cœur un obscur soulagement. Il marcha en ivrogne jusqu'au bout de la foule, des vitrines et des portes cochères. Quand l'espace s'ouvrit devant lui, il leva le front et se vit arrivé au carrefour Saint-Denis. Il n'était guère éloigné de la maison de monsieur Telque. Une rancune fière l'envahit. Cet homme, en vérité, était parvenu à l'entraîner à sa suite sur le chemin de la mort. Il traversa le boulevard, droit comme un condamné impavide, décidé à s'enivrer en attendant la nuit, la Seine et la paix définitive dans l'eau sombre.

11

A l'instant où Pierre Sinabre laissait derrière lui le tumulte vivace de l'avenue pour franchir le seuil de la rue Saint-Denis, un pan de lumière éblouissante l'aveugla, traversa sa chevelure, effleura ses épaules et tomba derrière lui. Il lui parut alors qu'il quittait le monde peuplé de vie franche et s'enfonçait dans un lieu où n'étaient plus que reflets d'êtres et images de songes dans un recueillement de demi-jour perpétuel. Il s'avança le long du trottoir, flairant de l'œil l'alentour, le cœur baigné de désespoir paisible, oublieux de tout. Au-devant de ses pas jusqu'au proche horizon où de rares trouées de soleil ne révélaient que la tranquille puissance de l'ombre, des prostituées attifées d'extravagants harnachements de music-hall se tenaient appuyées contre des murailles qui semblaient souffrir d'infirmités secrètes, des hommes silencieux allaient comme au hasard, le regard égaré dans des limbes brumeux, des voitures lentes aux grondements assourdis engorgeaient le sombre asphalte que baignaient, par quelques fentes de venelles, de vives lueurs passagères. Parmi ces remuements lui vint peu à peu une morosité fort supportable, et cheminant, désormais libre de tout effroi, comme un nouveau mort à la découverte des bas prestiges de l'au-delà, il s'estima satisfait de n'être plus, lui aussi, qu'une apparence transparente dans la complicité fantomatique qui l'environnait.

Cette reposante sensation d'être un défunt, pourtant, ne le tint pas longtemps en paix. Comme il traversait l'haleine lourde d'un couloir, il regarda les deux cariatides agressivement obèses qui se tenaient de part et d'autre de l'entrée, vit leur visage perdu dans la contemplation de lointains désolés, et fut pris de désagréable pitié. Lui monta aussitôt en tête une hargneuse plainte contre Dieu, à qui il se prit tout soudain à parler, si renfrogné en lui-même que la rue s'en peupla de spectres indistincts. « Pourquoi laisses-tu croupir le monde dans des labyrinthes puants ? lui grogna-t-il. Pourquoi n'es-tu nulle part où l'on t'appelle, pourquoi méprises-tu nos souffrances, pourquoi, crapule, n'existes-tu pas, pourquoi ? » Il gonfla sa poitrine, leva le front, et ruminant encore défis et provocations rageuses, chercha le ciel entre les toits. Il dut, pour en apercevoir une échappée, descendre du trottoir, faire halte près d'un vieux clochard occupé à crocheter une poubelle gavée jusqu'à la gueule de papiers jaunis, et tendre le cou vers la cime de la façade bancroche aux fenêtres aveuglées de briques. Le champ d'air bleu qu'il découvrit lui parut plus propre, plus émouvant, plus glorieux aussi qu'en tout autre quartier de la ville. Il y vit un moment planer, très haut, un oiseau. Il le contempla, un gémissement de merveille dans la gorge, le suivit des yeux, le cœur doucement arraché, jusqu'à ce qu'il disparaisse, attendit qu'il revienne ou que lui soit offert un autre signe, et se sentit bientôt comme un prisonnier au fond d'un puits se prenant de vertige à s'emplir le regard de hauteurs désirables, mais inaccessibles.

Il reprit son errance, l'esprit nébuleux et reconnaissant. La lumière grise de la rue lui parut plus tendre, et les gens moins accablés. Il éprouva bientôt, à les frôler, une affection convalescente, et son cœur s'apaisa dans un suave sentiment d'indulgence pour le monde. Un passant pressé le bouscula, un boutiquier sorti à la hâte de son échoppe de nippes faillit le heurter, il n'en eut pas d'impatience, au contraire, il sourit à l'homme avec une rêveuse tristesse de bon apôtre. « Me défaire de toute révolte pour quitter ce soir librement le monde, se dit-il, voilà maintenant ce que je veux, ce que je dois. » Il affermit son allure et aperçut au coin d'une ruelle, à quelques pas devant lui, une très jeune putain bottée de rouge jusqu'aux cuisses, aux épaules nues, au visage de fée frêle et blonde.

Sur le trottoir à côté d'elle se tenait comme un compagnon céleste un éblouissant rayon de poussière presque vertical. Un élan d'ivresse le prit, et marchant vers la fille il la regarda d'un air d'accueillante bonté. Parvenu à sa hauteur, il hésita à passer outre. Elle vint dans le soleil, d'un pas indolent, et agrippa sa manche. Il la vit alors d'une beauté surnaturelle, malgré le regard de pauvre bête avide qu'elle tendait au sien. Elle était petite et maigre. L'envie le traversa de lui offrir son amitié, et sottement planté sans qu'aucun mot ne lui vienne, il se mit à la regarder avec une tendresse malheureuse, espérant, dans une soudaine confusion de chagrin et de mauvais feu, qu'elle allait par miracle poser la joue sur sa poitrine et se blottir dans son bercement. Elle parut un instant troublée par sa stature et son silence, tentée peut-être d'obéir à son vœu muet, puis brusquement se rebiffa et le provoqua de vulgarités excitantes. Il fit « non » de la tête, d'un air d'excuse. Elle eut une moue méprisante, se détourna la première, s'éloigna à pas lents et mal assurés sur les hauts talons de ses bottes, et Pierre, pris de misérable compassion pour lui-même autant que de désir honteux, s'en fut vers un bar proche et grand ouvert sur la chaussée.

La salle étroite où il entra, encombrée de quelques guéridons et sièges de plastique écaillé, venait d'être lavée et puait encore l'eau de serpillière. Deux livreurs aux larges mains grises, devant le comptoir, parlaient par bribes de phrases indistinctes, rires complices, éclats sonores, et risquaient de temps en temps leur mufle au bord d'un verre de vin blanc en laissant aller au-dehors des regards faussement distraits. Pierre se hissa sur un tabouret près du percolateur, jeta un coup d'œil mécontent aux deux flambards dont les jacasseries se faisaient assourdissantes, et demanda d'une voix rauque au tenancier qui lisait un journal, l'épaule appuyée contre une étagère de bouteilles, une eau-de-vie. A peine son godet en un tournemain preste empli à ras bords, il le vida d'un trait, toussa à petites quintes retenues, la figure embrasée, et avant même que l'homme ait rebouché son flacon se fit, d'un coup de pouce renversé, à nouveau servir. Il haleta un court moment, la tête basse, puis se reprenant de hâte goulue, il grimaça et but encore, en stoïque pressé d'avaler une lie de calice. Il reposa son verre. Alors ses yeux s'allumèrent et lui vint une franche chaleur, avec un air d'aisance avantageuse. L'esprit soudain délié il regarda alentour les murs jaunes pauvrement ornés de miroirs et de réclames apéritives, sourit, s'enfla benoîtement de sainte importance et murmura, envahi par une mélancolique rêverie d'héroïsme posthume :

— Ici le bon Sinabre sur le chemin de la mort est tombé pour la première fois.

Il fit un geste fataliste. Le journal ouvert en face de lui s'abaissa et apparurent les yeux ronds du gargotier. Pierre, l'air absorbé, soutint son regard ébahi, et pointant tout à coup un index professoral :

— Vous vivez, monsieur, une heure importante, sans le savoir.

L'homme poussa un ricanement grêle, s'en fut d'un pas de réveillé maussade ramasser la monnaie que les livreurs venaient de déposer sur le comptoir, puis revint à regret vers son mauvais bougre de client, en saluant, avec une jovialité contrainte, les deux compères qui sortaient. Tandis qu'il s'affairait à son ferraillant tiroir-caisse, Pierre s'installa dans des aises de conteur confortable. Après quoi :

— Cher ami, dit-il, vous êtes le témoin d'un destin exemplaire. Je suis celui qui vint au monde sans savoir qui l'y avait poussé, celui qui le traversa en aveugle sans savoir où menaient ses chemins, celui qui souffrit sans savoir qui le battait, et celui qui va tout à l'heure, dans l'indifférence du Ciel, se laisser choir au néant sans avoir rien récolté, rien compris, rien deviné du mystère des âmes. Je suis votre homme, Dieu Créateur, et votre homme aussi, frère obtus. Vous qui dormiez sans rêves, vous que l'on éveilla d'une gifle de la main droite dans cet éphémère et très effrayant éblouissement que l'on appelle la vie, vous que l'on jettera d'une gifle de la main gauche dans de nouvelles ténèbres avant même que vous ayez eu le temps d'apprendre ce que vous étiez venu faire là, osez prétendre que vous n'êtes pas mon semblable. Notez, vous dis-je, ce jour et cette heure où parle devant vous, pour la première et la dernière fois de l'imbécile existence où vous croupissez, votre double profond : celui qui sait l'inanité des êtres.

Le gargotier sourit, pitoyable, vaguement fat, souffla fort du nez, consentit à bafouiller qu'il ne fallait ni perdre courage ni boire d'alcool si l'on n'en supportait pas le feu, puis se mit à torchonner impatiemment le comptoir autour du verre vide. Pierre, se voyant indésirable, regarda droit le bonhomme, l'œil brillant de provocation rieuse, et s'accouda massivement.

— Tranquillisez-vous, lui dit-il. Vous n'êtes pas un mauvais homme. Personne n'aime se sentir tiraillé par son propre fantôme, surtout s'il est pris d'eau-de-vie.

Il se tourna vers une fille qui entrait. Elle s'assit près de lui en haussant sa robe trop étroite pour ses houles tumultueuses, ébouriffa sa faramineuse crinière et se mit à récriminer, en mégère poissarde, contre un exigeant enflammé qui sortait à l'instant de son embrassement. Il l'écouta de mauvais cœur, sentit bientôt sa nuque alourdie d'insurmontable lassitude, glissa un billet sous son godet, et sans attendre la monnaie, s'en alla.

A peine dehors, il se laissa emporter par ses pas, le corps trop léger, dériva du trottoir vers l'asphalte, et faillit se faire bousculer par une voiture nonchalante qui s'arrêta sèchement contre lui. Il cogna du poing son toit avant de la contourner, et poursuivi par d'inaudibles malédictions, « que la nuit vienne vite, se dit-il, s'éloignant dans la foule clairsemée des errants, qu'elle me prenne et me délivre enfin de ce monde où plus rien ne m'est fréquentable ». Il fixa les passants qu'il croisait. Ils lui semblèrent glacés, impénétrables. Il tenta de se raccrocher aux ordinaires bontés du jour mais la chaussée où il marchait, les maisons, le ciel se dérobèrent aussi, lui apparurent stériles comme des carcasses creuses. Dans l'ombre étroite d'un carrefour il fit halte, les poings serrés aux poches, pour s'étonner de s'être aussi longtemps aveuglé à espérer quelque bonheur durable et sensé des lieux où il avait vécu, des êtres qu'il avait fréquentés, et vit tout à coup tanguer à sa rencontre un pouilleux aviné qui s'arrêta devant lui, tout débordant de crapuleries fraternelles. L'homme paraissait jeune mais sa bouche édentée, ses joues creuses piquées de barbe rare et son regard fiévreux étaient d'un réprouvé à bout d'usure et de dérive. « Voilà qui je suis au fond de moi, pensa Pierre. Ce perdu est semblable à l'habitant de mon âme, il me regarde et devine, derrière ma figure, son pareil : un fou, un étranger dans les travaux et les plaisirs des vivants. » Il serra la main que le pègreleux lui tendait, la secoua en compagnon de même engeance, puis laissant lentement tomber le bras entre eux, tint encore les doigts rugueux dans les siens et contempla d'un air de bonté triste où n'était nulle moquerie le visage levé vers lui. Le rabougri, voyant cet inconnu de haute allure si simplement amical, eut un instant le regard noyé de tendresse souffrante et désarmée, se redressa fièrement sans prendre garde aux bousculades des passants, et dit, battant sa poitrine, dans un grondement caverneux :

— Moi aussi, camarade, je suis un bon soldat.

— Dieu te garde, lui répondit son frère inespéré.

Il flatta sa nuque. L'autre lui grogna qu'il ne craignait personne au monde. Puis il approcha de son oreille sa bouche tordue, pourrie, postillonnante, et lui dit en confidence servile, les yeux ignoblement canailles, qu'il avait un rendez-vous d'amour avec la Sainte Vierge dans une cave d'hôtel borgne où elle était incognito. Pierre, entendant ces paroles, fut pris d'une émotion si chaude qu'un sanglot lui trembla dans la gorge.

— Protège-la, murmura-t-il, fais-lui plaisir, sois doux avec elle, sois aussi bon que tu pourras, donne-lui les mots que tu te gardes pour ne pas mourir.

L'homme recula d'un pas, porta sa main au front pour un salut militaire, fixa l'horizon avec une résolution de téméraire invincible, cracha dans sa paume et s'en alla droit.

De l'autre côté de la ruelle que Pierre traversa, le cœur tonnant et le regard brouillé de grisailles, était un nouveau bar à la façade vitrée. Il y voulut entrer, buta du pied contre une marche, faillit s'étaler, se retint à l'air dans un envol de poing, bouscula un guéridon encombré de verres vides en se retournant brusquement pour répondre d'un juron aux traîtrises du sol, et comme il s'attablait à l'écart, se dit qu'il était peut-être plus ivre qu'il ne l'imaginait. Tapi en lui-même, les bras croisés sur la table, « il n'est nulle part de secours », pensa-t-il dans un ricanement provocateur. Il guetta sottement une réponse, un signe d'affection surnaturelle, un aveu d'ange joyeux, las de se cacher. Rien ne vint. « Fort bien, se dit-il encore, ruminant du vinaigre. Autant que je m'abandonne tout à fait, puisque je suis décidément négligeable. » Il baissa la tête pour mieux s'enfoncer en lui-même mais ne put résister à l'insurrection qui l'envahissait et se reprit bientôt à défier le Ciel : « Faut-il vraiment que ma vie et ma parole, qui firent parfois quelque bien à mes semblables, soient jetées aux ordures sans la moindre miséricorde ? Qu'on me réponde clairement. » Il attendit, écouta alentour les bruits ordinaires, se redressa enfin, le front tourmenté. « J'ai compris. Je ne questionnerai plus. Je me tais à tout jamais, mille diables. Ta volonté est ignoble, Dieu des hommes, qu'importe, elle est désormais accomplie. Je quitterai tout à l'heure ton absurde Création. Mais sache que je te hais, sache que je te maudis de m'avoir précipité sur ce chemin putassier où je me traîne. Regarde-moi : je ne suis plus que souffrance, colère et ténèbres. C'est là ton œuvre. Beau travail. » Il sursauta, ramené soudain à la simplicité du lieu où il était assis, découvrit un vieil homme en veste blanche penché vers lui, un plateau sur la main, fronça les sourcils, surpris de ne l'avoir pas vu s'approcher, considéra sévèrement son costume trop vaste, sa figure d'oiseau mélancolique, et lui demanda tout à coup avec une amère brutalité :

— Pourquoi donc, sacrédieu, vous obstinez-vous à vivre ?

Comme le larbin tendait son cou maigre, la bouche rétrécie, le regard pris d'étonnement attentif, il ajouta, agitant les mains, en discoureur arrogant :

— Ne voyez-vous pas que votre existence est inutile, superflue, inexplicable ?

L'autre lui répondit, doucement narquois :

— Jésus a dit : « Sois un passant. » C'est ce que je suis, monsieur.

Puis, la figure déférente :

— A voir votre mine défaite, je suppose que vous désirez un alcool fort.

Il attendit un assentiment en torchant son plateau d'un coup de main vif. Pierre hocha misérablement la tête, regarda l'homme s'éloigner puis, soupirant, posa les mains sur ses yeux et son visage. Il resta ainsi un long moment dans une turbulente obscurité, sans plus savoir où était le monde. Quand il revint à la lumière, le vieux tâcheron se courbait à nouveau devant lui. Il déposa sur la table un verre empli mais ne se redressa pas, et de l'index désigna la rue, à travers la vitrine.

— Quelqu'un vous appelle, monsieur, dit-il.

Pierre, la face stupide, leva vers lui le front, en poussant un bref grognement. L'homme eut un soupir excédé, sourit avec une froide insolence, puis lui mit la main sur le crâne, le força d'un coup sec à tourner la tête vers le dehors, et s'en alla sans bruit.

Sur le trottoir était Stella Faber, elle le regardait, penchée vers la vitre, un salut léger au bout des doigts, les yeux malicieux, éblouissants dans son ébouriffement de cheveux blancs. La voyant courir à petits pas vers l'entrée, il saisit son godet et le porta à la bouche, si tremblant et assoiffé que des ruisselets en débordèrent sur ses vêtements. Il le posa vide, leva son visage flambant et désemparé vers la vieille femme qui à l'instant le rejoignait.

— Je suis contente d'avoir eu le courage de me risquer jusqu'à vous, monsieur Sinabre, quoique j'aie quelque honte à vous importuner, dit-elle. En vérité, vous m'effrayez.

Elle fit une minauderie touchante, hésita à ouvrir son ample manteau noir. Il grogna qu'elle n'avait pas à le craindre. Alors elle s'assit sans plus de cérémonie, et prenant ses aises, se mit à babiller :

— Quelle inquiétude, quels espoirs, mon Dieu, quelle exaltation j'ai ressentis à vous suivre dans cette rue, à faire halte avec vous, à vous guetter, renfoncée dans les encoignures, à redouter que vous ne m'échappiez ! A chaque pas ma raison s'ébréchait, vous m'attiriez toujours plus vivement, vous me deveniez aussi précieux que le jeune homme de mon âme, et le sentiment m'envahissait que vous me conduisiez vers je ne sais quel trésor nocturne où je ne pouvais aller seule. De cela je suis tout à fait sûre maintenant et j'aimerais, car je crains d'exténuer mon vieux cœur à trotter seule, que vous me permettiez de vous accompagner sans trembler de vous perdre.

Elle sourit, eut un petit coup de front, dit encore :

— Allons, voyez comme il fait beau.

— N'espérez rien de moi, j'ai décidé de ne plus vivre, répondit Pierre.

Il s'étonna de n'avoir pu dire crûment qu'il désirait mourir, secoua la tête avec une hargne d'entravé, posa sur la table une poignée de monnaie et bougonna, cherchant du regard, au loin, le vieux garçon de café :

— Ici le bon Sinabre sur le chemin de la mort est tombé pour la deuxième fois.

Il se leva. Elle fit de même et lui tendit la main en riant de son bafouillement dont elle n'avait perçu que le bruit rogneux. Elle l'entraîna dehors comme une amoureuse vivace.

Dès qu'ils furent dans la rue, elle le tint ferme et le força avec une savante douceur à accorder son pas à son allure lente. Il la sentit bientôt, dans son ivresse, secrètement heureuse et fière de cheminer ainsi à son côté. Il en fut amusé, troublé aussi. Elle était menue : sa joue lui venait à peine à l'épaule. L'envie le prit de l'enlacer étroitement, mais il lui fallait d'abord se défaire de ses doigts frêles mêlés aux siens, et il n'osa pas.

— Vous vouliez vous acharner dans les ténèbres jusqu'à ce que vienne la lumière ou la mort, murmura-t-elle.

— Je ne crois plus à la lumière.

Un sanglot le secoua. Elle posa la tempe sur son épaule, et dans un petit éclat de rire :

— Encore un effort, bel homme.

Elle s'arrêta, serra sa main, lui désigna des yeux un coin de porte cochère où était un adolescent qui reluquait, voûté dans son blouson de loubard, trois beaux spectres de femmes aux cuisses hautes, aux gorges presque nues.

— Mon Dieu, comme cet enfant vous ressemble, dit-elle. Son cœur l'étouffe. Il cherche le pur amour, et croit désirer des putains.

Il répondit impatiemment :

— Laissez-le donc à ses batailles.

Il voulut l'entraîner au loin mais elle le retint, et pour tempérer son feu à nouveau lui imposa de marcher à son pas de promenade. Il se soumit de mauvais gré. Elle le sentit, dit à voix mesurée, après un moment de silence :

— Il arrive que la clé des délivrances apparaisse même parmi ces filles masquées, ces hommes misérables et ces façades crasseuses. Vous la cherchez depuis longtemps. Vous n'avez pu, jusqu'à ce jour, la reconnaître. Aujourd'hui vous flairez encore sa présence, mais votre désir de l'atteindre s'est fait si brûlant, douloureux et obscur que vous croyez vouloir la mort, voilà pourquoi vous vous sentez damné. L'enfer n'est que le lieu où souffre la vérité des êtres, monsieur Sinabre.

— J'en sortirai bientôt. Je sais par quelle porte.

Elle s'arrêta et le regarda, consternée, la bouche tremblante. Il lui jeta un coup d'œil méchamment ironique et s'en fut sans l'attendre, ruminant une furieuse bouderie. A l'instant de traverser un boulevard il hésita, cessa de fuir. Vaincu par l'affection qui lui bouillonnait au cœur il tendit derrière lui la main. Nul ne la prit. Il se retourna, ne découvrit autour de lui que des figures inconnues. Il chercha du regard, au loin, Stella Faber parmi les gens, les ombres, les trous du soleil, ne la vit point, revint sur ses pas, courant, gémissant, écartant de sa route les corps paresseux qui lui venaient contre. Il aperçut enfin, à portée de voix, ses épaules, sa chevelure blanche. Elle s'éloignait de lui, tranquille et droite. Elle lui parut, dans la foule au hasard dispersée, seule à savoir où elle allait. Il l'appela, elle ralentit mais poursuivit son chemin. Il la rejoignit, tranchant rudement entre poubelles et bousculades, lui saisit le bras. Elle fit halte, leva son visage vers ses yeux égarés et lui dit avec une dignité flamboyante :

— Vous n'êtes pas le jeune homme que j'espérais.

Il s'écorcha la gorge à gronder :

— J'aurais pu l'être, tant pis pour moi, pour vous.

Il leva haut la main, comme pris d'envie de la battre, tourna les talons et s'en alla.

Il traversa de mauvais relents d'immeubles, des groupes d'hommes en baguenaude, des frôlements racoleurs de femmes, sans rien voir que formes indistinctes, sans rien entendre que rumeur sourde, buta, dans sa marche d'énergumène, contre des promeneurs à l'insouciance exaspérante, et cheminant ainsi, furieux et sombre, il suffoqua bientôt comme si cette rue de bas-fond était tout à coup un couloir trop étroit pour l'emportement de sa carcasse.

Il se sentit insupportablement assoiffé. Il leva la tête, entra comme un taureau dans la pénombre de brasserie que le premier coin de rue lui amena devant, s'enfonça du même pas forcené parmi les tables, bouscula, le front à nouveau bas, un groupe de buveurs pour s'accouder au comptoir. Ceux qu'il venait ainsi d'offenser, considérant sa carrure et sa taille puissante, se rebiffèrent d'abord avec une prudente mesure, mais voyant que leur homme, penché sur le verre d'alcool qu'il venait d'avaler, ne paraissait même pas s'apercevoir de leur présence, ils s'enhardirent et se mirent à le moquer grossièrement. Alors Sinabre grogna pour lui seul qu'il venait en ce lieu de tomber pour la troisième fois, puis tourna vers ces gens son corps massif et dit, redressé de son haut, dans un lent grondement d'orage :

— Tuez-moi. Cassez-moi la tête. Pas de quartier, mes bougres. Ne vous privez donc pas de massacrer un animal qui lui-même se déteste.

Dans le regard de l'homme qui lui faisait face il vit briller une insolente et sournoise envie de combat. C'était une sorte de petit Italien au costume excessif, aux doigts bagués, à la cravate rebondie sur le poitrail. Pierre le considéra avec étonnement, et dans un frémissement d'amicale raillerie, imagina tout à coup ce fiérot pauvrement occupé à repasser ses mises de rastaquouère au fond de quelque mansarde inavouable. Il fut pris alors, dans l'ivresse où il était, d'une pitié immensément amusée. Il fit le pas qui le séparait de lui. L'autre crut à la bataille, haussa les bras d'un geste vif, et découvrant d'éblouissants boutons de manchettes tendit à demi les mains en griffes de fauve.

— Ne crains rien, lui dit doucement Sinabre, je ne veux que te dire adieu. Je connais les mots qui galopent derrière ton front, n'aie pas peur, je sens ce que ta chair éprouve, mon Dieu, mon Dieu, comme vous êtes souffrants, tous, et pourtant infiniment simples !

Il poussa un soupir autant extasié que sanglotant, et

soudain étreignit son homme, baisa sa tempe luisante, le souleva du sol sans souci de froisser ses impeccables épaules, le serra encore contre sa poitrine à lui faire craquer les côtes. Puis il le repoussa pour embrasser pareillement le premier corps qui vint après lui sous sa pogne. Se tournant alors de toutes parts vers les visages, il se sentit emporté par un irrépressible emballement de cordialité, d'estime universelle, de tendresse héroïque et débridée pour la vie qu'il avait décidé de quitter. Il s'avança dans la salle, et bousculant verres et tables, trébuchant aux chaises, s'affalant dans des criailleries assourdissantes de femmes assises, dévorant de baisers imparables les joues parfumées autant que les rêches, les puantes, les vieilles et les juvéniles, agrippant de force les rétifs, giflant, les bras ouverts, des lampes suspendues, des faces malchanceuses, semant à chaque tournoiement un fracassant désordre d'ouragan, riant, gueulant à tous adieu, il s'acharna à prendre congé des vivantes chaleurs du monde jusqu'à ce que les tenanciers du lieu le viennent arracher à ses effusions ravageuses. Du poing, du front et du poitrail ces hommes alarmés se mirent en devoir de le pousser dehors. Il se débattit, les éparpilla en quelques ruades et coups de coudes. Tandis que ses assaillants, un instant renversés dans des vacarmes de guéridons, de gueulements et de vaisselle répandue, menaçaient de lui revenir contre avec une hargne nouvelle, il recula vers la porte, les mains en avant, à demi dévêtu de sa veste, la chemise hors de sa ceinture, les cheveux sur les yeux, et dit tout essoufflé aux gens hagards dispersés sur le champ de bataille :

— Pardon, ce n'était que trop de cœur. Détestez-moi, qu'importe. Je vous ai offert ce que je suis : une bête aimante. Si ce que vous êtes vous-mêmes en vérité se trouvait tout à coup visible, dites, seriez-vous meilleurs que moi ?

Il s'en fut bouleversé par ce qu'il avait osé faire, et le crâne empêtré de vertigineuses vapeurs d'alcool se laissa emporter au hasard dans une traversée de temps aveugle. D'un long moment il perdit même conscience des bruits du monde où il marchait. Au sortir de probables détours dont il ne put se souvenir, il s'éveilla en sursaut dans l'encombrement du quai de Seine, lançant aux voitures des gestes si impérieux qu'elles s'arrêtèrent en grondant contre son flanc, pour lui livrer passage. Il traversa la chaussée en leur crachant des hâbleries, et par une large rampe pavée de galets descendit au bord de l'eau. Là il fit halte, frissonna, les épaules étroites, tout envahi de fraîcheur humide, leva le front, vit le ciel d'une pâle tristesse, s'en alla s'asseoir sur une borne et s'accoudant sur les genoux, la nuque penchée, se mit à contempler les vagues légères et sombres qui battaient la berge à ses pieds.

Il attendit ainsi l'obscurité, las et vide de pensées. Du jour finissant il ne perçut que de mélancoliques lambeaux : un oiseau venu se poser sur l'eau sale, les ailes battantes, avant d'aller se perdre dans la vaste liberté de la grisaille, puis les murmures fugitifs d'un couple qui passa derrière lui, dans un bruissement d'habits. Il ne se retourna pas. Enfin, longtemps après, il suivit du regard le cheminement silencieux d'une péniche alourdie de sable ocre dans la brume du crépuscule. Quand elle fut passée, il s'avisa qu'une allée de lampadaires brillait sur l'autre rive, et que la nuit régnait. Alors, tout soudain, dans un froissement sec, il vit tomber contre sa jambe un bouquet pourpre enveloppé de papier transparent. Il se dressa d'un bond, le cœur troué d'effroi.

— Je ne sais si nous le méritons, dit la voix de Stella Faber, mais j'aimerais que nous mourions, au fond de l'eau, dans la beauté des fleurs.

Il trébucha contre la borne, les mains tendues à la silhouette obscure de la vieille femme. Elle ajouta :

— J'ai eu grand mal à vous trouver, savez-vous.

Il la prit aux épaules en balbutiant de ces bribes de questions qui viennent dans les égarements, laissa glisser les mains le long de ses bras jusqu'à ce qu'elle les saisisse et les étreigne.

— Ne tremblez pas ainsi, lui dit-elle, et ses yeux cherchant son regard dans le noir, brillaient, offerts et tendres, ne tremblez pas, bel enfant, puisque j'accepte de vous accompagner où vous désirez si sottement aller.

Il se défit d'elle dans un regain d'épouvante.

— Vous ne pouvez, lui répondit-il. Dieu garde, vous êtes vivante, bonne, secourable. Je me répugnerais si je voulais de vous.

Elle s'assit sur la borne avec de pudiques précautions de bonne dame, baissa la tête et dit, lissant sa robe, la voix résonnant tout doux dans la nuit calme :

— Savez-vous qui me tient en vie ? Un homme rêvé, jeune et fort. Il remue en moi souvent, il cherche je ne sais quoi, poussé par une passion tenace et toujours exaltée. Parfois il m'entraîne dans des jungles où gisent des secrets, parfois il feuillette, derrière mes yeux fermés, des livres. Quand il trouve une page qui l'éclaire, il pose la main dessus puis lève l'index et le visage en souriant au ciel. Il m'émerveille comme un amant un peu sauvage, comme un chasseur sans cesse au bord de la découverte après laquelle il n'est plus de souci. Quand je vous ai suivi le long de la rue Saint-Denis, il m'est apparu que cet homme de mon âme, enfin sorti de moi, avait pris votre apparence. Je ne vous veux rien, monsieur Sinabre, comprenez-moi : mon compagnon est en vous, simplement, jusqu'au bout de cette nuit, et je veux aller où il voudra me conduire, comme je l'ai toujours fait, sans questions, sans renâclements ni méfiance.

Elle hésita, releva le front et dit encore, avec une amoureuse simplicité :

— Car où va celui qui a si longtemps vécu en moi, là est ma vérité.

Pierre s'agenouilla devant elle, leva ses mains tremblantes vers son visage, n'osant la toucher. Une étouffante chaleur lui vint au cœur et dans la bouche des balbutiements haletants dont il ne sut, d'un moment, que faire.

— Revenez à la vie, par pitié, gronda-t-il enfin avec une puissance de brasier tout à coup bondissant en hauts ronflements. Sacrédieu, je ne peux vous dire qu'elle est un beau chemin, ni un bien enviable, mais par le feu de ma poitrine et la rage de mon sang, je sais que brûle en vous, en moi comme en tout être au monde, même enfoui sous les plus lourdes cendres, même au tréfonds des pires souffrances et révoltes, même au cœur des gelés qui se croient amoureux de la mort, un désir secret, éperdu, invincible de respirer les yeux ouverts dans la lumière des jours. Obéissez à ce désir, bonne femme. Ne sentez-vous pas qu'il vous pousse à grandir, à vous déployer ? Ne sentez-vous pas qu'il nous attire tous, sans cesse, vers d'insoupçonnables découvertes ? Gardez-le vif, prenez grand soin de lui, je vous en supplie, il est en vérité, au fond de vous, ce qui donne corps, sens et visage à ce compagnon que vous aimez fidèlement, et que je ne peux être, voyez : je ne suis, moi, qu'un pauvre bélier obstiné à se briser le crâne contre des murs de ténèbres.

Il sanglota, rit, haleta, posa les mains sur le visage penché, le releva doucement et dit encore, les yeux étincelants, à voix pressante :

— Savez-vous où veut vous mener le jeune homme de votre âme ? Le savez-vous ?

Elle le regarda, éblouie d'espérance naïve.

— A la grâce d'être une pousse verte et droite sur le fumier du monde, dit-il.

Elle lui caressa la joue du bout des doigts. Ils restèrent

ainsi, les souffles presque joints, dans ce fond de nuit où d'un moment ils ne virent briller que la seule lueur de leurs regards, puis elle murmura :

— Je savais bien que je devais vous suivre.

Il sourit, eut envie de baiser ces mains qui le frôlaient, et ces lèvres si proches des siennes. Elle le devina, ramassa tout soudain le bouquet au pied de la borne, le posa contre son sein, comme un nouveau-né, et se leva.

Ils revinrent à pas lents vers les vivants, Stella fleurie de rouge, vêtue de noir, fièrement agrippée au bras de son homme, Pierre les mains aux poches, silencieux, étourdi par les paroles qu'il avait dites et secrètement triomphant. Ils remontèrent la rue Saint-Denis, pareils à deux époux disparates et pourtant rayonnants dans la cohue des putains et des errants. Pierre conta à sa vieille compagne les rencontres et sottises qu'il avait faites sur le rude chemin de la mort. Elle lui répondit qu'il avait traversé des mystères dont il ne fallait pas parler, de peur qu'ils ne s'effarouchent et n'en deviennent stériles. Ils marchèrent en silence jusqu'à la porte de l'immeuble où Stella Faber habitait. Là, ils s'embrassèrent comme deux amants contents, en s'empêtrant dans leur bouquet. Elle le jeta au ciel obscur, d'un geste désinvolte, et ils se bercèrent un moment sur le trottoir désert en se murmurant à l'oreille de tendres musiques gémissantes. Puis elle le repoussa et lui dit :

— J'aimerais connaître votre Julia.

Il haussa les épaules, répondit, l'air buté :

— Elle n'est plus mienne. Vous m'avez appris à respirer seul.

Elle fit une moue très moqueuse, lui baisa furtivement la joue et disparut dans l'ombre du couloir.

12

Pierre Sinabre se réveilla de bon matin, et vêtu de rien sauf de la couverture ôtée de son lit s'en fut, les yeux ensommeillés et le talon traînard, ouvrir les rideaux de sa bibliothèque. Après quoi il vint planter ses membres gourds et sa haute tête devant le désordre de sa table de travail, en pensant avec satisfaction qu'il avait dormi à merveille, et resta un moment droit dans le silence gris de l'aube à dodeliner tout doux entre nuit et lumière. Ainsi faisant il se plut à goûter sa solitude nouvelle, se vit bientôt comme un rescapé miraculeux sur des ruines rares et se trouva peu à peu, où qu'il tourne sa rêverie, dans un déploiement de grand large. Julia l'avait lâché, il était tombé au bord de la mort, avait erré en bête aveugle mais s'était découvert assez d'acharnement pour revenir à la vie sans irrémédiable infirmité, malgré les effrois endurés. Il en éprouva quelque fierté, et croisant les bras sur son poitrail sentit sa force, en ce lendemain de bataille, plus amplement assurée, dans son âme et son corps, qu'elle ne l'avait jamais été.

Julia, magnifique ennemie, l'avait voulu briser et n'y était point parvenue. Une jubilation noire, vengeresse, l'inonda. Tout, maintenant, lui était permis : l'extravagance paillarde ou l'enfermement studieux, les voyages insouciants, la quête hasardeuse d'une épouse nouvelle, la sagesse hautaine des éprouvés autant que l'embrassement du monde. Il jeta un coup d'œil à l'agitation matinale du boulevard, se prit à souhaiter, avec une complaisance perfide, bon vent à son épouse, ouvrit les bras en croix comme pour étreindre le jour naissant, s'étira dans un bâillement rugissant. La couverture qui l'enveloppait lui glissa des épaules. Il la laissa choir, la ramassa, et la traînant derrière lui, nu et fredonnant dans sa robuste impudeur, s'en revint lentement vers la pénombre de sa chambre.

Avant qu'il y parvienne, il s'arrêta brusquement et courba le dos comme sous une grêle : trois coups de poing sonores venaient d'ébranler la porte. Il se remit hâtivement dans sa vaste harde, s'y empêtra, demanda, d'un gueulement rogue, qui était là. La voix de Thomas lui répondit. Chiffonnant au ventre son semblant de houppelande il s'en fut lui ouvrir, la poitrine et le mollet dénudés, découvrit sur le palier son frère maigre et chaleureux encombré de sa longue écharpe, de son sac, de son étui de guitare, et se souvint, tout pantois, qu'il avait ce soir même à chanter dans un théâtre de La Rochelle. Thomas, le voyant hirsute et ébahi, le houspilla impatiemment. Leur train partait dans moins d'une heure. Pierre se mit à pester à grands souffles désemparés, courut se débarbouiller, se vêtir. Il déjeuna d'un verre d'eau, et bousculant son compagnon sans cesse rencontré au beau milieu de ses passages, emplit une sacoche de quelques affaires nécessaires. L'autre suivit un moment des yeux ses courses à travers l'appartement, puis, riant tristement, il cria à son ombre mouvante au fond de la chambre :

— Depuis trois jours nous te cherchons partout, malheureux comme des boiteux sans béquilles.

— J'étais en enfer, lui répondit Pierre à nouveau apparu, haut et large, son sac à l'épaule.

— Tu n'aurais pas dû y aller seul.

Il hocha la tête d'un air de reproche. L'autre l'empoigna par l'écharpe, le tira dehors. Tandis qu'aux trousses de Sinabre il dégringolait l'escalier dans une bruyante révolte de bagages contre les barreaux de la rampe, Thomas dit encore :

— Baptiste a vu Julia, hier. Elle te croit un grand homme. A mon avis, elle t'aime d'amour intraitable, et je la sens capable, obstinée comme elle l'est, de brûler jusqu'à la moelle par seul désir de t'éclairer.

Sa voix haletante s'éteignit en geignements d'empêtré. Pierre ne lui répondit pas : il débouchait déjà sur le trottoir, et sans attendre l'essoufflé qui lui gueulait à l'aide, il s'éloigna en lançant dans l'air un grand geste de chef de bande. Au coin de l'avenue était une station de taxis où il parvint au pas de course. Il ouvrit en maître pressé la portière de la seule voiture disponible, fourra dedans sa sacoche et s'en fut débarrasser son compère de ses encombrements, qu'il jeta pêle-mêle sur la banquette. Quand ils furent pelotonnés au milieu de leur attirail, la figure tendue par-dessus le dos large du chauffeur trop placide à leur gré :

— Elle m'a perdu, dit Pierre. Chance pour moi, bonhomme, j'ai découvert la liberté.

— Tu es un ogre, comme ton père, mais tu n'as pas sa bonté, murmura Thomas sans le regarder. Prends garde de ne pas effrayer ceux qui t'aiment.

Il lui mit la main sur l'épaule et jusqu'à la gare ils ne parlèrent plus.

Comme ils couraient au travers de la foule indécise qui encombrait la salle des pas perdus, ils aperçurent, posté en guetteur, Yacoub à l'entrée du quai. Son visage s'éclaira d'un coup sous sa tignasse blonde quand il les vit. Il leur fit signe de se hâter, courut à Baptiste hissé sur le marchepied du dernier wagon, lui lança les bagages. Le train s'ébranlait. Ils s'y engouffrèrent, se tirant au col et se poussant du crâne aux reins, se retrouvèrent à rire et s'exclamer, pantelants à l'excès, s'agrippant en ivrognes les uns aux autres, sauf Baptiste qui détestait autant désordres que retards et qui resta hors de leurs débordements à examiner Pierre avec une attention inquiète. Il parut aux regards furtifs de ses compères secrètement soulagé de le voir tout empli de sa puissante vie. Du coup, son maintien se fit moins raide. Il sourit à sa manière pudique et hautaine, se chargea d'autant de bagages et d'instruments qu'il put et tandis que le convoi franchissait des cahots de fin de gare, s'en fut le long du couloir en quête de places. Il entra presque aussitôt dans un compartiment vide où les trois autres le rejoignirent, prirent leurs aises et se débraillèrent librement, heureux de se retrouver en confortable intimité.

Yacoub et Thomas, dans la rumeur tranquille tout à coup assourdie par la portière close, poursuivirent les assauts de bouffonneries et bruyantes palabres qui rougissaient leur figure depuis leurs haletantes retrouvailles. Pierre, enfoncé dans son fauteuil, se laissa aller à les écouter distraitement, et se trouva bientôt l'esprit agacé de grincements inexplicables. Il se mit alors à observer leurs visages mouvants dans les courses débridées d'ombre et de soleil qui leur venaient à travers la vitre, et s'aperçut que des aigreurs de nervosité poussaient de temps en temps les rires en sarcasmes, que des traînées de lassitude troublaient leurs ricanements, leurs gestes de fins de phrases, et bientôt lui apparut que les deux marouffles s'entraînaient l'un l'autre à des débordements de joie peu franche, sèche et en tout cas dépourvue de cette ferveur tonique qui, d'ordinaire, ravivait sans cesse leurs joutes. Il jeta un coup d'œil sombre à Baptiste. Le sage aux gestes mesurés contemplait, immobile et rêveur, la fuite de banlieues anonymes derrière le carreau. Pierre se renfrogna, remué par une impatience insoupçonnable. « Tous trois ont grand souci de moi, se dit-il. Quel mauvais orgueil remâchent-ils donc, pour ne point se précipiter à me fouiller le cœur ? » A nouveau il les observa à la dérobée. « En vérité, ils ont à se plaindre de mon silence depuis ma fuite de Lorient. Ils croient que j'ai fait mépris de leur aide dans ma débâcle. Ils en sont déconcertés. Et sans doute ces fous me soupçonnent-ils d'avoir blessé Julia. C'est de cela, surtout, qu'ils sont chagrins et fâchés. Ils craignent grandement qu'elle sorte de leur vie, par ma faute. Ils l'aiment peut-être plus profondément qu'ils ne m'estiment. » Il se sentit délaissé. Il en fut amer, rumina quelques poussées de rancune, puis sans sortir de son affalement boudeur haussa les sourcils, considéra ses compagnons avec une tendre ironie, et peu à peu se reprit d'affection pour leurs visages familiers, leur mine, la solide bonté de leur présence. « Aucune discorde durable, assurément, ne peut défaire notre amitié », pensa-t-il dans un frémissement de bon feu. Il attendit que s'exténue, entre Yacoub et Thomas, le tournoi de pitreries, puis leva la main et grogna :

— J'ai à dire.

— Nous savons presque tout, répondit sèchement Baptiste, sans détourner les yeux des champs et des futaies.

Thomas, tandis que Yacoub gloussait sans joie, regarda l'un et l'autre avec un sourire d'étonnement un peu effrayé. Pierre eut froid tout à coup, et peur de n'être plus chez lui dans le cœur de ce frère trop digne. Il dit, la voix hésitante :

— J'ai fait, ces temps, de graves découvertes.

Il soupira et, le regard au sol :

— Ne m'abandonnez pas.

Baptiste cessa d'observer le dehors, posa les mains sur ses genoux, tint sa tête haute et pensive contre le dossier. Tous écoutèrent leurs pensées, et bercés par la houle du train qui les emportait leur revint une commune chaleur d'âme, accordée dans la même attente, attisée par de semblables curiosités compatissantes. Pierre se mit alors à leur conter sa dispute avec Julia, son voyage vers Sylvestre, sa bataille contre la marée d'équinoxe, son retour, son errance parmi les putains et les pègreleux. Tandis qu'il parlait, ses compagnons se rapprochèrent de lui. Ils se trouvèrent bientôt tous quatre en groupe étroit, Yacoub, la bouche bée, accoudé sur ses cuisses, Thomas le front plissé, le visage tendu, Baptiste le plus lointain, attentif et penché comme pour écouter le fond secret des mots. Au bout de son récit, Pierre leva la tête, chercha un moment de nouvelles paroles, tout songeur, puis dit encore :

— A ce qu'il me paraît, je ne fus jusqu'au dernier souffle de ma vieille Angèle qu'un énorme enfant brut, parfois ravageur, parfois aimable, toujours peureux, nourri de livres et bon à rien, sauf à brailler sur des estrades de belles palabres que je pêchais dans je ne sais quel vivier. Il me semble maintenant que je suis tout à coup tombé, après l'enterrement de ma mère, dans une vie nouvelle où ce diable de Telque m'attendait. Je me suis pris à ses filets, vous savez comment. Il m'a durement ébranlé et dégrossi, mais j'ignore si sa rencontre fut une malédiction ou une grâce, car outre les sages leçons qu'il m'a données, cet homme a ouvert la porte par où Julia m'a jeté au feu. Je vous ai dit ce qui m'est advenu, ces jours où je ne me suis pas soucié de vous. J'ai le sentiment de m'être aventuré, de démons vaincus en défis et détresses, jusqu'au fond du pays des morts. Me voici vivant, pourtant.

Il resta pensif. Baptiste dit à voix calme, sans que nul ne bouge :

— Qu'as-tu donc découvert dans ces fureurs bizarres ?

— Une force enfouie, chaude, remuante, une faim de grand loup, et la sensation d'être libre depuis que Julia m'a laissé aller. Quand elle l'a fait, la vie m'est devenue obscure et vertigineuse. J'ai sombré, mais au-delà de cette foutue journée de misère qu'il m'a fallu traverser, je me suis retrouvé solide et paisible sur un chemin nouveau, où je me sens maintenant capable de marcher sans aide.

Thomas le regarda avec une avidité affectueuse et craintive, hésita, dit en rougissant, comme s'il osait une question impudique :

— As-tu ramené, de tes voyages, quelque savoir sur le bonheur ?

— Non, répondit Pierre dans un grognement doux.

Ils se turent, distraits par les grincements du wagon tout soudain ralenti. Dehors apparurent des maisons éparses dans des jardins puis de hauts immeubles peints aux arêtes aiguës roidement plantés sur des esplanades où couraient des enfants parmi des arbres malingres, une ville enfin, un quai de gare. Le train s'arrêta. Ils attendirent, à l'affût comme des bêtes hostiles dans leur tanière, écoutant alentour des remuements bavards, des bruits de haut-parleurs, des pas sourds dans le couloir, des cognements de valises. Quelques voyageurs firent mine d'entrer dans leur compartiment, mais devant les regards féroces qui les accueillirent et le désordre des bagages sur les banquettes, aucun ne se risqua à éventer leur chaleur. La secousse du départ les délivra. Chacun, les yeux rallumés, revint aussitôt au visage des autres avec l'envie de parler, ce que tous, à voix vive mais presque basse, firent un bref instant ensemble. Au-dessus des balbutiements volubiles s'éleva la voix nette de Baptiste. Il dit, regardant le lointain :

— Avons-nous, dites-moi, renoncé à Jérusalem ?

Yacoub et Thomas se tournèrent vers lui, la mine étonnée, puis anxieux revinrent à Pierre qui les laissa, par jeu, un instant s'alarmer, et répondit en jetant, la figure immobile, un coup d'œil de ruse rieuse à son impassible compère :

— L'un des hommes ici présents a-t-il jamais repris sa parole donnée ? Nous ferons ce que nous avons décidé, cela me paraît inévitable.

Thomas l'approuva d'un hochement ferme et satisfait. Le regard de Yacoub s'éclaira.

— Bien dit, la paix sur toi, s'exclama-t-il, singeant le vieux juif et lui battant à petits coups la joue.

— Notre salaire de La Rochelle et celui de Lorient joints à nos économies communes suffisent à payer le voyage, dit Baptiste, s'efforçant à la sèche rigueur d'un comptable, malgré la lumière de contentement discret tout à coup plantée dans ses yeux. Nous pouvons partir quand il nous plaira. Convenons d'une date, enfants.

Ils sortirent de leurs poches agendas et calendriers, les consultèrent dans un grand affairement de pages feuilletées en se lançant, comme maquignons aux enchères, l'index dressé, des jours de semaine. Tous, bientôt, avouèrent à grands éclats faussement penauds qu'ils n'avaient ni rendez-vous proches ni obligations pressantes, et s'accordèrent sans tarder sur le lendemain de leur retour à Paris. Yacoub, l'air railleur et la voix comiquement grinçante, demanda alors à Thomas s'il ne risquait pas de pénibles renfrognements quand il annoncerait à son épouse ce départ précipité pour un aussi long voyage.

— Elle ne s'est jamais souciée de savoir où j'allais, répondit son compagnon en riant trop fort, les yeux tristes.

Puis comme les autres se taisaient et le regardaient avec une sorte de mélancolie réprobatrice, il haussa petitement les épaules et ajouta, éperdu d'affection :

— Quand je pars, elle m'embrasse et me regarde sans rien dire, avec sa peur de ne plus me revoir. Elle me paraît parfois aussi inaccessible qu'un mirage de ville dans le désert. Dès que je crois l'atteindre, elle se change en sable. Elle est mon bonheur.

— Les mirages ne mentent pas, Thomas, murmura Baptiste. Les villes vues entre ciel et dunes, comme les femmes espérées, existent bel et bien. Elles ne sont pas où elles paraissent être, voilà tout.

Ils restèrent un moment silencieux, suivant du regard des fuites de verdures dans la plaine, ou des brumes de pensées, puis Pierre, brusquement, demanda :

— Qu'attendez-vous de Jérusalem ?

Les autres le regardèrent comme des réveillés en sursaut.

— Ce que l'on espère d'un livre, répondit Thomas. De la nourriture. J'ai besoin d'aide, moi, pour vivre.

Yacoub éventa de la main ces paroles, et pris d'impatience bavarde :

— Où je vais, je dois avoir à faire, sinon j'aime mieux mes musiques, dit-il. A Jérusalem je ne veux rencontrer qu'un homme, celui que des soldats syriens ont un jour fusillé avec d'autres, et qui s'est relevé sauf parmi les cadavres de ses compagnons : Julian Berg. A ce qu'on m'a raconté, ses paroles sont toujours éclairantes. Il sait beaucoup. Il m'importe de l'approcher.

Pierre interrompit d'un geste son flot de phrases et grogna tranquillement :

— Aucun vivant, fût-il saint, ne peut offrir l'âme qu'il s'est bâtie. Que trouveras-tu auprès de cet homme s'il veut de toi dans sa maison ? Un instant de chaleur, rien d'autre. Est-ce là ce que tu cherches ? Non : tu aimerais parvenir où il est. Or, pour entrer dans cet état que tu envies, tu dois d'abord passer par les trous d'aiguille où il a lui-même laissé sa vieille peau. Si Julian Berg est un vrai sage, il te renverra à tes épreuves.

— Pourtant, dit Baptiste, il fut un temps où les chercheurs de vérité n'hésitaient pas à affronter les fatigues et les dangers de longs voyages dans le seul espoir d'obtenir d'un maître lointain, qu'ils croyaient mieux éclairé qu'eux, un grain de lueur nouvelle. Étaient-ils fous ?

— Ils étaient des marcheurs par désir, murmura Thomas.

Yacoub, la face rouge, les yeux brillants d'évidence passionnée, ouvrit les bras entre ses frères.

— Nous le sommes aussi, dit-il.

Et désignant Sinabre :

— Sauf, à ce qu'il semble, ce bougre-là. Il n'est, lui, qu'un forçat puritain.

— C'est vrai, grogna Pierre. Je marche sans bonheur.

Thomas lui mit la main sur l'épaule, la serra.

— Ne te laisse pas vaincre, tu es plus savant et plus libre que nous, lui dit-il, s'efforçant au réconfort.

Baptiste, dans son coin, poussa un ricanement aigrelet. Yacoub, le regardant, s'exclama :

— Que valent la sagesse et la liberté, si le cœur bat dans le désert ?

Ils rirent, braillèrent, se bousculèrent en nouvelles batailles de paroles et jusqu'au terme de leur voyage bavardèrent ainsi avec une inépuisable vigueur. Tandis que le train faisait halte en soufflant comme un dragon fourbu dans les échos de la gare, ils assemblèrent leurs bagages sans cesser de discourir, descendirent sur le quai et s'acheminèrent patiemment dans la foule lente vers la sortie, en se criant encore, la figure haute par-dessus les épaules des voyageurs qui par instants les séparèrent, de nouvelles provocations, espérances, sentences subtiles autant que paillardes et fulminations railleuses contre les bassesses du monde. Au seuil de la ville où les abandonna le flot de l'arrivée ils se turent enfin, et dans la brusque aigreur du crépuscule, parmi les gens sur le large trottoir, les voitures aux coffres ouverts, les signes d'accueil à d'autres qu'eux-mêmes, ils se mirent à chercher du regard l'homme qui devait les conduire. On leur avait promis de venir les attendre. Personne ne se soucia d'eux. Alors Baptiste revint dans la lumière du hall pour feuilleter son carnet où était l'adresse du théâtre, Pierre s'en fut en quête d'un taxi. Ils s'entassèrent sur une banquette usée jusqu'à la déchirure, et tout au long du chemin ne parlèrent plus, à mots brefs et précis, que de l'ouvrage où ils allaient.

Ils firent, ce soir-là, merveille. Avant eux, un jeune Égyptien au regard flamboyant avait chanté dans sa langue de violentes chansons libertaires dont nul n'avait compris le sens exact. Mais sa voix superbement aride, environnée par le ruissellement de l'oud, les galops de darboukas et les sombres battements des tambours de chèvre, avait offert ces œuvres sauvages avec une telle bravoure de martyr amoureux et une fougue parfois si bondissante et désarmée que sans le secours des mots périssables tout ce que désirait dire cet homme avait trouvé le chemin des cœurs dans l'obscure chaleur de la salle. Il était sorti de scène rayonnant, poursuivi par d'enthousiastes battements de mains, et dans son bonheur de n'avoir pas failli, avait violemment serré dans ses bras Pierre et Baptiste qui se tenaient au bord de la coulisse, prêts à se jeter à leur tour au plein feu de la bataille, ce qu'ils firent dès que l'homme se fut éloigné, titubant parmi les machinistes.

A peine entrés dans l'éblouissement des projecteurs ils sentirent monter du gouffre noir, en face d'eux, une puissante bouffée de beau désir. La bête sombre aux mille regards, dans la touffeur de son antre, les espérait, et à les voir bruissait d'aise. Cette offrande d'affection les échauffa et les piqua d'ardeur heureuse. Ils s'installèrent en s'aiguillonnant de mots brefs et vifs. Puis Baptiste, tous sens en éveil, ramassé dans son exigence de parfaite justesse, se courba sur sa guitare, Thomas, serrant contre lui la sienne d'un geste de tendre défense, eut un regard d'amour étonné à l'obscurité de la salle et Yacoub, parmi ses percussions, lança aux autres, à l'instant d'ouvrir la voie au concert, une exclamation émerveillée qu'ils ne comprirent pas. Pierre, laissant se déployer sa première chanson, la gueule hautement plantée sur sa carrure, flaira en bateleur expert le plein silence qui l'accueillait. Il le devina exigeant mais complice, émouvant aussi comme un souffle de femme à portée de visage, et lui vint le désir passionné de se faire chérir. Alors, tout exalté, il se laissa emporter par un grand élan sans inquiétude, sentit les ténèbres vivantes s'ouvrir chaudement à sa dévotion, jeta un coup d'œil jubilant à ses trois frères d'estrade, les vit avec lui dans la même effervescence, et se poussant les uns les autres à l'audace virtuose, ils s'en furent dans leurs jeux graves, illuminants ou plaisamment futiles jusqu'à la pure jouissance de leurs propres beautés.

Une heure durant ils offrirent à la foule inconnue le meilleur de ce qu'ils savaient faire. Au bout des dernières paroles ils restèrent longtemps à se baigner dans l'intarissable contentement de leur public, et retrouvèrent la pénombre des coulisses en héros vaguement étourdis d'ivresse. Ils allèrent à la hâte se rhabiller dans leur loge glaciale en se racontant à grands éclats leurs joies, les risques pris, les fautes évitées, puis comme ils traversaient les courants d'air du méchant escalier qui conduisait à la sortie des artistes, ils s'avisèrent qu'ils n'avaient depuis le matin rien avalé que quelques tartines ferroviaires, et se prirent à rêver de consistantes mangeailles. Baptiste s'en alla aussitôt demander aux hommes de ménage qui débarrassaient à grand bruit la scène l'adresse d'un restaurant ouvert la nuit. Il en était un, à quelques pas du théâtre, où l'on cuisinait au feu de bois. Ils y furent.

Ils entrèrent sous un plafond bas, parmi de lourdes tables désertes sombrement éclairées de petites lampes aux abat-jour rustiques, et comme ils s'avançaient en découvrant aux murs jaunis de fausse patine quelques vieilles affiches de corridas ornées de banderilles, ils reconnurent dans l'angle le plus lointain de la salle le poète égyptien et ses trois musiciens installés devant les reliefs d'un repas. Ces quatre hommes accueillirent l'arrivée des bateleurs fourbus avec des gestes d'amitié, de grandes exclamations souriantes, et les invitèrent à prendre place en leur compagnie, ce que Pierre et ses amis firent avec une simplicité chaleureuse, sauf Yacoub, soudain timide, qui secoua les mains offertes, la face pourpre et le regard fiévreux, dans des cascades de petits rires contraints, comme s'il saluait des êtres inconnus à l'instant tombés du ciel. Tandis que ces Arabes tranquilles, dans les bruits de chaises remuées, tentaient de dire, en lambeaux de français, leur estime à ceux qu'ils reconnaissaient comme des bergers de paroles à eux-mêmes semblables, il recula autant qu'il put pour les observer derrière l'imposant abri de Pierre et de Baptiste. Thomas, le voyant captivé par ces visages, le prit par le bras pour le pousser devant et s'inquiéta de le sentir tout remué d'exaltation.

Au temps où l'Égypte avait livré sa dernière guerre aux gens d'Israël, Yacoub s'était engagé dans l'armée de ce pays où il n'avait guère vécu, mais qu'il estimait être le sien. Dans les caillasses du désert biblique, il avait affronté de ces rigueurs désespérantes dont ceux qui réchappent refusent à jamais de parler. De sa vie il ne s'était trouvé ainsi, l'épaule doucement battue par les amicales bourrades d'un homme de ce peuple qu'il avait si rudement combattu et redouté. Pierre, Baptiste et Thomas, le surveillant à coups d'œil aigus et furtifs aux détours de leurs hospitalières conversations, le virent remuant nerveusement sur son siège, désireux de parler mais n'osant que des bribes et lançant à ses amis, chaque fois que lui était adressée une phrase en sabir confus, des regards déroutés traversés d'éclats de folle joie. On leur servit de conséquentes grillades qu'ils se mirent à dévorer en échangeant leurs noms avec ceux de leurs confrères étrangers. Tous jouèrent à les articuler exactement, mimant de considérables efforts et se perdant en moqueries plaisantes à la moindre faute. Seul Yacoub se tut. Le chanteur égyptien, en face de lui, parut surpris de le voir silencieux. Il quitta les bavardages bruyants qui l'environnaient pour l'examiner avec insistance. Comme le juif à la chevelure de paille soutenait, les yeux ronds, son regard, il redressa son buste svelte, posa la main ouverte sur sa poitrine et lui dit doucement, en inclinant la tête :

— Abdallah Ammam, de la ville du Caire.

L'autre, l'air traqué tout à coup, se pencha vers Pierre, grogna :

— Ils vont me chasser de leur table, s'ils savent.

— Tu es fou, lui souffla son compagnon. Dis ton nom foutredieu.

Il lui battit le flanc d'un coup de coude sournois. Yacoub, brusquement, se redressa en grimaçant un rire geignard, posa la main sur son poitrail comme l'avait fait l'Égyptien, et le regard brillant, dans un grand élan de confiance tremblante :

— Yacoub ben Elissar, dit-il.

Ammam le regarda en hochant courtoisement la tête, les sourcils froncés, s'absorba un instant comme s'il fouillait le tréfonds de sa mémoire.

— Oh, dit-il, levant l'index, soudain épanoui : Jacob.

Et s'inclinant à nouveau :

— Honoré de te connaître, monsieur Jacob.

Un frémissement de tambour de chèvre les fit en même temps se tourner vers l'assemblée. Personne n'avait pris garde à leur conversation. L'un des Égyptiens, son instrument sur la poitrine, la tempe amoureusement posée contre lui, en caressait la peau, et radieux souriait à Baptiste absorbé dans l'examen attentif de la danse de ses doigts et des bondissements de sa paume. Ammam dit à ses frères quelques mots en arabe, et dans une soudaine rumeur d'impatience il s'affaira à sortir de leurs housses de toile les darboukas dispersées en désordre au pied de la table. Il en tendit une à Yacoub, le vit hésiter, l'encouragea d'un signe vif à la prendre. L'autre la saisit à deux mains comme si lui était offert un graal, la serra contre lui, en éprouva la sonorité à brefs battements d'index, regarda les visages alentour avec aux yeux un air de supplique incrédule. Les musiciens d'Ammam se mirent à jouer et l'invitèrent à les suivre, en le poussant du coude et le provoquant de paroles incompréhensibles. Alors il se courba sur l'instrument calé entre ses genoux, et la figure tout à coup dissimulée dans sa chevelure mouvante, il s'en fut avec eux en arabesques.

La salle vide s'emplit de roulements, de froissements de sonnailles, de courses de cœur débridées, de chevauchées de batailles, de chants aussi quand Abdallah Ammam, le dos raide, la nuque contre le mur, se mit à lancer au ciel des appels rauques auxquels ses hommes répondirent en litanies haletantes. Le concert s'ordonna bientôt en envols étourdissants d'oiseaux sonores sur des martèlements lourds, violemment profonds, que Yacoub, tout soudain, le front baissé entre ses bras brusquement ouverts d'un grand geste de crucifié, brisa.

Les cavalcades restèrent suspendues et les regards pétrifiés. Vint un de ces instants de silence où la musique semble poursuivre seule son chemin dans l'infini des êtres, sans le secours des bruits du monde. Le fou superbe attendit un instant, immobile, comme s'il craignait d'effaroucher un miracle, puis ramena ses mains, lentement, et se ramassant encore, la tête penchée aussi bas que pour renifler un chaudron de merveilles, partit en agilités si maîtrisées, voltiges si sûres et débridements si furibonds que nul n'osa l'accompagner, ni de la voix l'aiguillonner, ni même bouger d'un doigt.

Il joua ainsi le temps d'un puissant discours d'âme, d'une rude explication de chair douloureuse et pourtant secrètement ancrée dans un indéracinable et jubilant orgueil, le temps enfin de s'affirmer hautement vivant et beau dans une longue offrande de rage aimante, dans un exaltant effort d'arrachement aux griffes des dragons qui peuplent les ténèbres des hommes. Quand il releva la tête, ses compagnons le virent échevelé, la face luisante de sueur, mais ses yeux bleus étaient limpides, apaisés. Tous restèrent ébahis et muets sauf Thomas qui sourit, prit une flûte, vint derrière lui se pencher sur son épaule et se mit à dérouler une calme mélodie juive. Yacoub lui lança un clin d'œil, fredonna un moment tout doux et battit son instrument avec une simplicité nouvelle en défiant les Égyptiens, d'un sourire fier et moqueur, d'entrer avec lui dans le jeu. Tous, cahotant comme des novices, le suivirent de bon cœur. Alors, se voyant aimé, Yacoub ben Elissar se mit à chanter en hébreu, le visage plus haut que tous, ruisselant de larmes, lumineux comme un dieu, riant comme un enfant, et chacun se leva pour l'entourer. Au bout du chant les musiciens s'exclamèrent ensemble, contents d'eux-mêmes, et félicitèrent bruyamment leur confrère. Il ne sut que répondre, leva la darbouka à hauteur de sa figure, la baisa violemment et la rendit. L'homme qui la reçut s'inclina devant lui.

Ils burent, parlèrent et jouèrent encore jusqu'au petit matin. Quand ils se décidèrent à prendre le chemin de leur hôtel, Abdallah Ammam retint un instant Pierre dans la salle, tandis que les autres sortaient en bousculade lente, et lui demanda avec une sorte de timidité altière l'autorisation de joindre « monsieur Jacob » à ses musiciens, le temps de la tournée de concerts qu'il devait faire en France. Pierre alors rappela son frère d'estrade et le prenant par l'épaule lui rapporta les paroles de l'Égyptien. Yacoub grogna, secoua la tête, voulut fuir sans répondre à l'invitation, plus bouleversé que rétif. Son compagnon le saisit fermement, le piqua de remontrances, l'accusa d'impolitesse grave.

— S'il savait que j'ai combattu contre lui, gémit Yacoub, il ne pourrait m'accepter parmi les siens. Il me regarderait comme un diable.

— Serais-tu, toi, assez misérable pour refuser notre compagnie à cet Arabe, s'il voulait nous suivre ? gronda Pierre, tout à coup pris de fureur scandalisée.

L'autre gloussa, offusqué :

— Moi ? Certes non.

Il eut un regard suppliant, puis soudain se détourna en repoussant l'empoignement de son ami, vint devant l'homme qui souriait, intrigué par leur dispute, et se redressant à sa hauteur, lança :

— Je suis juif d'Israël. J'ai fait la guerre contre ton peuple.

— Vois : tu ne m'as pas tué, lui répondit doucement Ammam.

Yacoub resta un moment ahuri, puis incrédule, faraud comme un puceau, demanda à voix presque basse :

— Tu veux donc de moi ?

Tandis que leurs compagnons, sur le trottoir, leur gueulaient de se hâter, Abdallah Ammam fit « oui » de la tête, dans un sourire éblouissant et railleur. Yacoub lui dit alors qu'il partait pour une semaine à Jérusalem. L'Égyptien en eut un air d'envie émerveillée.

— Tu salueras pour moi la Ville, lui dit-il.

Puis dans une chaleur nouvelle de paroles et de regards ils convinrent de se mettre, dès son retour, à leur ouvrage commun, et sortirent.

Pierre, Baptiste, Thomas et Yacoub, cheminant par les rues désertes, s'en furent jusqu'au port. Parvenus devant leur hôtel, ils n'en franchirent pas le seuil, et sans que nul ne parle ils s'éloignèrent dans la grisaille de l'aube vers une plage de cailloux. Ils s'assirent, blottis les uns contre les autres, à la lisière du large, parmi leurs bagages, et contemplèrent les premières lueurs du soleil, au loin, sur la houle nuageuse. Thomas, après longtemps de silence, dit en grelottant de froid qu'il venait de découvrir quelque chose à propos du bonheur, mais ne savait l'exprimer. Pierre grogna un rire distrait. Baptiste ne parut pas l'entendre. Seul lui répondit un soupir de Yacoub qui dormait, couché sur les galets, dans le jour naissant.

13

Deux jours après cette aube frileusement rêveuse ils quittèrent Paris sous de furibondes giboulées printanières et parvinrent à Tel-Aviv dans une lumière éblouissante et sèche d'imperturbable été. Yacoub, pris au seuil de son pays par une heureuse fièvre de retrouvailles, s'en fut devant les autres dans le vaste hall de l'aéroport, le pas ample sur le dallage et mesurant du regard les murailles rutilantes alentour comme s'il traversait un palais familier taillé à sa conquérante mesure. Ses compagnons le suivirent, les yeux affamés de tout, dans une discrète exaltation d'écoliers évadés, jusqu'au grand soleil du dehors où était l'autobus en partance pour Jérusalem. Ils s'installèrent les premiers sur les banquettes brûlantes puis, les fronts aux vitres, se mirent à examiner passionnément, dans les couleurs nouvelles de l'air, les porteurs aux gestes ralentis par la chaleur, les familles en chemin bruyant vers des voitures, les chauffeurs de taxi occupés en bavardages paisibles parmi les eucalyptus plantés de-ci de-là sur le ciment. Ils furent bientôt pris d'affection légère pour ce monde émouvant à force d'ordinaire, et se laissèrent aller en somnolence benoîte jusqu'à ce que le brusque grondement du moteur ranime leur désir de découverte. Tandis qu'ils s'éloignaient, la figure tout à coup baignée de vent tiède, ils ouvrirent vestes et chemises, et dès la grand-route venue s'absorbèrent à contempler, chacun dans sa rêverie, les garrigues qui bordaient le large bitume, les bosquets de pins, les champs infinis de tournesols.

Ils se sentirent peu à peu vaguement déçus de ne rien voir qui les émeuve ou les étonne. Les premiers faubourgs de la ville sacrée bientôt traversés leur apparurent poussiéreux et gris, peuplés de marmailles arabes, de rébarbatives masures de pierre, de ferrailles et de réclames salies, incongrûment criardes. Au-delà de ces misères banales vinrent de hauts immeubles dans des verdures, puis des ombrages d'avenues, des attentes à des feux de carrefours, des avancées patientes dans des flots soudains de voitures et de peuple. L'autobus les déposa le long d'un jardin public, à quelques pas de l'hôtel où ils avaient loué une chambre à quatre lits, sur le conseil d'une impénitente voyageuse que connaissait Yacoub. Pierre foula le premier l'asphalte de Jérusalem, Baptiste lui vint derrière, puis leurs deux compagnons, en bousculade étourdie. Ils restèrent un moment tous quatre à hésiter, à flairer l'alentour, la mine perplexe, à se regarder à la dérobée, puis s'en furent, croisant des matrones qui s'essoufflaient au train d'enfants turbulents, vers l'enseigne de leur logis inscrite en hautes lettres noires, à l'angle proche du boulevard. Tandis qu'ils marchaient à pas traînards :

— Nous avons fait une sottise, dit Pierre. Nous ne trouverons ici rien d'utile à notre vie. Nous sommes n'importe où au monde.

— Ne jugeons pas, lui répondit Thomas. Nous ne sommes pas encore dans la vraie ville. Quelque chose nous attend, je le sens.

Yacoub, contre son épaule, murmura pour lui seul :

— Me voici dans la cité de mes ancêtres. Je n'éprouve aucune émotion particulière. J'espérais un élan, un émerveillement d'accueil dans l'air, comme au seuil de ma maison après une longue absence.

Ils entrèrent dans la pénombre du hall silencieux, calfeutré, éclairé d'une lampe et meublé de fauteuils fatigués. Derrière le comptoir un gros homme roux coiffé d'une calotte lisait un livre invisible. Il les regarda s'approcher par-dessus ses lunettes, puis se leva pour leur souhaiter la bienvenue en quelques grognements et sourires distraitement paternes. Ils le saluèrent en anglais bafouillant, et tandis qu'ils déposaient dans un coin leurs maigres bagages, convinrent à mi-voix de ne pas s'attarder à visiter leur chambre et d'aller sans attendre aux religieuses merveilles de la vieille ville. Yacoub, se risquant en langue hébraïque avec une rougissante volupté, dit au tenancier ce qu'ils venaient de décider, et lui demanda le chemin des lieux sacrés. chemin du temple de David. L'autre le poussa vers le dehors pour lui expliquer, à grands coups de main tranchante dans l'air chaud, qu'au bout du boulevard ils découvriraient sans peine la rue qui grimpait à la porte de Jaffa, et là (il fit un geste sinueux et confus), ils n'auraient qu'à s'enfoncer dans l'écheveau des rues vers l'inévitable dôme du Saint des Saints. Tous le remercièrent et s'en furent d'un pas alerte, repris de vigueur espérante.

Par une large voie étrangement déserte bordée de bâtisses trapues dont les pierres souillées de rouille, les fenêtres aveugles ou brisées, les portes hermétiques zébrées de graffiti semblaient abandonnées à quelque stupeur irrémédiable, après une passagère horreur de guerre, ils parvinrent dans une lumière nouvelle à la cohue d'autobus, de voitures, de touristes et de marchands ambulants qui encombrait l'esplanade au-devant des remparts de la vieille cité. Ils franchirent la haute porte voûtée, entrèrent dans une ruelle peuplée d'une inépuisable foule de voyageurs badauds, de juifs, d'Arabes sombres, de popes replets, de prêtres italiens, de soldats en armes, et se laissèrent aller à l'errance paresseuse entre les devantures grouillantes des échoppes, jusqu'à ce que Baptiste, qui marchait devant, fasse halte dans la bousculade nonchalante et leur désigne, au fond d'une étroite venelle traversée d'arceaux obliques, une immense coupole d'or sur le ciel parfait.

Tandis qu'ils s'engageaient dans la paix soudaine de cet antique passage vide de gens et de boutiques, ils virent apparaître à une haute lucarne un visage de jeune femme qui se pencha, et presque aussitôt, dans un envol de cheveux noirs, disparut. Ils regardèrent un moment, piqués au cœur, la cime des murailles percées de rares fenêtres en ogive, puis, comme ils allaient en désordre tranquille, émus que rien ne désigne leur siècle en ce lieu écarté de l'agitation du monde, il leur parut qu'ils venaient enfin de pénétrer, au-delà des turbulentes apparences, dans le mystère délectable qu'ils espéraient. Ils ne dirent mot, retinrent même le bruit de leurs pas, soucieux de ne point effaroucher la musique lointaine qui envahissait leur poitrine, ni le fragile émerveillement de leurs regards. Cheminant ainsi, ils aperçurent à quelques enjambées, assis sur le sol pentu dans un renfoncement de borne, quatre jeunes garçons en guenilles intemporelles, qui abandonnèrent leurs lambeaux de jeux poussiéreux dès qu'ils virent s'approcher les voyageurs, tinrent, les fronts joints, un rapide conciliabule fort distinct dans le pur silence, puis se dressèrent soudain debout, s'accolèrent épaule contre épaule en postures intrépides, et levant leurs yeux immensément rieurs vers les hautes figures, leur interdirent la voie. Les quatre hommes, étonnés, souriants, se regardèrent et s'accroupirent ensemble à leur hauteur. Thomas contempla le premier de ces enfants avec une attention assoiffée, comme s'il cherchait à voir dans un brouillard opaque.

Pierre posa les doigts, pour une caresse, sur les joues du deuxième et le baisa au front. Le marmot lui murmura quelques paroles rauques, qu'il ne comprit pas.

— Il prédit que tu vivras cent ans, lui lança Yacoub qui parlait à tous, remuant et soulevant des répliques joyeuses, fanfaronnes.

— Que disent-ils ? demanda Thomas.

— Qu'ils sont nos parents de Jérusalem, qu'ils sont nos anges, qu'ils seront nos diables si nous ne leur payons pas tribut.

Ils s'empressèrent d'offrir, dans une rumeur d'exclamations amusées, babioles et poignées de pièces, sauf Baptiste qui se tut et proposa, avec un pauvre sourire d'amoureux mélancolique, son briquet à celui qui lui faisait face. Les lutins s'égaillèrent aussitôt, délaissant les mains tendues des grands étrangers, et disparurent, en se disputant leurs trésors, dans d'obscurs couloirs labyrinthiques.

Les hommes se redressèrent, à nouveau seuls dans la ruelle. Yacoub ouvrit les bras, radieux, s'avança seul et dit en humant l'air, comiquement :

— Une porte vivante pour chacun de nous, voilà ce que furent ces envolés, bénis soient-ils. Soyons à l'affût des signes, car nous venons d'entrer dans le monde des évidences impalpables. Maintenant, le Ciel peut à tout instant parler.

— Quatre enfants pauvres nous ont pris pour ce que nous sommes : des voyageurs naïfs, des proies faciles, répondit Baptiste. Ne nous encombrons pas de chimères, nous risquerions de traverser sans les voir de vrais bonheurs.

— Si nos illusions raniment nos vigueurs et nourrissent nos sangs, que nous importe ta vérité sèche ? dit Thomas, riant.

Ils s'en furent d'un pas ravivé. A l'horizon proche entre

les murailles la coupole d'or du Saint des Saints leur apparut bientôt massive et large, magnifiquement ensoleillée, régnant sur le ciel pur et les bâtisses alentour comme le front serein d'un dieu sur les ombres imparfaites et les détours désordonnés de la vie basse. Tandis qu'ils se hâtaient vers elle, Pierre, rêveur, le front penché, s'attarda à deviner par des soupiraux arqués le long de la venelle des remuements de femmes dans des chambres enfouies, entendit, plus loin, les criailleries d'un vieux poste de télévision, aperçut des corps d'hommes à demi couchés sur des nattes crasseuses, environnés de reflets gris. Ces grouillements d'humanité le troublèrent plus que ne l'émerveilla la splendeur de l'antique temple où était le rocher d'Abraham. Sa marche se fit hésitante, il se mit à traînailler seul, le cœur geignant doucement. « Dans les poissements de ces tanières où sont retournés nos anges et nos diables, là est la vie que pétrit Dieu, se dit-il. Mais elle est plus difficile à atteindre que le plus haut et le plus sacré des monts. Parviendrais-je à tout savoir exactement des souffrances, des bonheurs, des secrets les plus profonds de ces êtres que je n'aurais pas encore approché d'un demi-pouce le sens de nos destins. Qu'importe, je sens bien qu'il ne peut être, même à Jérusalem, de paysage plus émouvant qu'un visage humain, ni de palais, de richesse, de gloire plus enviables que la connaissance de l'âme la plus humble, et la découverte de sa vérité. Mon chemin, décidément, est celui que tracent les bougies dans les caves, il me tient plus que tout autre en éveil, car je sais que d'ombre en ombre il conduit au Saint des Saints qui gît en nous, le seul qui vaille, et que je n'atteindrai jamais. » Il releva fièrement la tête. « Tant pis, pensa-t-il encore, la pleine jouissance d'aller me suffit. »

A quelques pas de lui, ses compagnons avaient fait halte devant un haut portail où se tenaient un militaire arabe et un vieil homme aux allures méfiantes de guichetier, avec qui Yacoub parlementait. Le dôme se trouvait maintenant trop proche pour être pleinement visible. Seul apparaissait à la cime du mur un arc fauve, puissant et lisse derrière des feuillages. Pierre s'approcha, tandis que le soldat de garde, son arme dans un poing, palpait négligemment de l'autre les poches des visiteurs, et que son compère civil ouvrait une porte étroite dans le vantail. Il aperçut une vive lumière de jardin par l'entrebâillement, en eut un bondissement de cœur. Thomas, franchissant le seuil, lui fit signe de se hâter. Il courut pour le rejoindre, et tous les quatre se retrouvèrent en ébahissement dispersé dans une éblouissante sérénité de pierres rosées, d'oliviers, de cyprès, de larges escaliers bordés de fleurs et de buissons grimpant vers l'esplanade du dôme et l'azur immensément offert. Ils gravirent les marches, graves et lents comme des pèlerins à l'approche d'un trône céleste. Dans le silence du parvis, un veilleur en djellaba blanche leur ordonna d'abandonner leurs chaussures. Ils obéirent avec une humilité de bons apôtres, et pénétrèrent dans le demi-jour du temple.

Sur les tapis partout répandus ils s'avancèrent, tous en eux-mêmes recueillis et pris de respect écrasant pour les magnificences ombreuses qui ruisselaient des hauteurs invisibles en un inextricable foisonnement de couleurs, d'arabesques précieuses, de paroles pétrifiées. D'un long moment ils ne surent où donner des yeux, errant sans oser parler, comme s'ils découvraient l'antre même de Dieu, puis se retrouvèrent ensemble au centre du sanctuaire. Là, sous la cime perdue dans de sombres vapeurs, était un rocher ocre, brut, semblable à ceux qui peuplent les montagnes arides où s'égarent parfois les bergers. Ils s'accoudèrent à la balustrade qui le ceignait, et se mirent à l'interroger obstinément du regard. En ce lieu précis, selon les antiques images inscrites dans les esprits, Abraham avait un jour brandi son poignard sur le corps de son fils, et la voix du Père Créateur avait clairement retenti pour arrêter son bras. Après longtemps de silence à peine troublé par de furtifs frôlements de visiteurs, Yacoub dit, dans un murmure rauque :

— C'est une pierre comme il en est partout au monde. Un fragment de désert, rien de plus.

— Qu'espérais-tu ? lui demanda Baptiste.

L'autre se tourna vers lui avec, aux yeux, une sorte de souffrance scandalisée.

— La présence de Dieu, gémit-il, ouvrant les bras. S'Il a ici parlé, l'empreinte de son gueulement devrait être à jamais perceptible.

Thomas le poussa du coude et désigna dans la pénombre proche une obscure descente d'escalier qui semblait conduire au sein même du roc.

— Allons au fond, dit-il.

Ils s'engagèrent derrière lui sur les marches malaisées, abruptes, courbées par l'usure, et se tenant à la muraille parvinrent dans une étouffante crypte aux parois de caverne où étaient un gardien, une femme obèse assise dans un coin et un marmot joueur qui lui trottait autour. Le lieu était éclairé par un tube de néon fixé de guingois sur le plafond cabossé, dont le centre était percé d'un trou circulaire. L'homme leur conseilla de se placer sous cette ouverture, et les encourageant d'un geste de bateleur lourdaud, prétendit en bribes d'anglais que la bénédiction de Dieu les baignerait ainsi de chance. Tandis que les quatre voyageurs levaient le nez sous la roche percée et découvraient, à la cime du dôme, une lueur de jour aussi lointaine qu'une étoile, l'Arabe alla s'appuyer contre l'embrasure de la porte basse et là se mit à feuilleter ostensiblement une liasse de menus dollars. Yacoub vint alors lui demander, en singeant une extrême humilité, pour quel prix la direction de l'honorable établissement condescendrait à faire entendre, entre ces murs vénérés, l'authentique voix du Créateur. L'autre le regarda sans comprendre. Pierre, Baptiste et Thomas franchirent le seuil devant sa face éberluée, en riant tristement. Tous, comme s'ils s'éveillaient d'un mauvais sommeil, sortirent bientôt dans le jour pâlissant et tiède du parvis.

— Nous devions venir à Jérusalem pour nous délivrer de l'espérance illusoire qui attire les gens vers les lieux sacrés, dit tranquillement Baptiste. Tout est bien.

Il eut l'air seul satisfait de ce constat désenchanté. Tandis qu'ils descendaient les escaliers majestueux sous le ciel traversé de douces saignées crépusculaires, Pierre dans son dos marmonna, suivant à grand-peine un tortueux chemin de pensées :

— Il n'est pas de ville au monde où l'attente d'un miracle soit aussi vigilante qu'ici, il n'en est pas où l'Absence soit aussi manifeste, aussi profonde, aussi pure.

Thomas, qui s'était attardé sur l'esplanade à contempler au loin l'inextricable foisonnement des vieilles murailles et des ruelles dans la brume du soir, s'arrêta quelques marches plus haut que ses frères, parmi les arbres et les buissons fleuris, et les forçant à faire halte et se tourner vers lui :

— Sans doute, dit-il tout exalté, hors les marchands et les soldats ne trouverons-nous ici que des monuments contradictoires, des cultes ennemis, des hommes séparés. Tous, pourtant, me semblent travaillés par une ardeur semblable, une passion parente, une soif commune de présence insaisissable. Tous appellent Dieu, sans repos. Est-ce la preuve qu'Il n'est pas où ils sont ? Peut-être non. Dites, et si le creux où Dieu habite était ce désir même que les gens ont de Lui ? Et s'Il était pour notre bien Celui qui manque à notre plénitude ?

Il brandit l'index au ciel, dit encore, avec une véhémence de prophète comédien :

— Car il vous faut retenir ceci, frères primates : la satisfaction est le silence de la paix morte, et le désir l'appel perpétuel de la vie. Le désir seul est Celui que l'on appelle le Tout-Puissant.

Ses compagnons l'applaudirent, et jouant les connaisseurs comblés, s'exclamèrent comme à la parade d'un saltimbanque habile.

Ils marchèrent ce soir-là jusqu'à l'épuisement, se frottèrent à la vie fourmillante des rues, traversèrent les temples, les cours séculaires et les lieux saints avec la même famine fervente qu'ils éprouvèrent à rencontrer les mille visages de la foule, les enfants barbouillés, les boutiquiers farauds, les gens de rien rusés, les hommes sévères qui peuplaient les cafés arabes, assis aussi raides que des images d'ancêtres. Ils rentrèrent à leur hôtel fort tard dans la nuit. Le tenancier dormait, son gros visage affalé sur le comptoir. Ils ne le réveillèrent pas et montèrent à leur chambre comme des soldats fourbus au retour de campagne.

Le lendemain ils rendirent visite à Julian Berg. Yacoub, le premier levé, s'était fébrilement décidé à l'appeler au téléphone et n'avait pu d'abord, tant il espérait de cet homme, que bafouiller les noms des vagues amis qui lui avaient vanté son enviable sagesse. Berg s'était montré fort avenant et si dispos que leur conversation, bientôt déliée, avait duré jusqu'à ce que Pierre, Baptiste et Thomas, tout empêtrés de sommeil, aient rejoint leur compère dans le hall de l'hôtel. Yacoub, se payant d'audace, lui avait alors demandé s'il pouvait, avec ses compagnons, le venir voir à l'instant même. L'autre s'était pris à rire doucement, le temps sans doute de laisser son cœur décider, et lui avait dit son adresse, en guise d'assentiment, avant de raccrocher.

Julian Berg habitait, dans la vieille ville, ces hauteurs du quartier juif où les fracas du monde paraissent enfin épurés, où le ciel, le long de l'arête des toits, semble régner plus près des êtres, des silences, des pas et des pensées. Sa maison était, à l'évidence, d'un riche lettré : harmonieusement simple, teintée de miel, à demi cachée par deux arbres parfaits dans un recoin de petite place pavée de dalles blanches. Ils examinèrent la façade avec un respect vaguement envieux, puis Yacoub s'approcha de la porte sculptée de volutes et cogna du heurtoir, tandis que ses compagnons se pressaient à ses côtés, dans l'ombre bleue des feuillages.

Leur vint ouvrir un petit homme remuant et vigoureux, vêtu en forestier estival. Ils se présentèrent à lui avec une timidité de disciples. L'autre, sans souci de dire son nom, les salua brièvement et les mena dans une salle fraîche et presque vide où ils ne virent d'abord que les deux fenêtres grandes ouvertes sur les monts lointains du désert de Judée dans la pure lumière céleste, le dôme du Saint des Saints, la haute muraille du Temple et les ruines herbeuses de la ville antique. Berg leur désigna des fauteuils de vieux cuir. Il s'assit en face d'eux, le dos tourné à la longue table à tréteaux encombrée de cahiers, de livres et de débris terreux qu'il venait sans doute à l'instant de quitter, et leur demanda aimablement ce qu'ils voulaient de lui. Ils hésitèrent à répondre, se poussant les uns les autres du regard, la mine embarrassée, puis :

— On nous a dit que la vraie saveur de la vie vous était apparue, après que vous ayez traversé la mort, risqua Yacoub, rougissant. Nous aimerions entrer, s'il vous plaît, dans votre émerveillement.

Baptiste sourit à son compère avec une indulgente affection, posa la main sur son poing agrippé à l'accoudoir, et regardant calmement Julian Berg :

— La clarté nous importe, dit-il. Depuis le jour où nous avons décidé, chacun de notre côté, d'être des bateleurs, nous cherchons à sortir de ce brouillard perpétuel qui trouble l'esprit des hommes ordinaires. Pour ce qui me concerne, je n'espère pas que vous le dissiperez. Mais j'attends de vous, peut-être inconsidérément, que vous allumiez au loin quelque lueur, même vague, vers où marcher.

— Moi, dit Thomas, s'avançant, les yeux brillants, au bord de son siège, je n'ai soif que de bonheur. Je n'ai envie que de rire avec Dieu et les êtres que j'aime, mais je ne peux pas, j'ignore pourquoi. Il me semble qu'au fond de ma chair, tout enfoui, est un trésor de paix joyeuse. Pouvez-vous m'aider à le monter au jour ?

Pierre remua lourdement et grogna, l'air moqueur :

— Voyez : nous espérons de vous tout l'or du monde dans notre main tendue. Nous sommes des mendiants très puérils et ridicules, n'est-ce pas ?

— Vous êtes de vrais pèlerins, je veux dire : des marcheurs amoureux. C'est chose rare, répondit Berg, le visage épanoui. Parlez encore, vous me faites du bien.

Ils rirent, bafouillèrent et n'osèrent plus la moindre parole. L'homme qui avait vu la mort resta un long moment à les examiner, attendant qu'ils se risquent à de nouveaux discours, mais son air leur parut si pénétrant et amusé qu'ils baissèrent la tête ou risquèrent un œil, déconcertés, vers l'échappée du ciel. Alors il se leva et s'en fut vers la table, revint devant eux avec, entre les doigts, une très vieille clé de bronze grossièrement façonnée, crevassée d'immémoriales blessures. Il leur dit, les rameutant d'un geste :

— Venez.

Ils s'empressèrent de le suivre, aussi émus que si l'homme les conduisait enfin à l'apaisement de leurs plus secrètes famines.

Au fond du vestibule était une porte étroite que dissimulait une lourde et vénérable tenture. Il la franchit devant eux, et leur recommandant la prudence, s'engagea sur les marches noires d'un escalier qui descendait, dans une puissante odeur de terreau tiède, vers les profondeurs de la maison. Ils parvinrent, dès la première courbe passée, sur une sorte de terrasse pauvrement éclairée par une ampoule électrique suspendue à la nuit du plafond, et là restèrent pétrifiés comme de vieux perclus, les yeux béats et la bouche ouverte, à pousser de longues exclamations stupéfaites. Au-dessous d'eux était un vaste trou de ténèbres apparemment infini, semblable à un ciel nocturne de-ci de-là troué d'étoiles.

— A mon retour de guerre, dit Berg, comme je m'occupais à creuser la cave où nous sommes, j'ai trouvé cette clé, qui fut probablement forgée au siècle du roi David. Par le désir de savoir qu'elle a ouvert en moi, je suis devenu archéologue, et je me suis mis, comme à une œuvre déraisonnable mais nécessaire, à fouir sous elle, passionnément. Voilà dix ans que je cherche. En vingt-deux mètres de chemin vertical, voyez, j'ai fait de belles découvertes : chaque point de lumière dans le noir éclaire un objet, un pan de mur, un ossement. Mais je n'ai pas atteint la merveille définitive, la révélation insoupçonnée, le lieu parfait dont seule la clé me fut donnée, comme un appât.

Il se tut et se tourna, plaisamment satisfait, vers ses visiteurs. Vint un moment de silence embarrassé, puis :

— Vous ne trouverez jamais, dit enfin Baptiste. Au-delà des dernières traces d'humanité, votre pioche ne remuera bientôt que cailloux et terre stérile. Vous allez à l'abandon amer. Pardonnez-moi. J'ai toujours pressenti pour moi-même que le désespoir était le terme fatal de tout creusement.

— Au bout de vos étouffantes questions, de vos livres, de vos brouillards, il est vrai qu'un désert inhumain vous attend sans faute, monsieur, si vous cheminez aussi roidement que se tient votre nuque, et préoccupé de rien d'autre que d'une satisfaction inaccessible, répondit l'homme, contemplant, les bras croisés, son œuvre profonde.

— Êtes-vous plus sage que nous ? demanda Pierre, à mi-voix.

Berg soupira, et désignant des recoins d'obscurité :

— Le long des ruines de murailles peu à peu apparues, je me suis engagé dans des galeries horizontales que vous ne pouvez voir. Sous la ville visible, il en est une autre, aussi vaste. Mon travail, en vérité, est inépuisable, et j'ai l'assurance qu'il sera toujours fécond.

Thomas, resté à contempler fixement, du pied de l'escalier, les points de lumière dans le noir, s'approcha de ses compagnons et dit avec une retenue craintive, cherchant à deviner, dans l'ombre, la figure de leur hôte :

— Si vous n'avez pas faim de trouvailles, pourquoi vous échinez-vous à ces terrassements ? Éclairez-moi, s'il vous plaît, et je respirerai peut-être librement.

L'homme le regarda, les yeux soudain malicieux, et murmura :

— Est-ce bien mon secret que vous me demandez?

Nul ne lui répondit. Alors il posa une main sur l'épaule de Baptiste, l'autre sur celle de Thomas, baissa la tête, et tandis que Pierre et Yacoub penchaient le front vers son visage :

— Aux heures où je creuse sans hâte, dit-il, sachez que de simples paroles me viennent, des musiques aussi, et je chante, parfois à pleine voix, parfois comme en songe, sans que mes lèvres bougent. Ces chants allument en moi le plus tranquille et le plus pur bonheur que je puisse éprouver. Ils ne me viennent que dans ces obscurités, jamais dans la lumière ordinaire du jour, parmi mes semblables. C'est pourquoi je souhaite que mon chemin n'ait pas de fin.

Thomas se mit à geindre impatiemment.

— Comment diable êtes-vous entré dans cet enviable état, monsieur Berg ? demanda-t-il.

— Par la trappe que l'on ne cherche pas, répondit l'homme. J'ai traversé la mort, comme vous l'avez su. J'en suis revenu avec le goût de la vraie jouissance, qui n'est pas de posséder ce que l'on veut, mais d'être ce que l'on désire, au plus profond de soi.

Il s'éloigna d'eux à pas lents, se pencha sur son grand puits d'étoiles, puis se détourna et se mit à gravir les marches vers la lumière du jour. Ils le suivirent. Comme il hésitait à les faire à nouveau entrer dans la salle où il les avait reçus, ils comprirent qu'il était temps de le laisser aux bontés de sa vie. Yacoub sortit à regret de la bienheureuse maison. Il franchit le dernier le seuil, se retourna pour bafouiller encore une question d'assoiffé. Julian Berg, sans attendre qu'il parle, lui serra vigoureusement la main.

— Je ne connais aucune formule magique, lui dit-il d'un air de moquerie joyeuse, j'ignore la recette de la drogue d'immortalité, et Dieu ne m'a jamais parlé. Mais je vais bien, enfants, lança-t-il à tous, je vais bien, et je vous remercie d'être venus d'aussi loin prendre de mes nouvelles !

La porte derrière eux refermée ils se laissèrent aller au hasard le long des ruelles en pente, chacun méditant en silence les paroles entendues. Ils sortirent bientôt, dans un brusque éblouissement de ciel, du dédale où ils cheminaient, et face à la vivacité ensoleillée qui envahit leur visage, leur apparut la colossale muraille du temple d'Hérode, au fond d'un vaste espace dallé. Ils descendirent vers elle par un large escalier et aperçurent dans son ombre oblique des juifs vêtus de noir, les mains à plat contre les pierres ocre, secoués de saluts sans cesse répétés et parlant en secret, comme si chacun de ces hommes dans ses dévotions pathétiques se rassurait l'âme à palper le mur vénéré, et le suppliait au même instant de s'effacer pour laisser place enfin à la lumière infiniment désirable de la Jérusalem céleste. En haut des marches, Yacoub fit halte.

— Je suis le frère de ces gens, dit-il. Je sens pourtant, dans ma poitrine, un furieux remuement de rire qui n'est pas de mon peuple.

Thomas le poussa devant. Ils dévalèrent tous vers l'esplanade en se tiraillant, tout à coup débridés. Ils ne s'attardèrent pas parmi les dévots et les soldats qui peuplaient ce lieu, et par un tunnel voûté où erraient quelques grosses femmes guenilleuses encombrées de nourrissons, ils rejoignirent les crasses paisibles et les échoppes parfumées du quartier arabe.

Comme ils marchaient sans but, un homme taciturne assis sur une borne au coin d'une ruelle agrippa soudain Pierre par la manche et lui demanda d'un grognement hargneux quelque obole, en lui désignant un renfoncement de mur qu'un jeune garçon était occupé à arroser d'un jet d'urine fièrement arqué. Baptiste s'approcha du marmot qui se rajustait hâtivement, et lut au-dessus de sa tête une inscription dorée où il était dit que le Christ sur son chemin de croix était ici tombé pour la troisième fois. Ils surent ainsi qu'ils venaient d'entrer dans la Via Dolorosa. Pierre fouilla désespérément ses poches où n'était plus un sou, haussa les épaules d'un air d'excuse et s'en fut en courant rejoindre ses compagnons qui s'éloignaient sans lui dans la foule tranquille. Ils parvinrent bientôt, au-delà des boutiques, sur le parvis du Saint-Sépulcre, ombreux, venteux, étrangement désert. Ils s'y trouvèrent comme quatre pèlerins abandonnés du monde, et secouant la soudaine pesanteur qui les accablait, franchirent le seuil du portail.

La basilique était obscure, malgré la forêt de lampes qui peuplait ses hauteurs. Elle leur parut, dès leurs premiers pas sur le pavement, déconcertante, traversée de détours inextricables, étouffante, aussi vaste qu'un ciel ténébreux et profonde autant que la nuit des millénaires où semblaient mener des escaliers apparemment infinis. Ils s'avancèrent vers un chant qui résonnait haut dans un recoin invisible, et entrèrent au bout d'une allée brève dans une assemblée de moines.

Ces gens célébraient une messe perpétuelle devant des cierges allumés alentour d'un petit édifice de pierre et de bois minutieusement sculpté en bas-reliefs précieux, hérissé de flèches innombrables pareilles à celles que lancent au ciel les cathédrales. Par une porte basse ils virent des visiteurs sortir de cet abri et s'en aller courbés comme des pénitents craintifs. Pierre y pénétra, se trouva dans un réduit où n'était qu'une dalle de sarcophage couverte de pièces de monnaie et de billets chiffonnés. C'était là le tombeau du Christ. Tandis qu'il le contemplait, un étonnement lui vint, puis un soulèvement de colère irrépressible contre l'épouvantable vulgarité de ces nuées de guerriers et de prêcheurs aveugles qui, des siècles durant, s'étaient étripés, enragés, éreintés, défaits de leur vie, de leur âme, de leur humanité même pour la possession de ce bas-fond vide, et qui maintenant, changés en touristes futilement bigots, venaient y déposer de sordides excréments de fortune avant de retourner à leurs boutiques de babioles, leurs autobus, leurs peines inavouables. Il sentit Baptiste, Thomas et Yacoub s'entasser derrière lui. Il les repoussa en grondant :

— Partons. Partons vite.

Il s'éloigna seul d'un pas furibond, puis tout à coup fit halte, redressa sa haute taille, et se retournant face aux ombres passantes, aux moines en messe, aux flammes droites des cierges, à l'écrasante solennité des voûtes, aux multitudes silencieuses imaginées parmi les piliers, à ses amis aussi qui marchaient vers lui, il gueula prodigieusement, s'écorchant la gorge, provoquant les plus sombres profondeurs et cognant l'air du poing :

— Nous ne sommes pas de votre monde, gens du Sépulcre ! Nous ne sommes pas de votre monde ! Nous vous laissons à vos prestiges grotesques, à vos souvenirs féroces, à vos terreurs mesquines ! Nous vous quittons à jamais, mille diables, à jamais !

Il se vit aussitôt environné de visages effarés, de murmures fiévreux, tandis que Thomas et Yacoub éclataient d'un rire énorme et que Baptiste repoussait brutalement des hommes surgis de lointaines pénombres pour saisir ses frères tonitruants et les jeter dehors. Un vieux prieur courut à l'échauffourée, les mains en avant, les yeux effrayés et la bouche débordante de supplications gémissantes. Pierre, Yacoub et Thomas, dépenaillés par les empoignements, virevoltants, jubilant comme s'ils se voyaient soudain délivrés de tous les fardeaux terrestres, lui crièrent encore qu'ils n'étaient pas de ce monde, en redoublant de joie, aussi émerveillés que s'ils se trouvaient enfin devant une porte poursuivie dans les ténèbres depuis le fond des âges et grande ouverte, soudain, sur le soleil.

— Nous partons, dit Baptiste au vieux moine, nous partons. Nous sommes des bateleurs, comprenez-vous ?

Il mima des jongleries devant sa face scandalisée pour lui faire comprendre ses paroles. Pierre le prit rudement par la nuque et l'attira vers la sortie. Ils se retrouvèrent dehors titubants comme des ivrognes, essoufflés, gesticulants, éperdus de bonheur.

Jusqu'au matin du quatrième jour où ils rejoignirent Paris, ils restèrent dans une sorte de grâce enfantine et si limpide qu'ils ne rencontrèrent, partout où ils furent, que de bonnes gens et des lieux aussi beaux que le désiraient leurs rêves et leurs regards. A son retour chez lui, Pierre trouva sous sa porte une lettre de Julia. Elle l'informait en quelques mots hâtifs que Sylvestre était tombé gravement malade, et lui demandait de venir la rejoindre à son chevet.

14

Il alla, hébété, quelques pas au hasard dans son appartement vide, fit halte au milieu de sa bibliothèque, jeta la lettre sur son bureau, se raidit durement pour maîtriser les tremblements qui l'assaillaient, ferma les yeux. Derrière son front Sylvestre lui apparut cheminant, épuisé, sur une route déserte, découvrant à portée de regard le rivage de ténèbres et cherchant de la main l'encolure de son fils pour ne point faillir et s'aider à marcher droit, comme il l'avait toujours fait. Un désir autant rageur qu'amoureux le prit de serrer contre son épaule la gueule batailleuse du vieil homme, et tandis que les larmes débordaient de ses paupières closes, il se mit à lui parler dans le bouillonnement de son cœur. Il lui promit de l'accompagner sans geindre ni trébucher, de lui sourire au seuil de l'impuissance d'être, de lui dire fièrement adieu sans que Dieu soit entre eux. Il se vit le confiant enfin, toutes armes abandonnées, au gré des vents obscurs de l'au-delà, puis à nouveau seul en lui-même, s'en fut lourdement vers la fenêtre et appuya son front contre la vitre fraîche.

Comme il s'efforçait de s'apaiser à contempler le boulevard crépusculaire, il sentit naître en lui une sorte de timide et sombre frémissement d'allégresse. Il redressa la tête, tout à coup à l'affût. Un être indiscernable, dans son tréfonds, lui ronronna qu'il pouvait être satisfait de ne point songer à maudire le Ciel pour la peine qui lui était faite, et moins encore à se jeter dans le secours de quelque voix consolatrice. Il s'avisa qu'en effet il n'avait plus dans l'âme de ces failles, de ces pans ruinés par où il s'était si souvent perdu en débâcles et révoltes irrépressibles. Une soudaine chaleur l'envahit. Il se sentit pourvu de forces sûres, tandis que l'inévitable rencontre de la mort de Sylvestre lui apparaissait, dans un brusque éblouissement de ténèbres, comme le combat décisif contre son ultime effroi qu'il imagina, dans la confusion de son esprit, aussi hautement dressé que le dragon le plus pesant, le plus solitaire et le plus étrangement magnifique du monde.

Il s'apprêta à partir. A l'instant où il jetait son sac sur l'épaule, Baptiste l'appela au téléphone. Ce frère austère et vigilant avait appris le malheur qui survenait : Julia, avant d'aller vers le vieux mourant, n'avait pas manqué de l'informer aussi, pour s'assurer sans doute qu'il prendrait soin de son homme, s'il en était besoin, et tempérerait ses rages chagrines. Ils se parlèrent à mots secs et sombres, comme ils l'auraient fait au seuil d'une bataille commune, puis dans un creux de silence Pierre entendit la voix de Thomas près de son compagnon. Il gronda :

— Que dit-il ?

— Que Sylvestre est le père qu'il aurait aimé avoir, répondit Baptiste de ce ton de glace qu'il dressait toujours, aux moments graves, contre les élans du cœur.

Il se tut et ajouta, toute froideur soudain rompue :

— Nous voulons aller avec toi.

Pierre sourit, sentit une passion de loup lui gonfler la poitrine et de nouvelles larmes lui monter aux yeux.

— Je vous promets une belle fête noire, dit-il.

Yacoub vint aussi, sans le moindre bagage. Il embrassa Pierre, l'air malheureux, sous la haute et obscure verrière du quai où allaient des gens le long du train, pendant que Baptiste et Thomas, s'abritant du vent sombre près d'un pilier, tentaient en vain de négocier un achat de couchettes avec un contrôleur. Ils se retrouvèrent bredouilles, tentèrent d'inaudibles explications déconfites dans les échos des haut-parleurs et les fracas de ferrailles, grimpèrent dans le premier wagon venu, et circulant, la mine rechignée mais le pas ferme, au travers d'embarras, puanteurs et gueulements militaires, ils se préoccupèrent sans plus parler de dénicher un coin de compartiment où passer la nuit sans trop d'inconfort.

Ils parvinrent à Perpignan tout encombrés de mauvais sommeil, ébouriffés, mal vivants et obstinément enfermés en eux-mêmes, comme si chacun avait résolu d'affronter seul sa propre guerre, et redoutait de ne pas en revenir sauf. A la sortie de la gare, la soudaine vivacité du matin printanier les éblouit. Ils frissonnèrent, les poings aux poches, levèrent la tête entre leurs épaules voûtées pour humer de lointaines senteurs de campagne dans l'air ensoleillé, mais n'en parurent pas revigorés. Ils prirent place dans un autobus où n'étaient que quelques matrones caquetantes et voyageurs encombrés de valises. Yacoub et Thomas s'endormirent dès la route venue. Pierre et Baptiste ne parlèrent, par bribes anodines, que de leurs prochains concerts, pour tromper la peur où ils étaient, s'ancrer au plus sûr de leur vie et se convaincre sans rien en dire que le spectre démesuré qui leur venait devant ne serait bientôt qu'un obstacle franchi sur le chemin des jours. Ils furent déposés, avant les premières bâtisses du village, au seuil de la rude montée qui menait, à travers la friche d'épineux, d'arbres et de rocs, vers le mas familial, et s'engagèrent dispersés dans le chemin, enfonçant leurs pas en lenteurs paysannes, accablés par la crainte inavouable de parvenir où ils allaient. Quand la longue maison basse apparut au-delà des pins parasols qui bordaient une courbe du sentier, Pierre au loin aperçut Julia. Elle contemplait le ciel, la figure au vent, immobile à la lisière de la vigne, et lui tournait le dos. Son cœur aussitôt bondit. Les yeux brouillés de vertige, il sentit son esprit déchiré par un appel hurlant, mais ses lèvres tremblèrent à peine, il resta silencieux, se renferma dans sa fière rancune et s'apprêta à ne laisser paraître, quand elle l'accueillerait, qu'une simple affection de parent.

Comme elle abandonnait sa rêverie pour revenir à sa veille auprès de Sylvestre, elle vit entre les arbres s'avancer les quatre hommes. Elle eut un instant de halte indécise, puis follement débridée se mit à courir vers eux. Pierre, au milieu du chemin, pressa le pas à sa rencontre, le souffle court, la face en feu, les tempes tonnantes. Elle parut vouloir se jeter contre sa poitrine comme une assoiffée éperdue, mais à quelques enjambées retint sa course, s'arrêta, haletante, rejeta dans la brise sa lourde chevelure. Son regard noir, amoureusement inquiet, infiniment espérant au fond de son orgueilleuse lumière, envahit seul son homme, effaça alentour le monde. Ils restèrent un moment à se défier, à s'abreuver aussi sans un mot l'un de l'autre, puis elle lui dit :

— Depuis hier soir il est assis devant la fenêtre, les yeux ouverts. Il t'attend.

Elle le quitta pour embrasser Baptiste, Thomas et Yacoub, revint à Pierre. Elle eut vers sa bouche un élan bref, à peine perceptible, s'en détourna, prit sa main, et la serrant furieusement dans la sienne, l'entraîna vers la maison. Au milieu de la cour elle s'arrêta, retint à ses côtés, d'un frémissement de regard, leurs trois compagnons, poussa devant le fils de l'ogre. Il eut un instant d'hésitation à marcher seul, se retourna comme pour dire à tous adieu, pris de brusque désarroi, puis s'en fut en courant jusqu'à la porte, l'ouvrit en bourrasque.

La tiédeur, le silence et les vieilles senteurs familières de la vaste cuisine l'emplirent, à peine entré, d'enfance si tendrement déchirante qu'il s'avança, la bouche ouverte et gémissant d'amour, vers la pénombre paisible où ronronnait un feu de bûches, avant de se préoccuper de Sylvestre. Le vieil homme, amaigri, pâle, mais la face tout à coup immensément jubilante dans la lumière de la fenêtre, contempla son fils maintenant en arrêt devant lui, et murmura comme s'il goûtait le plus savoureux des miracles :

— Nom de Dieu.

Il leva, d'un geste éreinté, sa main tremblante posée sur sa cuisse, l'offrit à sa merveille de garçon. Pierre aussitôt la prit dans ses deux poings, se laissa attirer aux pieds de la chaise, s'assit avec empressement sur le carrelage près d'un rayon de soleil que son épaule effleura. Le cœur point encore apaisé il tendit le visage à la haute figure du mourant et lui sourit avec une tendresse timide, confiante. Dans les yeux de Sylvestre s'alluma un pétillement de comploteur radieux. Il se courba en avant.

— Il faut que tu m'aides, grogna-t-il doucement.

— Je saurai, répondit Pierre à même voix. Je n'ai pas peur, je suis fort, je sais aimer.

Son père eut un petit éclat extrêmement moqueur, se pencha en gloussant comme un vieux chien content. Leurs fronts se joignirent presque. Tandis qu'ils restaient un moment ainsi à se défier sans un mot, le regard baigné d'affection rieuse, ils entendirent crépiter le feu dans les lueurs fauves de la cheminée. Pierre en fut envahi par une nouvelle bouffée de vieux temps, d'hiver au chaud, de paix fragile, et l'envie soudaine lui vint d'étreindre éperdument son père, de se jeter contre sa poitrine en déferlement d'amour inavoué, mais ses mains frémirent à peine : pour la première fois de sa vie il craignit de lui briser les os, peut-être l'âme. L'autre le prit par la nuque et lui gronda devant, en rocailleuse confidence :

— Il faut qu'aujourd'hui je sois plus solide, plus heureux, plus pleinement vivant que je ne l'ai jamais été. Il faut que ma vie dévore la mort. Comprends-tu ?

— Oui, Sylvestre, oui, répondit Pierre, la gueule tendue à sa bouche.

— Je veux aller au-devant de la mer comme un jeune marié, avec les présents que je lui ai promis pour prix de sa miséricorde et de sa beauté : un arbre, un tonneau de mon vin et le cercueil d'Angèle. Va prendre une hache et abats le dernier cyprès avant la falaise, celui que les vagues ont toujours désespéré d'atteindre, et qui était pourtant le plus proche, le plus accueillant aux brises mouillées, le plus fidèle, le plus aimant.

Pierre se dressa. Sylvestre, levant vers lui la tête, apparut soudain si las, si abandonné, si dépouillé de tout semblant que son fils, le cœur terriblement serré, resta un moment immobile, fasciné par ces yeux où était peut-être l'intime tréfonds du désespoir, peut-être la plus limpide confiance qui se puisse vivre.

— Va vite, dit le vieil homme, le regard fugacement rallumé.

Tandis que Julia poussait la porte et entrait sans bruit avec Baptiste, Thomas et Yacoub, Pierre se raidit, sourit bravement et répondit :

— Je veux d'abord que tu me dises ce que tu éprouves.

Sylvestre eut un regard de surprise puérile, sembla tenté de fuir en gloussements pudiques puis l'agrippa par la manche pour le forcer à se courber à portée de murmure, et souffla contre sa tempe :

— J'attends la mort comme un puceau l'amour devant une putain prodigieuse : dévoré par l'envie d'empoigner ses fesses et de fourrer ma tête entre ses seins, et, mille diables, plus effrayé qu'un chiot sous un museau de louve.

Il repoussa son fils d'une bourrade sans force, et débordant de bienveillantes exclamations d'accueil, tendit la main aux trois compagnons discrètement assemblés près de la porte. Tandis qu'ils s'approchaient, tout empressés, Pierre, s'en allant, croisa le regard de Julia. Elle parut émue par son air de bonheur distant et son allure de seigneur fermement assuré dans son règne paisible. Pour ne point montrer son trouble, elle fit mine de s'affairer ailleurs, mais effleura son épaule d'un geste faussement fortuit à l'instant où il lui passa devant. Il lui dit :

— Je vais abattre l'arbre.

Elle lui répondit d'un hochement de tête, les yeux brillants, prit une vive inspiration pour lui parler. Il ne voulut pas s'en apercevoir et sortit sans attendre dans la franche lumière du matin.

Le soleil tombait à l'aplomb de la cour quand elle le vit par la fenêtre revenir, débraillé, échevelé, la veste sur l'épaule et le front luisant de sueur. Il jeta la hache contre le mur de la maison, entra, et resta planté, la bouche bée et les sourcils haussés : sur la longue table était posé le cercueil de sa mère, et debout près du buffet le tonneau promis à la mer. Baptiste, Thomas et Yacoub, assis, un verre de vin à la main, en face du vieil ogre, conversaient avec lui, la mine passionnée. Julia, voyant son homme hésiter à les rejoindre, vint à sa rencontre, et se tenant raide devant son corps, fort inquiète mais décidée à affronter un possible éclat de rogne, lui avoua à voix basse et pressante qu'elle avait aidé Sylvestre après l'enterrement à ramener du cimetière la caisse où était la dépouille d'Angèle.

— Il la voulait dans sa maison, dit-elle. J'ai agi comme l'aurait fait son fils, qui s'en était allé.

Il l'examina un instant, l'air amusé, raillant sa crainte, et désignant son père :

— Je le savais. Il me l'a dit le jour où nous avons vaincu la mer.

Elle se tourna vers le vieil homme, l'air stupéfait. Il la repoussa doucement, et la gueule haute s'avança vers ses compagnons.

— L'arbre est couché, dit-il.

Tous se turent. Sylvestre manifesta sa satisfaction d'un coup de tête sec, puis pour s'aider à se dresser ancra brusquement son regard dans celui de son fils. Il s'appuya des poings sur les genoux, haleta, les veines saillant aux tempes, parvint à peine, dans un geignement rauque, à soulever sa carcasse, retomba sur sa chaise, baissa le front, et le menton sur la poitrine dit à voix rogneuse, repoussant les mains tendues à son aide :

— Vous me porterez comme un roi, sacrédieu.

Il resta sans plus bouger à regarder obstinément le sol. Pierre en parut impatienté, soupira, se tourna vers Thomas et Yacoub qui se levèrent, s'en furent s'accroupir aux côtés du père. L'ogre ouvrit les bras et s'agrippa à leur col tandis qu'ils saisissaient le siège aux quatre pieds, et le menaient ainsi dehors. Aussitôt venus à la libre lumière, ils le hissèrent sur leurs épaules. Alors Sylvestre posant noblement les mains sur les chevelures des deux hommes redressa enfin sa figure.

Derrière eux sortirent Baptiste, le tonneau sur la nuque, le dos courbé, le pas mal assuré, puis Pierre portant, lent et raide, le cercueil d'Angèle posé sur sa tête et tenu aux flancs par ses deux poings hauts. Dès qu'il eut franchi le seuil Julia ferma la porte à clé, courut au patriarche qui s'éloignait vers le soleil sur son humble trône au-dessus des échines, la carrure et les épis blancs de son crâne déjà célestes. Elle tendit son visage pour lui demander s'il était à son aise et n'avait pas peur. Il ne lui répondit pas, occupé qu'il était, sévère et distant comme un homme de vigie, à humer la brise et veiller sur les lointains. Elle vint au-devant du cortège et s'engagea la première sur le sentier qui descendait vers la mer éblouissante parmi les buissons, les caillasses, et de rares oliviers noués au roc, acharnés à se hisser au ciel. Le vieux roi, au passage, se haussa pour caresser du front les rameaux de leur cime qui ombrageaient le chemin, et aperçut ainsi le premier, au-delà d'une courbe, le surplomb de la falaise où gisait le cyprès. Alors il se pencha, battit à petits coups les figures pourpres et suantes de ses porteurs, en leur ordonnant de faire halte, puis reprit sa pose altière et dit à Julia, désignant l'abattu :

— Il te revient, fille.

Elle se planta devant l'ogre ensoleillé, le regarda d'un air de défi content puis s'en fut à l'arbre, le saisit par ses branches basses, le tira à grand-peine sur le sentier. Il était de belle mesure, assombri par l'âge, mais d'une noblesse rognée par l'âpreté du sol où il s'était nourri. Elle parvint à hisser le tronc jusqu'à son ventre, et le dos tourné à la pente, s'arc-boutant à chaque pas sur ses talons, suivit le cortège. Ils descendirent ainsi jusqu'à l'étroite plage de cailloux, Sylvestre régnant dans l'air pur, à hauteur d'oiseaux, Baptiste ahanant et si ployé, le visage obscur sous son fardeau de vin en barrique, qu'il semblait flairer devant lui la basse poussière, Pierre majestueux sous le cercueil de sa mère comme s'il marchait à quelque offrande sacrée, et Julia s'acharnant à tirailler sa pesante verdure.

Face à la mer furent déposés le père sur sa chaise et près de lui ses bagages incongrus. Yacoub et Thomas s'assirent sur les galets à sa droite et sa gauche, Pierre et Julia côte à côte à la lisière des vagues, et Baptiste à l'ombre de son tonneau. Tous ainsi se reposèrent à contempler le large qui se perdait au loin dans une brume si tendre et sereine que leurs regards et leurs rêveries y furent longtemps attirés comme en prière sans objet, en bonté sans désir, en paix sans exigence. Puis dans le chuintement de l'écume et les frémissements de la brise parfumée s'éleva la voix de Sylvestre.

— Pierre, dit-il, donne maintenant à la belle bête ce que nous lui avons apporté.

Julia, d'un geste brusque, voulut retenir son homme et lui parler tandis qu'il se dressait, mais elle ne put qu'effleurer sa manche et furtivement étreindre ses doigts avant qu'il ne s'éloigne. Elle se leva à demi, hésitant à le suivre, se rassit. Il s'en alla saisir à pleins bras le cyprès, le chargea sur l'épaule, et traînant sa cime effilée sur les cailloux le porta vers la mer, semblable à un Christ courbé sous sa trop lourde croix, mais l'enjambée puissante. Il piétina furieusement de soudains bondissements d'écume, s'enfonça dans l'eau bouillonnante jusqu'à la taille, coucha l'arbre sur les scintillements et rejoignit le rivage à si rudes poussées que les vagues en furent fendues comme par une étrave. Il s'en fut vers Baptiste qui accourut à sa rencontre pour lui demander, la voix étrangement ténue, s'il voulait de l'aide. Le mouillé le regarda en se torchant le nez d'un revers de main, l'écarta sans répondre, hissa le tonneau jusqu'à sa gueule, mordit la bonde, l'arracha, brandit son fardeau à bout de bras au-dessus de sa tête. Un déferlement de vin délivré inonda aussitôt sa chevelure. Il s'en revint ainsi vers la mer ensoleillée : aussi haut, droit et large qu'un triomphant porteur de monde, le crâne éclaboussé de pourpre, les épaules baignées de ruisselets mousseux, la tête jointe au ciel par un jet rubicond traversé de torsades et d'éblouissements. Une traînée violacée le suivit sur la houle jusqu'à ce qu'il s'effondre au travers du cyprès dans une aveuglante gerbe d'embruns. Tandis que le tonneau s'engloutissait, saignant son jus parmi l'eau bleue, il s'en retourna dans de nouveaux grondements de vagues bousculées, débraillé par les ruissellements, semblable à un effrayant vagabond venu à pied du fin fond des océans. Il s'approcha du cercueil d'Angèle et là fit halte, reprit force. Puis lent et tendre il se courba vers lui, le dressa debout sur les cailloux, l'étreignit, posa la joue contre son flanc avec une affection d'homme à femme vivante, le souleva et s'en alla ainsi, titubant, remuant à grand-peine les flots jusqu'au trait de soleil où se balançait l'arbre. Il le déposa contre la verdure et la longue caisse demeura là, couchée comme en un vaste lit auprès d'un compagnon. Les bras abandonnés et le pas aussi pesant que s'il traînait le large à ses basques il marcha sans hâte vers la plage. Parvenu devant la chaise où Sylvestre était assis il tomba à genoux, prit les mains du vieil homme, et levant vers lui son visage tout baigné d'éclats argentés :

— Voilà jetés à l'eau ton arbre, ton épouse et le vin de ta vigne, comme tu l'as désiré, dit-il, la voix sourdement rancunière. Es-tu content ? Regarde. Crois-tu que la mer te sera reconnaissante de lui avoir offert ces débris en pâture ? Pauvre fou, tu sais au fond de toi qu'elle ignore tout de nos existences, qu'elle est aveugle et sourde à nos appels, à nos désirs, à nos songes. Demain elle ramènera sur la rive le cercueil de ma mère et le cyprès que j'ai pour ton plaisir tué. Elle les laissera pourrir dans l'indifférence des vents. Et que restera-t-il de tes extravagances ? Du travail pour ton fils, sans beauté ni grandeur. Qu'es-tu donc venu faire ici ? Ouvrir ta chemise à la face du monde en maugréant comme un bravache batailleur ? N'as-tu pas assez joué, vieillard, assez tonné, grondé, défié diable et Dieu ? As-tu si peu appris que tu ne saches pas qu'il n'est qu'un juste lieu où attendre dignement la mort : le creux silencieux de ton âme ? Cesse donc de te soûler d'envies déraisonnables, de mensonges fanfarons, de satisfactions hargneuses, entre dans ta dernière heure dépouillé de tout ornement, abandonné à la paix simplement confiante des saints et des enfants ignorants, et si tu as à dire parle en homme accompli, ou tais-toi pour toujours.

Il attendit, le regard espérant, mais son père ne broncha pas, se tint la tête basse et le menton renfrogné, les yeux à demi clos souriant vaguement à contempler les mains de son fils jointes aux siennes sur ses genoux. Pierre les étreignit impatiemment, secoua la tête, dit encore, errant maintenant en lui-même :

— Pardonne-moi de ne point me sentir misérable devant ta vie qui se défait. Je n'éprouve plus cette détresse qui d'ordinaire noue les gorges et glace l'âme à l'instant d'affronter les obscurités de nos destins. En vérité, la peur de m'avancer chaque jour vers la mort m'a longtemps tourmenté. J'ai parfois tenté de la tromper à ton orgueilleuse manière, je me suis aussi soumis à son accablement, comme le font cette femme et ces hommes qui nous regardent, mais je n'ai jamais pu me résoudre durablement à l'affronter comme toi sous un masque de matamore, ni à supporter sans révolte sa tyrannie. Pourquoi s'est-elle aujourd'hui dissipée, et d'où me vient cette simplicité où je suis tout à coup ? Voilà que sur ces cailloux où tu meurs je découvre à l'évidence que toutes nos terreurs sont des monstres illusoires, et que derrière leurs fumées les vérités utiles nous attendent comme autant de trésors.

Il releva lentement le front dans un envol soudain de brise. Des broussailles de chevelure envahirent ses tempes, ses joues. Il n'y prit garde, saisit son père aux épaules, à nouveau le regarda fixement, et retenant l'exaltation qui illuminait son regard, poussait sa voix en grondements sonores :

— Écoute ce que je dois maintenant te dire, Sylvestre.

Si le voyage humain se poursuit au-delà du monde, je te souhaite un chemin aussi beau, aussi enivrant, aussi foisonnant de sottises, de combats, de savoir et d'amour que ton foutu cœur le désire. Je ne t'oublierai pas. Je resterai toute ma vie à espérer un signe de toi dans les brumes de mes rêves. Mais sache que dès l'instant où tu ne respireras plus, je ne laisserai pas notre Angèle à la mer, et sans souci de tes caprices de fier-à-bras je ferai de ton corps ce que j'estimerai convenable.

L'ogre hocha la tête en signe d'accord somnolent, et comme emporté par le poids de son crâne se laissa aller en avant, toutes forces rompues. Son fils le redressa, le maintint droit, et fasciné par la bouche mourante se mit à haleter à son rythme indécis. Le vieil homme chercha des yeux le visage aimé devant lui, ne parut pas le voir. Il grogna en aveugle :

— Dis-moi si Dieu m'attend, toi qui sais.

Pierre eut un bref éclat de rire et de larmes puis gronda, tout frémissant :

— Je l'ignore, il ne m'a jamais parlé, je n'ai jamais vu aucun ange dans le ciel, je ne connais rien des secrets du monde, mais pour m'être aventuré dans ces ténèbres où ni toi ni nos communs ancêtres n'ont osé se risquer, je peux t'assurer que ni diables ni bêtes dévorantes ne nous y guettent. Entends-tu ? Va sans peur, Sylvestre, va confiant, tu n'as besoin d'aucun secours !

Il gueula, secouant le vieux corps avec une sorte de désespoir rieur :

— Ne crains pas, par pitié !

Il tint son père à nouveau ferme, le cou tendu vers son visage, comme à l'affût d'un prodige. Alors le moribond poussa un long soupir, sourit, tout ébloui, parut s'éveiller. Son fils, le voyant ainsi, gémit de joie. Le vieil homme le regarda, la mine moqueuse, et lui dit avec une fierté de jeune homme tout à coup victorieux de ses pudeurs, à voix aussi nette et franche que s'il se trouvait de retour en solide santé :

— Toute ma vie ne fut que pour te mener où tu es.

Il se raidit dans un brusque frisson, cessa de respirer, et son regard se détournant imperceptiblement parut accueillir la brise et les mille lumières de la mer. Pierre, les yeux soudain démesurés, l'appela dans un sanglot puis ouvrit les mains, les écarta des épaules qu'elles tenaient. Tandis qu'il se tournait vers Julia comme pour la prendre à témoin d'un miracle faramineux, la face de Sylvestre lui tomba contre la poitrine.

Alors il baissa la tête, joignit son front à celui de son père et se tint longtemps ainsi, semblable à un bélier arc-bouté contre la pesanteur de la mort. Puis, s'enfonçant en écrasante prosternation, il se courba jusqu'à ce que le corps de l'ogre s'incline à travers sa carrure. Sous ce fardeau il disparut presque, resta immobile et tant humilié en irrémédiable faiblesse que ses compagnons, un moment pétrifiés, s'approchèrent, les mains maladroites, sans savoir que faire pour l'aider. Il entendit leurs pas hésitants remuer autour de lui sur les cailloux, aussitôt étreignit les cuisses du cadavre, contre sa hanche releva la figure, redressa l'échine, et portant Sylvestre ployé sur le col se hissa debout dans une lente mais infaillible poussée vers le ciel. Ainsi chargé il se détourna de ceux qui l'environnaient, s'avança vers la mer, se fendit un chemin d'écume jusqu'au cercueil d'Angèle, le dégagea de l'accolement du cyprès. A grands coups de ventre et de genoux il le ramena vers la rive, la nuque voûtée, le corps de son père ballottant sur l'épaule. Parvenu à la lisière des vagues il fit halte pour reprendre haleine, regarda, l'œil sombre, Baptiste, Thomas, Yacoub et Julia assemblés autour de la chaise vide.

— Rentrons, dit-il.

Il s'éloigna d'un pas si rude et pesant que le visage renversé du mort se mit à buter à chaque enjambée contre son dos, entre les bras abandonnés. Comme il s'engageait sur la montée qui conduisait à la maison, les autres, le cercueil ruisselant de la mère couché sur quatre épaules, se mirent à trotter au travers de la plage, pour le rejoindre.

Quand la dépouille de Sylvestre eut été convenablement installée sous un drap propre, au milieu du lit de sa chambre, Pierre décida d'ensevelir ensemble ses père et mère, dès le prochain matin, dans l'humus de la caverne où étaient les plus féconds et les plus impalpables secrets de sa vie. En quelques mots secs et solennels, debout devant le mort il annonça son intention à ses compagnons et son épouse. Yacoub et Thomas l'approuvèrent avec un sombre enthousiasme. Baptiste, levant dignement sa figure si pâle et lasse qu'il en parut, dans la pénombre où il se tenait, semblable à un ascète mortifié, lui demanda comme une faveur fraternelle la permission de l'aider à creuser la tombe. Julia se contenta de sourire, rêveusement complice, à la figure du père qu'ils venaient de coucher. Puis elle sortit furtivement et descendit au village prévenir les familles amies, qui jusqu'au soir vinrent au mas, en groupes contrits et murmurants. A tous il fut dit que selon sa volonté fermement exprimée avant son dernier soupir, le vieux Sinabre n'aurait point de funérailles ordinaires, mais serait enterré sans témoins ni cérémonie dans la grotte de la colline. Cette ultime frasque n'offusqua personne, au contraire. Chacun l'estima à la juste hauteur du considérable mortel qui de sa vie n'avait jamais erré avec les foules.

Les derniers visiteurs ne quittèrent la maison qu'à la tombée du jour. Pierre, sur le seuil, embrassa leurs figures chagrines, les regarda un moment s'éloigner sous la lune pâle et le vent ranimé qui courba soudain leurs épaules et les feuillages assombris, puis revint en frissonnant dans la chaleur de la cuisine et s'y trouva seul avec Julia. Il lui demanda où étaient ses compagnons. Elle lui répondit, en tisonnant le feu avec application, qu'ils s'en étaient allés en promenade par les chemins de la garrigue. Comme il s'approchait d'elle, le pas lent et sonore, ses gestes de ménagère se firent saccadés, nerveusement maladroits. Il devina qu'elle le guettait à la dérobée, autant inquiète qu'attentive. Il en fut amusé, fit halte au coin de la table, se plut à l'observer. Elle lui lança un coup d'œil, dans un bref mouvement d'oiseau, finit hâtivement de raviver les braises, se redressa, lui fit face. Il la vit alors dans cette sorte d'intrépidité qui raidissait son maintien et enflammait son regard quand elle avait à franchir quelque cap de paroles difficiles. Elle dit, la voix brumeuse :

— Pierre.

Elle prit une brusque inspiration, resta tendue un instant au bord de mots inexprimables, puis, délivrée :

— Tu es maintenant l'homme que j'espérais. Sois béni.

Elle se tint droite, les yeux magnifiquement affamés, comme en attente d'un verdict. Il redressa sa haute tête. Au fond de l'âme offerte de sa femme lui apparut fugacement une fragilité qu'il n'avait jamais soupçonnée. Il en eut le cœur remué de tendresse. Pourtant, il répondit avec une sévérité tranquille :

— Peu m'importe qui je suis. J'ai survécu, je ne sais par quel miracle, à la traversée de ce furieux enfer où monsieur Telque, Sylvestre et ta rude bravoure m'ont jeté. J'en suis sorti dépouillé de mes illusions orgueilleuses et de mes naïvetés, autant que de mes effrois. Désormais je ne me sens plus de soif que pour les palpitations de la vie, ses ruses, ses détours et ses bontés obscures, auprès desquelles les bruits du monde ne sont que jeux parfois agréables, parfois douloureux, toujours vains. J'ai le désir de devenir un homme d'une sagesse parfaite, mais insoupçonnable, et d'une force très joyeuse, mais secrète.

Il eut un éclat de moquerie pour ses propres paroles qu'il éventa de la main comme une anodine fumée et dit encore, les yeux baignés par un éblouissement de plein soleil :

— Tu vois, je ne suis plus guère fréquentable.

— Je t'aime ainsi, répondit-elle, butée dans sa fermeté rageuse.

Son regard brilla si vivement que Pierre y crut des larmes. Il s'avança, la main gauchement tendue. Elle se renfrogna dans le flot de sa chevelure. Le feu, derrière elle, surgit en soudaine flambée, environna ses épaules de lueurs mouvantes.

— Je crains, moi, de ne savoir aimer, dit-il. Ce que j'ai pris autrefois pour l'amour de toi n'était que la peur de te perdre.

Elle releva la tête et lui lança d'un trait furieux, les yeux éblouissants :

— Tu m'aimes plus que toi-même, Sinabre. Comprends que la peur de me perdre est ce qui n'est pas parvenu à tuer ton amour de moi.

Elle rougit, étonnée d'avoir ainsi parlé, puis sourit, provocante et pourtant craintive. Il ouvrit les bras, cherchant quelque réponse, et peu à peu se sentit envahi par un océan d'irrépressible évidence, de paix défaite de toute obscurité, de tout nuage, de toute retenue.

— C'est vrai, dit-il. Mon Dieu, quel bonheur d'être ainsi vaincu.

Ils se virent en dénuement si tendre qu'ils n'osèrent s'approcher l'un de l'autre. Ils restèrent un moment sans bouger dans leur émerveillement, puis pour ne point souffrir par trop de poignante douceur ils revinrent, l'âme tremblante, à leurs gestes et mots quotidiens.

Le lendemain matin, Pierre enterra comme il l'avait dit Angèle et Sylvestre côte à côte sous la voûte de la caverne. Ses trois compagnons l'assistèrent vaillamment à cet ouvrage. Quand il fut accompli, ils s'assirent sous les arbres de la cime et contemplèrent la mer. Ils se désignèrent au bord lointain des vagues la chaise vide du vieil ogre, et couché à ses pieds le cyprès que le flot avait ramené sur les cailloux du rivage. Ils décidèrent d'abandonner aux vents, aux nuits et aux lumières ces reliefs de leurs épreuves, puis Thomas dit à petite voix qu'il avait ces jours derniers flairé en lui la possible présence d'un être souverainement satisfait de vivre, et qu'il était maintenant décidé à suivre sa piste jusqu'à trouver son nid. Tous restèrent longtemps silencieux après ces paroles, puis Yacoub avoua, avec l'emballement furibond que seules, d'ordinaire, lui inspiraient ses musiques, son désir irrépressible de donner la vie à un enfant. Baptiste resta muet, les yeux fixés au large. Pierre, l'observant, eut la soudaine certitude que de leurs quatre vies celle de ce veilleur obstiné serait la dernière à s'éteindre. Il l'imagina infiniment vieux, étranger au monde, immobile dans l'aride beauté de ses pensées informulables et sans cesse posant des questions trop subtiles aux fantômes de ses frères morts. Il sourit à son profil attentif, se leva brusquement et s'en fut le premier sur le sentier qui descendait vers la maison.

Comme il longeait la vigne, il entendit les autres, derrière lui, revenus à leur éclatante passion de palabres. Il pressa le pas, se laissa emporter parmi les buissons de la pente. « Et moi, qu'ai-je à vivre ? » se dit-il, humant la brise. Parvenu à quelques enjambées de la façade familière il fit halte pour chercher, la tête au ciel, une réponse, n'en trouva pas. La porte s'ouvrit devant sa figure rêveuse. « Le difficile mystère de l'amour dans le désordre du monde », pensa-t-il. Julia apparut sur le seuil. Il s'avança vers son regard.

— Homme, dit-elle dans un soupir content.

IMPRIMERIE AUBIN À LIGUGÉ (VIENNE)
DÉPÔT LÉGAL AVRIL 1986. Nº 9155 (L 21217)